听那风 看那云

闲读散札

管志华 著

上海书店出版社
SHANGHAI BOOKSTORE PUBLISHING HOUSE

目　录

第三辑　人物漫笔

序

/// 赵启正

这是一本读书与评书、读书与读人的散文随笔集，虽不以尖锐评议和嬉笑怒骂见长，然而在简洁朴实文风中透出一股锐气，抒发作者管志华同志对文化的挚爱与向往、对知识的渴求与探索。

管志华同志从事新闻工作四十余年，是高级记者，又是中国作协和上海作协会员，可谓一位地道的"两栖人"。他以资深媒体人练就的敏锐洞察力和文理贯通的语言表达力，在新闻成就之外，还见诸他已出版类别广泛的著作，其中有报告文学集、散文集、诗歌集、随笔集、人物传记等等。

在本书各篇幅中，可以看出作者不是强打精神硬做文章、片面地追求外在的生动，而是注重内涵、洞察、辨析，从中发掘深刻而敏锐的思想，体现一个有历史责任感的读书人最可贵的素质。

说到读书，自古以来中国不乏读书人，但大都奉行"书中自有千钟粟""书中自有黄金屋""书中车马多如簇""书中自有颜如玉"的信条，常把读书当作谋求名利的"敲门砖"，致使读书之道走进死胡同。爱读书也会走向反面，即变成死读书，将读书与追求富贵、图谋名利、向往享受紧密挂钩。古人云："不汲汲于富贵，不戚戚于贫贱。"本书取名"闲读"，意在不求富贵，不忧贫贱；安于清贫，乐于读书。读书犹如生命之舟，载不动太多的物欲和虚荣。

志业与职业是两难选择。作为有志向、有理性、有信仰的学子，他们不媚俗，不丢格，不为劳形累心的名利位势所困蔽，他们拥有自己寂寞的书斋生活和永恒的学术追求，绝不滥竽充数、以次充好，而用深入的思考和勤勉的耕耘，为后人留下许多未刊的学术精品。他们有怡然自得的闲适，有饱读诗书的情趣，他们提倡读好书，增长知识学问，开阔心胸眼界，他们打牢人文学科的基础，因为他们深谙人的修养、风度、人格都是人文学科培养的。

应该看到，传人者文如其人，述事者文如其事。中国文人学士讲究读书方法，注重自身修养，他们认为，无论为文还是为艺不过是方技之术，对身份和权利并不看重；他们意在自适，无求于世，借文抒怀，视文视艺为余事，即文乃德之余，艺属行之末，唯有德行才是立身之本、治艺之基。正因为如此，他们急时不躁，气时不恼，忙里偷闲，读书为乐，因为读书乃是人格"隐性"的塑造过程，非一日之功所能造就，既需"板凳甘坐十年冷"的磨砺，同时也需优良深厚学术传统的熏陶，而追名逐利的文艺家，迟早会淹没在自己制造的功利泡沫之中。

值得指出的是，当今电子媒介、视觉文化的占据主导地位、形成某种霸权，其实不过是一种假象。严肃的读者、作者在运用现代科技阅读和使用便捷迅速的图像资料时，往往包含质疑与分析，不轻易相信其"铁证如山"，有时"眼见"未必"为实"。他们轻易对文字的不可替代性坚信不疑。他们觉得，在文化维系与学术建设之中，在大众文化广泛传播之际，文字依然扮演主角，所以提笔如有神，下笔如有绳。

在他们看来，一个人的素养是先天和后天的合金。作为读书人，需要有志、有识、有恒，有志者勇于争上游，有识者乃知学问无尽，有恒者则坚持不懈。有人说，中国的知识分子"价廉物美"，其实中国的知识分子用自己的行为注解历史行程中的悲欢离合、跌宕起伏，即使虽职业不同、时代有别，但他们的感悟与心境相同。他们朝乾夕惕，踔厉奋发，有如荒漠绿洲中的骆驼，身上没有挂着美丽的头缨，脖子上没有系着叮当作响的铜铃，脊背上则驮着重载，一步一个足迹向前跋涉。他们用自己行为阐述，人活在世上有两点证明其存在：一是腐烂，一是燃烧！

文章乃寂寞之道，书写则吾道不孤。从全书洁净、淡雅的文笔中，自会感到作者的淡泊与寂寥，而其冷静、冷隽的风格，不仅体现作者的文学底子、哲学素养、求真精神、坚强毅力，而且表现同道的一种特有心境：静思足以养老，至乐莫若读书。他们闲散、自在地"听风""看云"，实有"昔日秋风疏叶，今朝春催桃李"的生命体悟与解释：腹有诗书气自华，读书可以使人变得优雅、风雅、高雅。

本文作者系国务院原新闻办公室主任

第一辑　青灯碎语

白发无情侵老境，青灯有味似儿时。人来到世上，做人做事须读书。与书相伴，不会感到寂寞；人至老境，不会觉得惆怅。爱读书，贵在慎几微，求至善；不自欺，求真知；有恒心，求熏养。读书产生思想火花，化成闲言碎语，如冶人之炼金矣。

"今天是你的生日"

很巧，今天是我的生日，也是第 22 个中国记者节。

早晨，浏览自己的手机，看见我所参加的"高级专家（电信工作委）"微信群有秘书长杨锡高留言："今天是 @ 管子的生日，陈鸿生书记已代表大家送上了祝福，现在让我们一起祝贺他生日快乐，心想事成，身体健康，阖家幸福！"说实话，我所在的这个微信群，很温馨、很暖心，除了各种信息交流、会议通知、知识讲座、科技活动外，对每人的生日都有群内庆贺。看到留言，不容多思即刻回复："谢谢祝福！今天是好日子，除了我的生日外，还是第 22 个中国记者节，又幸逢党的十九届六中全会开幕，让我们共同欢庆记者节的到来和六中全会的召开！谢谢诸位！"

说到记者节，我不禁回想起自己的记者职业生涯。先把时光倒流到 56 年前，那时我还是一个中学生，沉醉在"数学王国"，钟情于物理、化学、英语课程，不料是年春夏之交爆发"文化大革命"。中学时代，我不太关心政治，语文成绩也非上乘，倒是数、理、化以及英语的功课在班上或年级里可说得上排名前列，对这场"史无前例"的政治运动的到来，我不在意，也不关注，而是积极复习迎考升级。那年在课堂上同学们听教导主任的专题广播报告，至结尾时突然听到宣布："今年期终考试取消！"我一时懵懂、茫然，但教室里却爆发出一阵热烈掌声，我也稀里糊涂地跟着拍起手来。之后，学校就不再上课而搞运动，而后又参加红卫兵被选为代表去京"串联"，返沪后再到嘉定参加秋季学生农村劳动，当我与去京"串联"同伴到达嘉定娄塘镇劳动地点时，发现不少同学早已不告而行偷偷地溜到外地去自由"串联"了……

之后，再也没有书读、没有课上，我便逍遥地到自己故乡与小时的伙伴一起玩耍。时间久了，感到无聊，便随便找书看，坦白地说，我是很喜欢读书的，在我原先人生职业志愿中，是如此排序的：第一是想当医生，其次是当数学家，再次是想做导演，若考不上，志愿排后就填考上海铁道学院当火车司机，因为火车司机可以跑好多地方、见到各种风景……理想真美好，梦魇亦荒唐，我常常杂乱无章地看各式各样的报刊书籍，有次从杂志上读到一位县委书记写的文章，印象最深的就是：他宁可不做县委书记，一心想调到人民日报社当普通记者，而且确实也心想事成、终于成功。这位县委书记的这篇文章对我影响太大了，当时我并不知道做记者的职业生涯如何，总觉得当个记者也不错，因为可以游历好多地方、见到好多风景、遇上好多人物，于是在我日后的学习志愿里有了当记者的愿望。后来听说若考复旦大学新闻系、中国人民大学新闻系，分数很高，我于是思想动摇、左右摇摆。为参加"文化大革命"，我们在中学期间待了四年，直至1968年春季起有部队来校招兵，我没有赶上；至夏秋始，开始"面向农村、面向边疆、面向工矿、面向基层"（即"四个面向"）的分配动员，截至当年 12 月 21 日，"四个面向"一律改为"到农村去"的分配政策，自然，这时我不会也不可能有当记者的梦想了，"一江春水向东流"，医生、数学家、导演、火车司机、记者等等，人生志愿灰飞烟灭，任何抗争都显得苍白无力、毫无意义。

人生轨迹是个圆，从起点到终点，像椭圆形又回到原来的起点。经历了农村、工厂生活后，又重返校园读书，人们号称我们这批是"胡子学生"（不是土匪意思，暗喻大年龄长出胡子），到了 20 世纪 80 年代中期，我干起记者营生，早逾而立之年，说踌躇满志、春风得意是高抬自己、欺骗自己，只能说是跌跌撞撞、机缘巧合地闯入这个行当。蓦然，我想起那位县委书记的文章，再想想自己的处境，没有导师引我进入数、理、化殿堂，那么此扇窗关闭就开另扇窗，跟随新闻导师、新闻前辈，踏踏实实、认认真真地当好记者。

有人说，做记者的职业不是挺好吗，见官"高半级"，见民"自然熟"，还有"无冕之王"雅号。不错，做记者，可以做得很风光：觥筹交错，开眼界，见要人，春风得意，锦上添花；做记者，也可以做得很艰辛：月衔晚照，星戴晨曦，挑尽孤灯，忧思朝暮。是风光还是辛劳，取决于从业者本人的良知、人格和价值取向。但做记者需有职业技能，必须做到"四勤"，即勤想、勤跑、勤听、勤写，最高境界就是尽心尽责地为社会、民众服务，责无旁贷地揭示报道事件的真相。正是这种崇高的职业感，使我们知晓，记者一生追求的不是个人事业的成就和金钱，而是追求一个新闻从业人员应具有的社会责任感和职业良知。

在从事记者职业时，我只是想干好自己的这份工作，眼观六路，耳听八方，履行记者的天职，参与、沟通、记录时代，成为称职的历史风云的观察者、记录员。至于其中甘苦，唯有进入角色、当了一辈子记者才能真正体味到。至今，我不后悔做记者，尽管我干得不出色，亦无大业绩，但我尽了自己力，努力去做，没有做过于心有愧的事。"与贵交，我不贱；与富交，我不贫。"无论高官还是平民，我们在人格上都是平等的，对得势权贵或失意高官，我决不前恭或后倨；对贫苦百姓或平民富翁，我亦决不前倨或后恭。对此，我想起著名记者邹韬奋所说的一句名言："我要终我之身守着这个岗位。"邹韬奋先生当年在极其艰难的条件下，两度创办《生活日报》；在《生活》周刊被迫停刊后，前仆后继地办起了《大众生活》、《生活星期刊》、《抗战》三日刊、《全民抗战》周刊、新版《大众生活》。可以说，终其一生，邹韬奋先生都没有离开过他所热爱的新闻事业。

记者，具有激情、敬业的两大特征，记者需要具备职业道德、独立人格、自由意志以及民主和科学的精神，这是一生为人的真凭实据，不仅用墨水，而且还要用汗水乃至血水来写新闻。记者不要得"官心病"，记者不要患"恐高症"，"铁肩担道义""毒眼看世界""辣手写文章"，这就是做记者的三要义。在我看来，记者常可分为三种类型：一种是流星，一种是行星，再有一种是恒星，唯有最后这种类型的记者，其光热和影响最为久远。在此，我再次想起邹韬奋先生办《生活周刊》的至理名言：要着意以普通人为服务对象，随他们的歌泣而歌泣，随他们的喜怒为喜怒，恍若与无数至诚的挚友握手言欢，或共诉衷曲似的。"竭诚为读者服务"是生活书店的宗旨，"服务精神是生活书店的奠基石"，即便在今天，随着现代科技与互联网的普及化，我们与读者的沟通是如此的便利，信息的传播是如此的快捷，但邹韬奋先生的话并没有过时，让记者为读者的服务，先从认真回复读者来信、及时反馈民情、与读者沟通做起。

在我看来，记者的思想和行动是要冲在时代最前沿，所以对于知识的补充和当前切要问题的内容，都须有持续不断的汲取、研究和探讨。至于搜索材料和奔波采访，这是职业记者的分内事，非有一种坚韧不拔、勇往直前的精神不可。在采访中，记者更须有一种入虎穴得虎子的魄力和勇气！这至少是记者活动力、交际广的一种表现。但是记者的活动、交际，尤其重要的是要有正确的动机，具体地说，就是要为社会大众的福祉、利益而活动、交际，不要为自己的私心而别有算计。邹韬奋先生说："我所敬重的朋友都是有事业的兴趣而没有个人的野心。"有事业的兴趣才会埋头苦干而仍津津有味，乐此不疲；没有个人的野心才不会把从事业上得到的社会信用当做自己升官发财乃至贪图私利的阶石。对此，我个人还要补充一句，对事业所以有兴趣，一方面固然是适合于自己的性格与特长，是自己所喜欢干的事情，在另一方面也是对于社会大众的福祉有着或多或少的裨益。

　　作为记者，其报道可以不以幽默和嬉笑怒骂见长，但必须学会擅长独特见识、一针见血，于简洁朴实文风中透出思想的锐气，并且具有重史料、重辨析的特点。对优秀的记者而言，语必析之以理，事必信而有征；而且事不避难，义不逃责，文约义丰，具有活泼、通俗、稳重、务实的文风特征。需要强调的是，对优秀的记者而言，旁征博引绝非像某些人为了炫耀学识的那种肤浅之举，更不是强打精神硬做报道，而是从新闻中发掘深刻敏锐的思想，或从仿佛互不相关的史料中寻找出能够发人深省的蛛丝马迹。好的记者从不刻意写新闻，也不随意写新闻，更不生硬地追求外在的生动，而是要在历史与现实的对照、反衬中保持思想的活跃，这才是一个有历史责任感的记者最可贵的素质。好的报道，正是因此而具有了冷静、犀利、厚重的特点，从而在记者中显示独特的个性，为读者喜爱。

　　这让我想起 2020 年早春，中国摄影家协会主席李舸（《人民日报》原摄影部主任）与新华社原摄影部国际照片编辑室主任刘宇在武汉"抗疫"期间不同凡响的义举。他们组成的摄协小分队，在 60 余天中，冒着被感染的危险，在医院对 4 万多名来自祖国各地医务人员为拯救新冠肺炎患者生命作出贡献而全天候拍摄。中国摄协小分队的成员都是媒体人，具有记录重大事件的使命与责任。而且还受领了一项重要任务，就是贯彻落实中央领导对一线医务工作者的指示精神，在中央赴湖北指导组、宣传组的统筹安排下，承担为支援湖北医疗队的 4 万多名医务人员拍摄肖像的任务。因此，李舸把两个任务合并起来。两人的访谈对话，把亲眼目睹的医务人员的事迹和真实故事讲述出来，其中《"疫"线传真/我每天都流泪》（刊《人民日报》公众号"金台唱晚"，2020.3.13，作者：李舸）道出一个个令人动容的细节，表现出一名优秀记者的使命感与责任感。

当今，信息化、数字化、网络化、智能化等正在改变着新闻业的未来预期，从单向传受的冷媒体时代到互联网融通的热媒体，互联网深刻地改变了社会与民众生活，而记者的性质、职能有没有改变？我为此深思。我想：多闻阙疑，多见阙殆；保持冷静，注重学习；保留怀疑，拒绝盲从；作为一名记者，要多一点精神层面的东西，宁可书生气一些，而不要变得世故、圆滑、老道，要坚持自己的理想信念、新闻操守，要敢于当仁不让，要勇于担当。做记者必须自信与自强，自信不是自满、自大，而是自励、自强；做记者更当直而不肆、光而不耀，具备严谨不偏狭、高洁不孤傲的素质。

不能不看到当今新闻工作的职业特点有新变化，但基本规律不变，那就是要提出问题并刨根问底。一般来说，记者仅仅要求当事者提供翔实可靠的新闻和观点鲜明的态度，无疑会使某些人难堪，但这是必须具备的共识、立场、职责。一方面，该炒热的一定要"炒"，以正能量压倒负面情绪；另一方面，该冷处理的一定要"冷"，以有效方法使热点快速降温；该回应的一定要回应，不该、不能回应的，则要冷静观察，从容应对，伺机而动。要努力改进对公共事件的舆情处置方式，避免"一刀切"和简单封堵。要通过充分探讨和分析来纾解民众情绪、凝聚共识，牢牢把握舆论工作主动权。今天我们处在信息革命的时代，信息化、数字化、网络化、大数据、物联网、人工智能等正极大地改变着新闻业态，是难题，也是前所未有的机遇，期待我们的记者去拥抱它、运用它。

在第 22 个中国记者节，我又反复地问自己："记者是什么角色？"有人答曰："记者是航船上的瞭望员，他站在高高的瞭望塔上，报告前面什么地方有暗礁，什么地方有冰山。如果记者对暗礁和冰山视而不见，整天报告风平浪静、波平如镜，那么，这艘航船就会变成泰坦尼克号。"我再问自己："记者是什么样的职业？"又有人答曰："记者是这个世界上最危险的职业之一。他出入于枪林弹雨中，出现在火海水灾中，出没于与黑恶势力的斗智斗勇中……他是正义的化身，是勇敢的前行者，是危境的探路人，是高高擎起的火炬，是发起冲锋的号角……他告诉人们事件的真相，告诉人们这个世界的本来面目，告诉人们如何区分真实与虚假、善良与奸邪、美好与丑恶……"确实，按我所经历的，很多记者是忠于职守、尽心尽力、完全称职，但不能不排除，当今社会上有些人自称记者，其实他不是记者，他只是打着记者的幌子，距离真正的记者相差十万八千里。而那些坐在报社办公室，领着红包，拿着通稿，然后署上自己姓名，发稿后还能领取稿费的，更不是记者。记者，是一个光荣而伟大的名称，是一个肩负重任、燃烧自己的职业，千万不要亵渎它、侮辱它、羞愧它，在我生日、第 22 个中国记者节到来之际，除了感谢友人、同仁的祝福外，不由使我唱起韩静霆作词、谷建芬作曲的《今天是你的生日》这首歌："今天是你的生日，我的中国/清晨我放飞一群白鸽/为你衔来一枚橄榄叶/鸽子在崇山峻岭飞过/我们祝福你的生日，我的中国/愿你永远没有忧患，永远宁静/我们祝福你的生日，我的中国/这是儿女们心中期望的歌……"

2021.11

守岁与守旧

今天是公历 2020 年最后一天，现在有了互联网，不时有朋友传来祝福的话语或视频，很多人常常把今天作为鼠年的结束、牛年的开始，其实是不对的，是把中国人的农历与公历混淆起来。当代中国人几乎不讲农历了，只是快到春节期间（这亦是中国人特有的），才想起农历，过了农历正月十五后，渐渐又把农历忘记，日复一日，年复一年，在我上一代，他们几乎都称农历；我父亲在世时，总会掰起手指诵曰：甲子乙丑海中金，丙寅丁卯炉中火，戊辰己巳大林木……对生肖排列则念念有词：子鼠、丑牛、寅虎、卯兔、辰龙、巳蛇、午马、未羊、申猴、酉鸡、戌狗、亥猪……也许是念过私塾，他们那代人具有背诵"童子功"，到了八九十岁都不会忘记或弄错。到了我们这代就不行了，我虽幼时在农村度过，但祖父祖母都不会教我们，以致到了大城市生活、读书——虽然我那时还未正式取消私塾，我读小学时还常见有私塾先生教弟子，不时见他摇头晃脑地背诵着什么，我们读新学的孩子总是嗤笑扎着辫子盘在头顶的稚童，如今想想，中国人的甲子、农历、节气、生肖等，还是很有道理的。

2020 年按中国农历算庚子年，即按农历一个甲子计，比如1840、1900、1960、2020、2080……60 年一周期，谓之我国农历的干支纪年，按字面理解，干支相当于树干与枝叶：中国古代以天为主，以地为从，天与干相连叫天干，地与支相连叫地支，合起来叫天干地支，简称干支。擅长观测的我国先民早就发现，每当年份运行到庚子这一年，自然灾害变多，突发事件频频，一些震动世界、影响安定的大事件也容易发生在这一年。因此，我国民间一直流传着庚子预言、庚子之灾、庚子大坎、庚子轮回等等传说。2020 年正是庚子年，从 2020 年年初起，新冠肺炎疫情突如其来地发生，使世界各国很不安生，科学家、民众和各国政府迄今还在竭尽全力地进行抗疫。就我的体验及所闻，不少名人、熟悉的朋友也均在这年突然离世，我不知道是否与疫情有关，但庚子年是凶年，似乎是不言而喻的。

以往，我到年底常有守岁的习惯，按小时候的守岁应当在农历大年三十，后来我把这习惯放在公历的最后一天，因为过了这天明天就是元旦。所谓"元"，即为"始"，凡数之始称为"元"；所谓"旦"，又谓"日"；"元旦"意即"初始之日"。我的守岁即摈除身体、思想的污秽，心诚意正地端坐、遐思，等候与迎接美好的新年——当然，我按公历和农历，有两次守岁，一个像是"前奏曲"，另一个则是"后奏曲"，方式方法多样，却不外乎看书读书、静思默想，或遥望星空，我的思绪飞得很远很远，有点多愁善感。特别是今天，天气特别地冷，像上海冷到零下 7 摄氏度，为这几年没有过，好在现在有空调，有取暖器，将这些设备开起来，小小的屋子暖意浓浓，唯有此刻，我感到惬意、快乐。

说实话，现在的电视节目没有看头，尤其电视娱乐节目几乎成了某些人的大闹场，被称为明星的他（她）们，在那里嘻嘻哈哈、说东道西，有些话题甚至令人作呕，所以我看得闹心，常一关了之。至于电脑里的优酷、爱奇艺等电视剧，剧情一般都是脱离实际生活的"神剧"，非我俗民所能欣赏。大概读惯了纸质书，此刻觉得纸质书最亲近，最令人神往，而现在的报刊，办得好的，内容相对比较有文化气息的，少之又少，不去读了。

纸质书并非本本好，尽管出版界近年也出过好书，但大部分是市场书，不值得去读，反而看点老书、旧书很有味道。就我个性言，我的思想很想"前卫"、很有"见地"，甚至有一种异想天开，但读到那些"庸书""俗书"，我的行为只能"守旧"，于是守岁中守旧，从老书、旧书中"温故而知新"。对编书人言，编新不如述旧；对读书人言，阅新不如观旧，此旧便是常销书、有思想的书，对此，我颇有点牛心拐孤，即很固执、死心眼。

真要论述起来，作为一个读书人，我的藏书很少，几千册而已，因为我是新闻中人，而非学问中人，做新闻重在实践，而非八股式地写新闻，虽然也需要许多学问、读许多书，但毕竟是随写随读、边读边写，在新闻实践中不断用新知、良知、真知武装自己，社会是本大书，永远读不完。所谓"新闻无学"，其实是偏见、陋识，用你的知识服务读者，用你的报道叙述真相，是多么有意义的工作。我有时在想，何时能把自己的几千册藏书读完，不枉此生，这也是我今天守岁沉思的一个命题。

　　人们常用"学富五车，才高八斗"形容一个人的学识、才气。于我而言，我性格疏懒，除了认死理外，做到新闻中"学富五车"难能达到；当然这里的五车，其实并非实数，而是要读许多书。《庄子·天下篇》曰："惠施多方，其书五车。"若以五车计，古代的马车装的是一捆捆竹简，按《墨子·鲁问》所说，"子之为鹊也，不如匠之为车辖，须臾斫三寸之木，而任五十石之重。故所为功，利于人谓之巧，不利于人谓之拙。"也就是说，能工巧匠所造的马车大概能装载五十石的货物，按现代人测算，五车约能装载 5 000 公斤左右，即五吨竹简，这个体积、重量实在太大，真正读完非易事；而唐朝柳宗元所说"汗牛充栋"，则厉害多了，这个时候不是竹简了，隋唐诞生了著名的宣纸，要读完"处则充栋宇，出则汗牛马"满屋子的书，恐怕难上加难，所以，我个人觉得读书要读自己喜欢的书、自己要用的书，否则会"望书兴叹"，走向反面"不读书"。

　　写下这些文字，不知不觉已过子夜。还是收笔吧，守岁结束，跨过今年与明年的时光交汇点，好好迎接未来的明天，祝愿自己快快乐乐、健健康康，同时也祝朋友送走烦恼忧愁，高高兴兴地迎接新年到来！

2020.12.31

当新闻编辑的乐趣

写下这个题目，心里不免嘀咕：编辑这个范围太广、太大，不如缩小一下范畴，先以新闻编辑为例。说实话，我进入新闻界比较晚，年龄亦大，许是动荡的时代背景因素，不能像新闻前辈那样从容、幸运地从学校一毕业就踏上新闻工作岗位。不过我自感职业生涯还是蛮走运的，年逾三十先做采访记者，再后又做新闻采编，最后担纲新闻编辑，从"低级"走向"高级"（我很不赞成职称用这样的词汇，犹如大学教授是否有低级与高级之别），尽管这条路走得有点跌跌撞撞、碰碰磕磕，但没有摔倒、跑歪，而且硬朗、有骨气，为社会尽自己的责任，为读者奉献个人的服务。

有人说："新闻无学。"在未接触新闻之前，自然不懂新闻，更体味不到其中的学问。所以有人这样打比方揶揄："新闻学，尘埃乍起；社会学，尘埃飞扬；历史学，尘埃落定；考古学，尘埃掘挖。"随着新闻实践增多，一颗热爱新闻之心渐长，对新闻的职能有更多了解，感觉终其一生，采访与编辑是永远做不到头的，不论是采访还是编辑，一定要抱以"事不避难，义不逃责"的职业精神，追求"内容为王，旗帜鲜明，行文明朗，精益求精"的新闻风格，而且终身践行"活泼，通俗，稳重，务实"的人生哲学。

何谓编辑？按教科书上的语言讲，是指"从事此项工作的人士，中文称谓'编辑'或'修改'，其工作包括研究编辑基础理论、编辑活动规律及编辑实践管理；也是一门综合性学科，属于人文科学范畴"，其"编辑工作是现代新闻事业的中心环节"，这些定义当是准确无误的，但有点文绉绉，像是面面俱到，过于抽象与笼统。就我体验言，与其他人文工作者一样，新闻的采访与编辑其实就是"知识生产者"，一言蔽之，是"知识人"，其社会功能是为读者服务、记录历史、提供事实、揭示真相。无论是铅与火的纸媒时代，还是光与电的网络社会，编辑就是"幕后英雄""无名战士"，他为前方记者提供一个报道新闻的舞台、一片展示个人才华的天地，而且一线编辑比前方记者更具敏锐性、嗅觉性、前瞻性、统筹性，尤其在政治立场、新闻旗帜、思想觉悟上，必须具有特别素养与素质，这不是天生的，而是靠平时勤于学习、勤于积累。

对长期从事一线新闻编辑工作来说，在新闻调研、选题策划、文稿选择、稿件修改、新闻评论等各个环节，需要作理性的价值判断，不仅独具慧眼、跳出新闻，而且要十八般武艺样样能拿起，在修改、删增文字时，熟悉各路记者的风格，保持其个人语言特色，特别具有一种"是他的还是他的而不是编辑的"的文字功底，在匡正谬误的同时，做到"真知灼见，透辟认知"，这些实非一日之功。

做编辑的乐趣在于"为他人作嫁衣裳"，对自己职业认知有一种崇高感、使命感。编辑好新闻，奉献给读者，这是编辑与记者的共同目标、努力方向、互动互助，编辑同记者一样是"无冕之王"，在没有权威、响亮的名义却无声无息、作用极大的职业岗位上，可以选择采访对象、代表读者说出心声，这是多豪迈、多荣光！ 所以在崇高职业使命的紧逼与推动下，积极策划一些"前人没有编过的，而当今及后来的读者又爱看的新闻"，这是编辑职业、编辑人生的大学问，更是当好编辑的先决条件。

做编辑的乐趣在于"数十年如一日，有始有终"，特别面对利诱、权势，包括待遇、升迁，不作他想，刚直不阿，心无旁骛，坚持不懈地全身心投入其艰辛工作，数十年都在坚持干着同一件事情，这就需要有恒心、有毅力，能始终如一，且兢兢业业地在平凡的岗位上作出不平凡的业绩。

酷爱读书，擅长思考，既为他人编好新闻，也能身体力行写作，这是当一名好编辑更高层面的要求，也能乐在其中，这是我对做好编辑的态度与情感。

做编辑的乐趣在于"新闻留历史，文字传千年"，其责任是重大的，虽不署己名，却乐于此道，体悟新闻编辑的魅力在于留下印痕、积累文化、播扬文明，正是传之后世的责任。有了这种收获感，就会心满意足。别看编辑是"稳做钓鱼台"，其实心中盘算，幕后策划，也是一个不出场的社会活动家，其活动力是不怕麻烦的研究，不怕艰苦的探索，也包括不怕艰险的奔波，不怕辛劳的耕耘。

做编辑的乐趣在于"既当专家又做杂家，万宝全书补只角"，即指编辑按自己兴趣深入接触某些方面学问家，渐渐入门，见多识广，成为某一学科领域的学者。编辑同时又是杂家，拥有广博的知识。著名编辑家罗竹风在 20 世纪 80 年代如此说："编辑应该是杂家。所谓杂家，就是对各个领域的各种学问，都要懂一点，略知一二还不够，最好是略知二三。"确实，多涉猎一些知识领域，能提高编辑业务水准。

不妨举实例。近读名记者叶冈所著的《散点碎墨》，得知那时《文汇报》记者编辑藏龙卧虎、人才济济，他们都有自己的"绝招"，像时政、经济、科教、文艺、体育等各条线，记者编辑精通业务、懂行在行，所写的新闻报道、人物通讯、新闻评论，不仅外行看懂，而且内行敬佩，尤其文艺部，无为而治，上无官气，记者编辑也就都有积极性。为纪念新中国成立十周年，《文汇报》为此组织了好多庆祝专页，文化艺术方面的专页不少，文章都很精彩，如记者张忱、路远写的人物特写是高水平的；记者萧庆璋是音乐行家，其音乐报道好看耐看；记者蔡平是戏剧迷，其报道、评论独具一格；至于文艺部主任唐振常，有韩信点兵的大将之才，在编辑、审读版面后，不时兴趣盎然地"摇一段"（即京剧中人物下场时唱摇板过渡，这里指配发当场所写艺评）。记者编辑心有灵犀一点通，配合得天衣无缝，文艺部这样的强将不少，通晓业务，新闻、评论都来得、了得，也是他们熟悉的那一行的专栏作家，既在行又精彩，非常有权威性。在这样的团队、氛围里，采编相互交融，编辑画龙点睛，难道没有一种生活乐趣么？吾辈虽生晚，没有与这些新闻前辈交集，但耳濡目染，心向往之，迄今铭记。

　　作为编辑，需要眼观六路、耳听八方的职业敏锐，掂稿件分量像高明品酒师那样具备特殊味觉，审稿像音乐指挥能辨出乐队中有哪样乐器走调所需特有天赋，这些实际上须在版面上体现出来，按行内话说，就是版面语言体现一种立场、情感、审美、趣味。走过几十年的新闻历程，现在看来，当初新闻前辈教我们做记者编辑其实是"技术活"，既是新闻行家，也是艺术工匠。在纸媒时代，编辑的高水平、精构思体现在"一支笔"（修改文稿）、"一把尺"（排版计算）、"一个题"（标题制作）。在没有电脑、网络岁月，"一支笔"就是高超的文字功底，在小样、大样、清样修改时，"一支笔"的功底表现出让人信服的高出一筹的文字能力，不仅改得像你自己的文笔，有时改一字立刻使文章"活"起来、"跳"出来，变得文采飞扬；"一把尺"就是用铁尺两边的刻度计算版面栏数、行数、字数，且需心算准确，让排字、拼版师傅得心应手地操作（那时搭档优秀的排字、拼版师傅就是"半个编辑"，他们会主动帮你解决版面技术的缺陷、罅漏问题），当你画出一张版样时，实际上也是你"黄金分割律"审美情趣的体现，版样的篇数、字数是有限的，但蕴含的思想空间是无限的，如同"走象棋""下围棋"一般，空间就这么一点，棋子就这么一些，但每盘走起来都不会重复，故每天设计的编辑版样（那年代美术编辑只管美工、图片、插画等），也是千变万化、不会重样，所以编排体现编辑的巧思匠心、审美情趣，也让报纸风格"定格"在区别于他报的本报特色上。

这里顺便提下，现在的电子网络排版，包括融媒体，实在有千篇一律、千人一面之感，虽然传播速度迅速、手段日新月异，但版面的美感因此失去，使读者读不了几行就消退阅读兴趣，期待未来的电子平面媒体能有多维度的发明、发现，排版艺术有长足进步，使读者产生真正的"悦读感"。"一个题"是指新闻标题、副刊标题，新闻标题常有单题、双题（主题、副题；肩题、主题）、三行题（肩题、主题、副题）、四行题（双主题或双肩题、双副题），而副刊通常是单题，起标题体现编辑的高水平、高技巧、高眼光、高能力，不仅高度浓缩、高度提炼、高度概括，而且标题通俗易懂、朗朗上口、一目了然、生动形象，可以说编辑的水平、乐趣体现在新闻（副刊）标题的制作上，除了多读书、读熟书，更须"吟安一个字，捻断数茎须""鸟宿池边树，僧敲月下门"的功夫与精神，当然这与新闻（副刊）稿的文字质量相关联，好的报道、好的文章常常会"自然而然""跳出好题"，这是与当今的电子读物那些空洞无物、哗众取宠的"标题党"背道相驰、不可同日而语。

　　在我们这辈，虽没有与大编辑、名编辑同事过，但经常耳闻沪上好几位编辑"大腕"轶事，比如，由《大公报》延续至《文汇报》的章绳治，由《新闻日报》延续至《解放日报》的陆炳麟。章氏的版面设计别出心裁，力避雷同，将两篇字数大体相等而又内容相近的稿件对称加框，联成一体的编法是他发明的，现在有些报刊编者还常采用这种"章氏编法"。陆氏则开创了左右通栏、上下通栏特大标题的版面，以声势夺人。随着这两位"大腕"编辑的离世，这种各具个性的版面编排，似乎成了难以重逢的编家"绝唱"。

当一名合格或者说优秀的编辑，除了要有理想、追求和使命感外，还要养成一些基本的素养和能力，这是编辑业务的要求和底气。当编辑的乐趣，在于对人类精神价值的评判，一定是坚硬的岩石，而不是轻飘的浮云；做新闻编辑就是要追求潜入历史，化作永恒，而不在于一时的激荡血肉，或洛阳纸贵。面临信息社会，手段变了、技能变了，但编辑的内涵、乐趣不会变。我想，当一名合格或者说优秀的编辑，还需养成其他一些好的素质和习惯，比如经常看报刊，逛书店，参加书展，看博物馆，考察文化遗址，研究域外期刊，掌握基本的营销方法等，这些，都会唤醒你的新闻感，产生新的新闻理念和选题，引发你的新闻激情，培养你对新闻的挚爱，可谓：胸怀理想，循道正行，一个无限风光的新闻时代就在前方。

2021.12

新闻人的"第二专业"

读到老报人、评论家邵传烈的近年著文，提出"记者不妨要有第二专业"的观点，深受启发。他提及《文汇报》文艺部前主任、史学家唐振常先生在 1988 年名记者黎澍去世时所写的《痛定思黎澍》一文，其中写道："他仍似乎是开玩笑地对我不止一次分析过新闻记者的归宿。他以为记者如果不努力充实自己，只以为靠一支笔无事不可为，最后会归于空虚。他以为记者还应该另有专业（他并没有称之为第二专业），那就是或从事文学创作，或研究历史。否则，只能是一个新闻事业的管理者。"黎澍践行了自己的主张。他后来从写新闻、办报纸转为治史，成为一位著名的历史学家。

唐振常与好友黎澍同途同归。唐振常毕业于燕京大学历史系，学贯中西，博古通今，新闻、通讯、评论，无不信手写来，倚马可待。他初入《大公报》，后进《文汇报》，写得一手好文章。这位报界才子的"第二专业"，是精于美食，著有《品吃》等多种饮食小品文集；他还有"第三专业"是写电影剧本。也许交际多、人脉广，复旦大学教授谭其骧曾分析唐振常"第二专业"的"独特吃势"："从小有吃——出身于大富大贵之家；会吃——亲友中有张大千等美食家；懂吃——毕业于燕京大学，有中西学根底；有机会吃——当记者游踪广，见的世面大，吃的机会多。"唐振常闻言大笑,深以为然。他说:"新闻记者倘无专长,到老了,顶多做个旧闻记者,别的什么事都做不了。"

像唐振常一样,现耄耋之年的老报人徐洁人、郑重也各有"第二专业"。徐洁人原来跑文艺新闻时,在和画家打交道之余,自己也爱上了画图,业余作画数十年;退休后,由业余转为专业,每天作画,画艺大进。他创作了不少色彩瑰丽、各具风情的中国画、水粉画、油画等,还出版了画册,虽年逾九旬,但依然思路敏捷,落笔生辉。今年86岁的郑重,他的第一专业是跑科技和卫生新闻,采访的大多是医生和科学家。他的人物通讯写得出色,如陈中伟医生第一例断手再植成功、吴孟超医生肝脏开刀、蔡用之医生成功研制人工心脏瓣膜,这三则医学首例报道,都是名作。他的"第二专业"是文史,写人物传记。退休之后,他把目光转向文史,为诸多艺术家、书画家、收藏家、科学家作传。这缘于当记者时,他和一大批艺术家、书画家、收藏家交了朋友,他同许多传主的交往,并不是他们名满天下的时候,大多是在他们不得意、坐冷板凳的日子。郑重的"第三专业"是书法,多次参加书法展。从当记者起,郑重从一而终,一专多能,无愧于"记者人生、文史人生、书艺人生"之称。

由此想到,当今我们正处在信息革命的时代,但新闻人"第一专业"的"四能"——"脑筋能想,腿脚能跑,耳朵能听,挥手能写"不能变。尽管新闻业态在音频、视频等领域有新突破，但新闻人化雅为俗、简白平实、谦冲自牧、慎始敬终的精神不能丢。作为新闻人，在职时是培养"第二专业"的大好机会，许多新科技是产生新兴趣的温床。有些记者是秤砣型的，任何时候都沉到底；有些记者是木片型的，经常都浮在水面上。需要处理正业和副业关系，有"第二专业"并非"不务正业"，有时可以互补互动。在正业无事可务时，或在退休之后，有"第二""第三"专业，或许能开辟人生的一片新天地，不至于落到"归于空虚"的地步，产生英雄无用武之地的惆怅。

注：本文刊《新民晚报》，2021.11.19"夜光杯"，第18版。

"串糖葫芦"与"钩子"

　　徐盈、彭子冈夫妇是我国 20 世纪三四十年代新闻界的"双子星"，前者属于有理性认识和深度研究型记者，后者属于锋芒外露情感型记者。彭子冈、浦熙修、杨刚、戈扬在新中国成立后被称新闻界"四大名旦"（前三人还曾被称为"三剑客"），而徐盈富有才华，是中国经济报道的先行者，他不像其他一些记者那样囿于当时局限只写社会上的刑事犯罪、民事纠纷和八卦花边趣闻，而专注于人民的疾苦和社会的变革，是一位较早侧重研究社会经济的学者型记者。

　　徐盈以自己多年的采访经验谈到，做一个记者，要学两种本领：一是会"串糖葫芦"；二是全身要挂满"钩子"。

　　所谓"串糖葫芦"，是指记者在采访到手的材料，像一颗颗红果，往往是孤零零的、松散的、互不联系的；如果平铺直叙地罗列出来，就形不成气候，成不了好新闻。这时，记者就要善于找到一根"棍"，把它们串起来成为一串"糖葫芦"，形成一篇主题鲜明的新闻。

　　所谓全身挂满"钩子"，是说记者外出采访，切忌"单打一"，或者叫做单纯任务观点，只管一件事，其他不闻不问。这是不利于做好新闻工作的。因为时时处处都会有新闻在你身边发生，就看你是不是一个有心人了。按行话说，"做新闻"

要"捉活鱼"，就是沉到社会底层，从生活中发现。徐盈认为，记者身上不能只有一个"钩子"，光钩你所需要的"鱼"，而要"钩子"遍布全身，把各种"鱼"都钓上来。有的"鱼"（材料）当时有用，有的"鱼"（材料）则"养起来"，可作素材，积累起来，以备后用。这样才能使你的所得更为丰富，才能不至于与好材料失之交臂。

徐盈这两个比喻都非常生动而形象，至今让报人难忘他的经验之谈。不过，再好的采访来自社会良知、道德品行。徐盈是有修养、有原则的报人，无论是待人接物，还是跑新闻、写文章，都是谦虚谨慎，不骄不躁，克勤克俭，很少差池。但他不随和迁就，他笔下的东西无一篇不是坚持原则，坚持立场，当年报界妙笔多支，当数徐盈唱响主角。

20世纪80年代，徐盈担任全国政协文史委员会副主任，主持出版《工商经济丛刊》，他和老同志反复商议，开列重点征集抢救原工商经济界知名人士的名单，制订相关选题的征集出版计划。如果说徐盈的"串糖葫芦"与"钩子"尚能有用，那么他又作了新的勾连与延伸。

徐盈一再强调，一定要做好工商界"四个不能忘记"的人物的资料征集出版。他举例说，毛泽东主席在一次接见黄炎培先生的谈话中曾提到：说到化学工业，不能忘记范旭东；说到纺织，不能忘记张謇；说到钢铁，不能忘记张之洞；说到交通运输，不能忘记卢作孚。徐盈认为，这些成功企业家的创业经历，不仅是经济研究的珍贵资料，而且他们的成功经验对社会主义经济建设亦有很大的借鉴作用。于是，"范旭东与永久黄""张之洞与汉阳钢铁厂""张謇与纺织工业""卢作孚与民生公司"一个个选题开始运作。他对刚出校门的年轻人推荐了大量相关书刊阅读，如《中国近代工业史资料》《永安纺织印染公司》《上海民族毛纺织工业》《金城银行史料》《侯德榜》等，并介绍征稿线索，鼓励年轻人走出去、到一线。徐盈说，做事都会有成有不成，不做就永远也不会成。在淡泊名利、默默笔耕的精神带动下，徐盈与年轻同仁一起，为后人留下大量有价值的近现代中国工商经济史料。

2021.12

摇呀摇，摇到外婆桥

　　人生童年最忆外婆家，"小时候的味道，是在妈妈的襁褓/摇篮在摇呀摇，摇到外婆桥/走过那路一段，再次回头看/温暖依旧人已老，时光的彼岸/家里面的味道，是妈妈的味道……"这首《人生味》儿歌道出对外婆的眷念、对妈妈的牵挂。对著名作家叶辛来说，这样的情感、思念如今似乎更为强烈。

　　共和国同龄人叶辛，通过自己的文字呼吸，将自己的心脉启动，向社会贡献出丰富而雅致的精神生活；他用自己的情感、故事，勾画出艰难与奋进、绚烂与平淡相互交融的岁月。树高万丈，叶落归根。而今，叶辛每每静思，怀多感慨："我从哪里来？"

　　就说祖籍，叶辛从小填写"出生上海"，后来妈妈告诉他老家在安亭，最早归属江苏。这样，叶辛开始"寻根"，但老家找不到近邻，他只能求助于嘉定方面的朋友。很巧，近来读到嘉定文友朱超群 2020 年出版的《人文情思》，其中有《从"花家桥"到"天福庵"》《叶辛故乡考证和联系》文章，真实记录了寻找叶辛祖籍是苏州市昆山花桥镇天福村人的过程，我歆羡花桥、安亭有如此的叶辛拥趸们，感叹花桥、安亭有这样的文学热心人。

　　国庆节前夕，性格敦厚、做事利索的朱超群给我讲述寻找叶辛祖居的艰难曲折的故事。那是在 2018 年春节前，受嘉定地方志专家陶继明委托，他和文学爱好者顾纪荣，以及花桥地方志专家陈文虞，多次查访考证、实地勘察叶辛祖居。原来，叶辛祖居天福村，因天福庵香火旺盛，人气集聚，庵之周边的民居就称天福村，庵边的小镇叫天福庵镇。天福庵镇的万寿桥之南称老街，万寿桥之北分为北街和西街。老街背靠跋沙泾，南北有两座石桥，中间有一座三接木桥称为穿心桥，人们从桥西上桥、桥东下桥，再穿过顾家店堂，才能到达闹市，别有一番情趣。最令人叫绝的是聚福桥、永清桥和万寿桥三桥相连，成为江南水乡一绝，犹似一个凹字形聚宝盆，给天福村带来了好运。三桥的桥名蕴含深意：聚集福气、永葆清廉、万世长寿，可见旧时为桥命名的良苦用心。1920 年沪宁铁路上设立了天福庵火车站，小镇一夜成名。

朱超群陪同我实地察看叶辛祖居，这里均被拆迁，要改造成文化产业园。朱超群说，现历史名人馆造了姚、薛两家。姚家是党的女儿姚雪琴，解放前是中共地下党员，解放后担任上海首任市长陈毅的秘书。薛家则是解放前的一家药材行，楼宇造好，但无实物。朱超群指着姚家百米远之处，说那里便是叶辛外婆家的老宅，客堂匾叫"绿竹堂"，前后房子有 18 间，都已被拆。前些年修高铁，几乎从"绿竹堂"边擦身而过，对三桥边地面震动太大，已不适宜居住，村民都搬进了天福社区。政府现辟地另建"叶辛故乡文学馆"，将于今年底开馆。天福庵老遗址处曾是天福小学，这所百年老校早年是地下党活动的场所。

找到外婆家，叶辛高兴。2020年底，他发表《三桥边的绿竹堂》，其中写道："这是外婆家。72年前，我出生在那里。妈妈说，这是你的根，你要记住她。"听了这样的故事，我们心里亦温润如玉。对叶辛言，虽旧宅变成绿地，但三桥还在，乡情还在。此刻，月如钩，无言；夜无声，恬静。不妨聆听、细品，还是那首《童谣》唱得好："摇啊摇，船儿摇到外婆桥；外婆好，外婆对我嘻嘻笑。"

———————

注：本文刊《新民晚报》2021.10.20"夜光杯"，第18版。

谈谈当今的网络语言

2021 年 11 月 30 日，国务院办公厅发布《关于全面加强新时代语言文字工作的意见》（国办发〔2020〕30 号），重申"语言文字是人类社会最重要的交际工具和信息载体，是文化的基础要素和鲜明标志"；强调"坚持以人民为中心的发展思想，以推广普及和规范使用国家通用语言文字为重点，加强语言文字法治建设，推进语言文字规范化、标准化、信息化建设，科学保护各民族语言文字，构建和谐健康语言生活，传承弘扬中华优秀语言文化，提升国家文化软实力，为铸牢中华民族共同体意识、建设社会主义现代化强国贡献力量"；提出"加大行业系统语言文字规范化建设力度，强化学校、机关、新闻出版、广播影视、网络信息、公共服务等领域语言文字监督检查。将语言文字规范化要求纳入行业管理、城乡管理和文明城市、文明村镇、文明单位、文明校园创建内容。加强对新词新语、字母词、外语词等的监测研究和规范引导。加强语言文明教育，强化对互联网等各类新媒体语言文字使用的规范和管理，坚决遏阻庸俗暴戾网络语言传播，建设健康文明的网络语言环境"。该文件进一步提示人们：语言即文明，净化网络语言传播，正是亟待重视的文化现象和社会问题。

确实，语言和文字的诞生，是人类步入文明的标志性事件。对中华民族而言，对语言、文字的诞生有着古人传说，相传文字始祖仓颉"天生睿德，四目重瞳"，能够仰观天象、俯察万物。《说文解字》《世本》《淮南子》皆记载仓颉是黄帝时期造字的左史官，见鸟兽的足迹受启发，分类别异，加以搜集、整理和使用，在汉字创造的过程中起了重要作用，被尊为"造字圣人"。他成功创制文字后，"天雨粟，鬼夜哭"，黄帝也对他荣宠有加。有人认为，天降粮食是祥瑞，鬼夜哭是因为人类主宰了世界。也有人认为，这是天大的凶兆，鬼夜哭是因为人心将变得诡诈，老天怜悯众生，于是降下粮食让人预备饥荒和战乱。（《淮南子·本经训》）可见，语言是人类最伟大的天赋能力之一，文字则被视为一个族群"进入文明"的首要标志。

语言、文字（统称：语言）的发展史，就是一部人类文明史。随着人类的发展，语言极大地提升了生产能力、协作效率，使物质越来越丰富，使知识和经验能够积累、碰撞，促成了文明的扩增和传承。语言即思想——语言是人类真正区别于动物、构成"人之所以为人"的高贵属性。唯有人类，能用语言描述内心、构建观念、预估未来。就历史言，一种语言最发达的时期，就是一个文明最繁盛、最辉煌的时期，例如中国的先秦百家、唐诗宋词，阿拉伯的"百年翻译"，以及拉丁语国家自文艺复兴以来的空前繁荣……相反，文明衰亡的症状和病因，通常是"语言腐败"导致的观念落后、道德堕落。从表象看，历史是财富的创造与毁灭、权力的扩张与限制史，但从内在看，一部文明史其实就是"语言的腐败与反腐败史"。语言有时"扩张"，有时"紧缩"，当一个社会将空洞、粗鄙的语言泛滥成灾，则会导致语言丧失了思辨、审美的功能，使人们活得越来越浅薄、粗俗，让一批所谓的"美盲"取代"文盲"。令人感到不幸的是，当今"语言腐败"借用无孔不入、日新月异的现代科技手段、途径，侵入到社会与生活的每个角落、每个方面，即便是最理性、最睿智的人也很难意识到：它将给人类大脑装配的虚假知识、剧毒观念，妨碍与危害正常的逻辑和决策，摧毁真伪、善恶等基本伦理，网络语言表现尤甚。

现在有一个词汇叫"网暴"，就是指一种危害严重、影响恶劣的网络暴力形式，指一类由网民发表在网络上的并且具有"诽谤性、诬蔑性、侵犯名誉、损害权益和煽动性"这五大特点的言论、文字、图片、音频、视频，构成对他人的名誉、权益与精神造成损害，这种行为人们简称"网暴"。它常常打破了道德底线和做人标准，伴随而来的是侵权行为和违法犯罪行为，是社会暴力在网络上的延伸。2019 年 12 月，国家互联网信息办公室发布《网络信息内容生态治理规定》，根据规定，网络信息内容服务使用者和生产者、平台不得开展网络暴力、人肉搜索、深度伪造、流量造假、操纵账号等违法活动。这是及时举措，也是当今人们需要特别关注和警惕的。

还有一种情况，就是其网络语言怪模怪样，让人们读不懂，其"创造性""创新性"，常会使人莫名其妙、叹为观止。这让几千年演变、流传下来的优美、畅顺、形象、直观、节奏的汉语由"宁馨儿"变成"丑小鸭"，这种网络语言的混乱、错乱成为汉语史上最暗淡的一页。这种现象，是把别人的痛疮当作自己的宝贝，这类"语言腐败"充斥于我们社会中各个领域。殊不知，这些最常用的基础汉语词汇，关乎我们每个人的日常生活，却经常被误用、滥用，而人们竟然浑然不觉，甚至推波助澜，这些"毒害语言"在网络上疯狂传播，不仅危害我们这一代，更会危及我们下一代，这实在不是杞人忧天的小事！

不客气地说，用现代汉语标准——尽管汉语亦在不断变化、发展，在洗涤中更新，细加衡量，进入或者说符合汉语语言学家法眼的有几多？仔细读读当今的文学著作，认真看看当下的时文热点，有几个是能够经得起细细推敲和深思回味？在网络上，那些走时髦路线的，喜欢耍贫嘴的，还有所谓走古典路线的，有"掉书袋""四不像"之丑态。我们要为当今汉语界叹息：能把文字写得耐看，让人细嚼慢咽的作家，时今真的寥若晨星、屈指可数。

不过，我们不要泄气。石在，读书火种不灭。泱泱大国，巍巍华夏，屹立世界，傲视群雄。在当今读书界，至少有人的文字透着一股书卷气，遣词用句有文气，却不过分、不过火，写人，写事，切入点与众不同，见好就收，给自己留着余味，给读者留着余地，读完作品，非想想不可，读其文字，令人想起一个美好的字，即"品"。这个"品"，不是一口，而是"三"——代表无穷的"品"，读这样的作品，不是屠门大嚼，而是喝功夫茶，坐下来慢慢小口细尝品味。有位哲学家说得好："当我们交谈的时候，我时常感到需要把词语从我们的交谈中抽离出去，送去清洗，清洗干净之后，再送回我们的交谈中。"这句话值得我们认真反思。

当今时代，语言似乎也在"堕落"和"通胀"，人们的情绪一边亢奋，一边麻木；人们的认知，数量上越来越广博，质量上却越来越浅薄。或许未来有三类人：掌握"碎片化信息"算法的极少数，被碎片化信息驯服的沉默的大多数，还有用思想抵御浅薄与粗鄙的另类人。写到这里，不禁想起著名语言学家吕叔湘先生在20世纪90年代中期一次全国语文报刊协会上的讲话，他先谈及全国的语文报刊有200多种，但这些语文报刊大致分为两类：一类是专门搞语文研究的，类似《中国语文》，学术性很强；还有一类是专门配合语文教学的，这类刊物特别多，它是随着语文教学的节奏来安排的，其中大量是教辅刊物。接着他说道，现在恰恰是社会语言文字出现了混乱，这次混乱是空前的。过去的混乱，比如说新中国建立初期，都是写了错别字、语法不通，这些还是在局部范围内，而且主要是老干部没有接受过系统的语文学习。后来就在《人民日报》上连载语法修辞讲话，《人民日报》还为此专门发了社论《正确地使用祖国的语言，为语言的纯洁和健康而斗争》。第二次，"文化大革命"当中，文风出现了混乱，不仅语言非常贫乏，而且非常粗暴，"就是好、就是好"，翻来覆去就是这么几句话，文风非常单调，特别是一些"把你打翻在地，再踏上一万只脚，让你永世不得翻身"，都是这种充满杀气的语言。"文革"一结束，这样的语言自然而然慢慢消失了。吕先生说，改革开放以后，语言文字的混乱可以说是越来越严重，越来越突出，不仅仅是有错别字，更是有词语错误、语法错误、逻辑错误，整个语言文字应用出现了前所未有的混乱现象，不但是文化不高的普通老百姓会用错，连读书人圈、文化机关都出现了差错。现在这些书本、报纸、刊物、影视字幕，还有哪一家没有差错！ 吕先生的批评很值得我们深思反省，而今随着网络社会的到来，吕先生所批评的这种社会现象非但没有改进或改正，甚至有越演越烈的趋势，这个"第四次浪潮"需要我们每个有社会责任感的文化人、读书人努力去克服、纠正的。

可以说，未来最稀缺的不是物质财富，也不是知识和信息，而是能抵御"语言堕落"以及民粹潮流的厚重思想——承载它们的，是那些经过大浪淘沙、时间砥砺，依然能为理解今天我们遭遇的问题和困惑，提供可靠范式的经典与精华。是的，未来的"网络语言"准备好没有？

2022.1

听那风　看那云
——闲读散札

　　赋闲后不时去郊游，春天秋季，乘坐公交，到各郊区走走，不喜欢去曾经印在脑海里的古镇，因为城乡一体化，不少古镇早被拆迁改造，变成非马非驴、不古不今的新镇，且千篇一律、模样雷同，这是不是符合当地农民或者说乡人的赞成，很不好说，因为话语权已经不在普通农民，而在乡镇干部，一旦动迁改造，干部们自然有事可做，当然与开发商一样亦有钱可赚，至于文化不文化，损害子孙不子孙，那种社会良知、道德底线早就杳无音讯、无声无息。

　　到郊区，我喜欢走田野、逛村落。春天，见喜鹊在枝头，十里桃花相映红；瞧柳树露嫩绿，一阵微风薰花蕾。秋季，桂子送馨香，霜天红叶显斑斓；菊花绽橙黄，芦苇鸿雁嘹干云……不过，我最想听那风、看那云，瞭望田野，仰视天空，春风春云，秋风秋云，虽属同样景物，但却各自迥异。于是，心无旁鹜，坐在山间、农舍，若有所思，憩在河岸、小道，我享受大自然的恩赐，我陶醉天地间的神游。

　　先说风，人们常说：温煦春风拂面，萧飒秋风刺骨，云云，这其实是身体器官的感觉。我以为，对风主要在听，所谓闻风而动、闻风而逃等等，变成了人的一种灵敏反应、迅疾行动。

先秦时期的辞赋家宋玉写过一篇著名的《风赋》，有意思的是，他把风分成雄风和雌风，在楚襄王游于兰台之宫（故址在现在湖北省荆门市钟祥县）时，宋玉与另一名楚国大夫、辞赋家景差在一边伺候。且读原文：有风飒然而至，王乃披襟而当之，曰："快哉此风！寡人所与庶人共者邪？"宋玉对曰："此独大王之风耳，庶人安得而共之！"王曰："夫风者，天地之气，溥畅而至，不择贵贱高下而加焉，今子独以为寡人之风，岂有说乎？"宋玉对曰："臣闻于师，枳句来巢，空穴来风。其所托者然，则风气殊焉。"翻译成现代文就是：一阵风飒飒吹来，楚襄王就敞开衣襟迎着吹来的清风说："这风好爽快呵！这是我与百姓共同享受的吗？"宋玉赶紧拍马回道："这只是大王享受的风，百姓怎么能与王共同享受它呢！"楚襄王似乎不吃这套，便说："风是天地间流动的空气，它普遍而畅通无阻地吹送过来，不分贵贱高下，都能吹到。现在你却认为只有我才能享受它，难道有什么理由吗？"宋玉答道："我听老师说，枳树弯曲多叉，就容易招引鸟来作窝。有空洞的地方，风就会吹过来。由于所依托的环境条件不同，风的气势也就不同了。"于是，一主一臣开始"雄风""雌风"的对话。

通篇读下来，这篇著名的赋巧妙地讽刺当时社会生活的不平等，作者把风分成雄风和雌风，说雄风只有像楚王那样的最高统治者才能享受，雌风才属于一般老百姓，这说明阶层地位和生活条件不同，对某些自然现象所引起的感觉也各自不同。在古老的社会，像宋玉这样的辞赋家能意识到这点，已经难能可贵了。特别宋玉有段呈言："夫风生于地，起于青萍之末，侵淫溪谷，盛怒于土囊之口，缘太山之阿，舞于松柏之下，飘忽溯滂，激飏熛怒，耾耾雷声，回穴错迕，蹷石伐木，梢杀林莽。至其将衰也：被丽披离，冲孔动楗，眴焕灿烂，离散转移……"这其实是警言，告诫统治者风是如何在最初怎样地"起于青萍之末"，后来又怎样地渐渐强大起来，又怎样地小下去，这种善于观察和把握事物的发生、发展过程的方法，也就是同常所说的"辨风向"，在这里有着生动而细致的体现；同样，我们以此延展开来，也可认识到：统治者的"雄风"与老百姓的"雌风"是可以转化的，"夫庶人之风，塕然起于穷巷之间，堀堁扬尘，勃郁烦冤，冲孔袭门，动沙堁、吹死灰、骇混浊、扬腐余，邪薄入瓮牖，至于室庐。故其风中人，状直憞混郁邑，驱温致湿，中心惨怛，生病造热，中唇为胗，得目为蔑，啖齰嗽获，死生不卒……"在这里亦与老子"知其白，守其黑，为天下式"的哲学含义接近，按我直白的理解，也如著名的延安"窑洞对"，这个"周期率"表象不同，实质一脉相通。

再说云，有着各色各样的形态，无论春夏秋冬，还是旦夕朝暮，看到那一溜淡云、如棉轻云、低沉阴云、黑漆乌云，你的心境会有不同变化，特别是白云时而滚作一团团棉絮，时而化作长长绫罗，绕着山峰飘忽而来，又从山峰悠然而去，多么神奇，令人遐想。要说写云的古典诗词名篇很多，比如唐代李白的《清平调》："云想衣裳花想容，春风拂槛露华浓。若非群玉山头见，会向瑶台月下逢。"这是从侧面烘托美妇人杨玉环的高超技巧和功力，在李白诗篇魅力引导下，凸显一种难以名状的现场感，据说让唐玄宗和杨贵妃极其欣赏。

在《红楼梦》里也有描写云的场景、妙句，在第四十五回"金兰契互剖金兰语，风雨夕闷制风雨词"，其不明写云，且多半傍晚时分，将"云""雨"合写，写出愁苦。如林黛玉病在床上，看到日未落时，天就变了，淅淅沥沥下起雨来。秋霖脉脉，阴晴不定，那天渐渐的黄昏的时候了，且阴的沉黑，兼着那雨滴竹梢，更觉凄凉……黛玉不觉心有所感，不禁发于章句，遂成"代别离"一首，拟"春江花月夜"之格，乃名其词为"秋窗风雨夕"。词曰："秋花惨淡秋草黄，耿耿秋灯秋夜长；已觉秋窗秋不尽，那堪风雨助凄凉！助秋风雨来何速？惊破秋窗秋梦续；抱得秋情不忍眠，自向秋屏挑泪烛。泪烛摇摇爇短檠，牵愁照恨动离情；谁家秋院无风入？何处秋窗无雨声？罗衾不奈秋风力，残漏声催秋雨急；连宵脉脉复飕飕，灯前似伴离人泣。寒烟小院转萧条，疏竹虚窗时滴沥；不知风雨几时休，已教泪洒窗纱湿。"这是一个刮着秋风、飘着秋雨的日子，没有写秋月、秋云，然而在大自然季节更迭中，可以想象云月沉潜，让人产生雨风侵袭、漫长秋夜的时光。这是不言的描写天上云月之状。

"无才可去补苍天，枉入红尘若许年；此系身前身后事，倩谁记去作奇传？"《红楼梦》作者曹雪芹是借贾宝玉、林黛玉等人形象，在一定程度上铭刻自己的思想性格和生活经历，他这块不同流俗的顽石，从贵族阶层行列中被排挤出来，坎坷一生，孤傲不屈，他能深刻地看到封建社会的种种黑暗，揭穿其卑污、奸恶、虚伪的无耻面目，但是对于那所谓往日的风月繁华之盛，却又充满着眷恋和悲悼的感情；败家后的曹雪芹的生活破落到"茅椽蓬牖，瓦灶绳床""举家食粥酒常赊"的程度，却没有能当然也不可能彻底改变他的没落贵族的世界观；所谓"燕市哭歌悲遇合""废馆颓楼梦旧家"，恰恰正是他的"红楼梦"："满纸荒唐言，一把辛酸泪；都云作者痴，谁解其中味？""字字看来都是血，十年辛苦不寻常。"他唱的是一曲"大无可如何之日"的挽歌。但曹雪芹的艺术品位、文学趣味、诗词格调十分高超，要说"风""云"其实是"风""月"，不能不敬佩他的刻画、描绘，他其实也是写出"红楼梦"里各色人等的心理、性格及命运。

有点扯远，还是拉回，谈"听那风，看那云"。《风赋》宋玉写过，那么古人曾否有写《云赋》？就我读得有限的古书言，不得而知，似乎没有，我想也许只有思想、艺术俱佳的辞赋、诗篇才能流传后世。近从互联网查阅到一篇《云赋》，不妨抄录一段："凭栏高望，云卷云舒，忽而聚团成球，忽而四散如飞，千奇万状，令人浮想联翩而无绝。在云之间，于云之畔，有谁索云之情而叹云之变乎？余幼时既观云，长向云之缥缈，去而无踪来而无时，常欲一摹云之瑰态而不可得。及其年长，涉猎见广，一瞥即有所触，所触愈多，愈难自矜。故，是日天朗气清，惠风和畅，登高作雅，观云之态，纠云之变，赋云之情，达云之眷。赋云：恍惚中，若闻人语，其语云：'昔人乘鹤，飞檐接云承地起，楼空千载太悠悠；黄河古闻，孤城抚柳迷狼烟，笛横薄暮水自流。垂钓客，钩近低处是瓜洲；荷锄翁，露成文时且漫游。迷花倚石日色昏，彩练星移月当秋。济海帆，长叹行路难；称意人，又岂愁复愁？……'。"我未敢评论此赋的优劣，只是感到自己没有水平写出来，说实话，兴许赋闲，有机会花功夫多注意点天文、地理，就我的愿望而言，现在我想听那风、想看那云，自由自在，不加拘束，犹如幼时在家乡、在竹林、在村口、在树下，穿着短裤汗衫，听老人讲《三国》《水浒》，拂面而来的微风格外清凉，天空飘来的白云格外迷离，时今我也成了老人，听那风，看那云，像又回到幼年……

2021.12

中华文化的传承与坚守

对中国文化的论述，不是我的专业，也非我的强项，但作为一个新闻人，一个热爱写作的人，不时在思考：中国的文化核心内容究竟是什么？若用颂扬或批判的眼光来看待中国文化，都会各执一词，不过我坚信，因为好的文化就在我们身上，谁也夺不走，过度鼓吹，反显小气。诚然，中国文化已逾几千年，有精华，也有糟粕，像一只美丽的孔雀，开出绚丽的尾屏，不时亦会露出不雅的屁眼；也如一张漂亮的脸蛋，会有雀斑、老年斑。所以，宁可放大点，看清楚了，对未来的进步有好处。

在观察和分析新中国成立后的文化现象时，可以发现有两个模式：一个是 1949 年到 1979 年的孤立模式，一个是 1989 年到 2019 年的世贸模式。而中国的发展契机，也有两个里程碑：一个是 1979 年中美建交，一个是 2001 年加入 WTO 世贸组织。1979 年前，中国当时经济有多穷？撇开城市状况叙述，说说农村，用感性的词语表达，就是"一穷二白"，穿衣服，靠家里的织布机织出布；除了农具的铁器外，村庄几乎没有任何工业产品，甚至没有见过塑料袋是何模样。

任何事物总有两面性，当然那时也不存在环境保护问题，看白天蓝天白云，看夜里满天繁星。可记得，即便到了 20 世纪

90 年代中期，虽然可以看到农村有了私家汽车，但普遍现象还是很穷。在当时的洛阳城，站在唯一涉外宾馆洛阳牡丹大酒店门口，当地人第一次看到旋转的玻璃门，露出羡慕、惊讶的眼神，尽管这还只是一个三星级酒店，却是当地老百姓从未见识过，好如进入一个梦幻般的世界。而在开放城市的深圳，当看到一个个灯红酒绿的饭店，里面各种场景让人惊异：父亲带着年轻的孩子吃那么丰盛的菜肴，该是多么富裕的家庭？因为什么婚丧嫁娶的大事都没有，竟然去饭店里吃饭！当时内地月平均工资大概只有几百元，实在让人羡慕不已。

将到新世纪，入 WTO 前期，中国的企业还没有进入世贸的圈子，经济发展相当有限，当时外企的工资很有优越感，是年轻人梦寐以求的职场。那时在上海买房子，60 万元买房，可选择外环线的康桥半岛别墅一套，或是内环线内的徐家汇花园一套三房，或是陆家嘴花园的大三房，而且"新上海人"买房还送上海市蓝印户口。经过 1979 年中美建交后试探性的了解与谈判，直到 2001 年中国加入世贸组织，才开启经济发展的中国速度。之后，中国人逐步富起来，可见加入 WTO 后对中国经济发展的影响该多大。

数据是会说话的：从 1949 年到 2001 年的逾 50 年，中国的贸易顺差累计是 1 352 亿美元；2001 年到 2019 年入世贸的近 19 年，中国的贸易顺差累计是 4.65 万亿美元，其中 2019 年中国对美贸易顺差 2 959 亿美元，全球贸易顺差 4 217 亿美元。什么概念？中国 2001 年至 2019 年的近 19 年，从对美国贸易挣来的外汇，是 1949 年至 2001 年的逾 50 年间中国累计赚到外汇的两倍多，有了这笔每年对美贸易盈余的 3 000 亿美元，中国才有稳定的汇率和建设与发展中国的人才。

这让我们想到，经济发展很重要，也许你可以说你爱国、永远不出国，但不等于汇率和你无关。有了这些外汇盈余，中国才有钱进口大量粮食。如果外汇贬值，不要说猪肉吃不起，馒头你也吃不起，你可以爱国不吃饭，但你没资格去让别人一起饿肚子。对于中美关系的重要性，历届中国领导人看得很清楚，合作是有利于中国的发展。

史实表明，在这个世界上没有任何国家可以用舌战打败中国，同样用汉语饶舌也动不了西方国家的奶酪。中外交往其实是文化交流，如果看也看不懂或翻译后看懂了还坚持己见，也只能加深敌意，谁也说服不了谁。这种舌战伤了自己人的心，团结的是外国人的心，引来的是狭隘、隔离、排外主义者的世界全球化的终结。也许昨天的那个世界再也回不去了，关键要看未来取决于各国之间是否能跨过文化屏障。

由于历史发展、地理环境、意识形态的不同，会产生文化背景、思想认知的差异。西方人认为，人没有自由活着那还有什么意思？所以争个人自由、唯我第一占据上风。中国人认为，人如果连命都没有了，要自由干什么？正是这种认知与文化的分野，使东西方的文化鸿沟凸显：一方不断独立思考，独立探索，硕果不断；另一方永远中庸随大流，祈求温饱，人云亦云，知足常乐。这需要有清醒认识。

有效沟通不同文化，还在于自身文化的相通。中国文化是优秀的，但也有自身劣根性。不妨举一例，前上海家化董事长葛文耀退出了两个老朋友的微信群，为什么，葛文耀解释退群的理由：这是两个同年龄的群，之所以退群，是因为群里一谈到国家大事，分歧就很明显，这个年纪了谁也说服不了谁，而且群里老想去说服人家，也是一种固执，所以就眼不见为净。葛文耀还说，我们这代人生在新中国，长在继续革命中，斗争意识强，有大无畏精神，但是多数人读书少，历史知识许多是虚假的，思想方法很有片面性，加上当前所谓正统的信息，不少是"水货""山寨版"，各种消息真假难辨，被删掉的不一定都是假的，不删的也不一定都是真的，由于不能理解和解释这个世界，而民族主义和民粹主义交替作用与发酵，只能在别人为他描述的世界中自我麻醉。

真是一针见血。这是受苦的一代，值得同情的一代，是时代造就的一代，是最任劳任怨的一代，是最容易驾驭的一代，是以前人们引以为傲的老三届、老知青为主的一代，这是一个代表世界企业家和知识分子以及工农子弟为代表的群体，对中国未来的看法，实际上被这批老红卫兵们彻底打倒了。现在从网上看评论、议论，不少大佬都选择了沉默，或许出于防备小人和恶人而退避三舍，但如果对谬误连真正了解的机会都放弃，如果对小人和恶人每次都选择逃避，都选择自以为是的明智，都朝拜大度大量的如来佛，那么中国年轻一代的未来在哪里？假如这个世界背后隐藏着畏惧、畏缩的虚伪文化让其滋生、继续蔓延，这事情就不小，对中国"文革"有所了解的中国人都会感到害怕，这种所谓的爱国民意最终会形成逆流，再次以"文革"为名，颠覆好不容易建立起来的现代文明生态。任其发展下去，像葛文耀这类企业家、科学家以及改革家，都可能会因为"通敌"或"剥削"罪名，被所谓爱国爱民族的红卫兵踏上一万只脚，永世不得翻身。可见，在立场之争的背后，是改革开放以来贫富差距带来的不平衡的心理基础，加上民族文化中被移植进去的劣根性，在一致对外的借口中慢慢演变与发酵、任其发展，后果不堪设想。

什么是中国文化？也许题目大了些，中国的传统优秀文化在历史的迷雾里，对这样的话题未敢奢谈，只能说些本人浅薄的理解。文化，实际是一个国家人民评判是非的价值观，做事的习惯，各种仪式和风俗，是各种著名的作品里的角色和英雄模范人物，对社会带来的象征意义。历史文化总归是在传承和创新中发展的。传承需要一个稳定的载体，如观看中国自宋以降的历史，因为朝代更迭，因为巨大的民族冲突，甚至杀戮，所以中国的古代文化在传承的过程中，伴随着一次次颠覆和灭绝式的打击，已经丢失在历史的长河里了。中国的文化经验到底是什么？哪些是需要传承的？哪些是特殊时期被移植进来的劣等文化？这本身就是在迷雾中，需要我们明智地去分辨、匡正。同时因为历史书是活着的人写的，是根据胜利者的意志纂修的，按中国老话叫"成者为王，败者为寇"，在引入民族文化为自己打气的时候，更需要慎重地进行独立思考，否则很容易迷失。比如，为什么有时候是大丈夫顶天立地，隔天就成了大丈夫能屈能伸？为什么曾称孔子为圣人，到了"动乱"十年便叫孔老二、要砸个稀巴烂？所以，对同一个人、同一件事因时代而不同，曾经的睿智而英明，变成独断而贪婪。中华民族优秀的历史文化需要甄别、稳定地传承，如果我们以历史阶段来跟踪中国文化的传承的话，它在不同的历史时期自有其规律，地理位置相对偏僻的地区，受干扰越少的地方，文化的传承越稳定。在苏杭一带的江南，在广东、福建的客家族，甚至在日本，可能有更多唐宋文化的基因。黄河以北可能更多是元明清三代北方民族和中原民族混合之后的文化基因。现在中国的文化的基因，正是包括 1979 年之前近百年斗争的文化基因和之后改革开放、注重经济发展的文化基因。这需要人们从根本上认识清楚。

中国人自我认知的文化应该都不反对四个词汇：勤劳，聪明，勇敢，善良。对于中国人这个强烈的共识，敢于挑战的人，似乎只有鲁迅先生。鲁迅先生的精神之所以可以存在，不仅因为他揭开了中国人的民族劣根性疤痕，直面呐喊、提醒国人去革新去改进，而且因为他和他那个时代都死了，他们需要否定这个时代，需要一个榜样去否定它，今天的我们应该是不吃人血馒头治疗疾病的中国人，我们用做好防护、日常护理、药物治疗等手段抗击新冠病毒，离科学应该是接近了一大步，可是每个人敢不敢对着镜子用事实和逻辑分析下自己的真实表现，恐怕与自我人格的文化大相径庭。说到勤劳，中国人真的很勤劳，全世界无人能及，这是中国人最大的财富，是中华民族生生不息的根。历史上，只要中国持续和平发展超过50年，这还不一定是顺心所能达到的，但稳定式发展，不折腾，到时或许将会是 GDP 世界第一，原因在于中华民族是最勤劳的民族，斗争我们也许亦喜欢，但不是我们民族的优势。历史上只要是内战和外战，都是血流成河，民不聊生，中国人民大多数都会过得非常凄惨。中国人的理念，生命不是为了自己，而是为了后代。中国人不停地劳作，不停地攒钱，不停地买房，像蜗牛般的慢慢爬行，因为相信总有一天，后代能过上人上人的生活，我们的孩子可以靠祖辈的财富吃利息，可以过上好日子。为了这个未来，我们中国人无不牺牲自己的一生去劳动，更不要说什么周末假日了。中国人勤劳的竞争利器，让外国人看得牙根发痒，骂几句反华的话也正常，也只能随便他了。对很多民族来说，今天自己过得快乐比什么都重要。我们因为勤劳而成为有些国家反华的理由，那也允许让他存在，我们需要理解，不需要阿 Q 精神，这就是不同国家文化的差异性。

至于聪明，我们有小聪明，这包括温州的发廊、义乌的小商品，我们迅速找到了降低成本的办法，包括不惜手段仿制乃至逼真式的造假。虽然整个行业的形象被拉低了，但领先造假这个小聪明获得了"大实惠"，可得到的美名却是"山寨货"，而不是闪亮世界的民族品牌。我们还有精致的聪明一步，从幼儿园精致的学习到名牌大学可谓一样都不少，为了让自己的孩子成为最优秀的，培养孩子择校，从高中逆行到初中到小学到幼儿园到胎教，据说现在富人择偶对象时还要测对方的基因，从遗传基因上都不能落后。长大后，让孩子成为北大的精英、清华的学霸、人生的赢家。可是我们是否认真地想过，作为一个民族、群体的时候，我们似乎一点儿也不聪明。学习时期精英荟萃的成绩和工作后的科技成果实际上不成比例，确切地讲，在许多领域的科技能力、创新成果远不如近邻日本、韩国，更不提西方发达国家了。

至于勇敢，那我们是最俗的中国人，经常可以看到媒体所报道欺凌学生、欺凌家人、欺凌弱者的社会新闻，很少看到公开挑战比自己更有权力更有力量的人。本来我们年轻人成长在和平年代，应该爱好和平，远离戾气、俗气，但电子游戏让年轻人觉得打打杀杀很爽，很解气，很给力，他不知道宽容的道歉才是勇者的表现。在金钱和权力面前，我们总得一地鸡毛，为了利益，我们可以一辈子不说一句真话，为了升官，丢失人格和良知的某些人可以跪下来给上司擦皮鞋……以媒体为例，电视收看率、手机点击量的背后除了广告还是广告，换个名词是估值，是金钱，诸如此类，不一而足，所有的电子媒体被流量绑架得死死的，要想尽一切办法吸引眼球，所以标题比内容重要，内容比文化重要，媒体为了吸引眼球，必须媚俗，必须煽情，必须像游戏机一样无聊、无耻、狂妄、兴奋，毫无社会道德之感。

至于善良，我们不妨回顾自北宋以降，千余年的战火频仍，朝代更迭，对外战争中，中国始终占据着人口和经济的优势，但战争结果是败多胜少，他们都是蛮夷，都是列强，都是鬼子，他们每次都是战争的发动者，面对外国的敌人，我们太需要胜利了，所以对精神胜利迷恋到不能自拔，欺负我们善良。真不知道中国人是否善良，有时候真的很善良，比如被欺负的时候真能忍受，对不需要自己付出的事情也很善良。有意思的是，网络上的评价方向，重要的不是对错，重要的是站在人多的队伍里。在评论圈，几乎是清一色的支持言论，唯我独尊，不同意见被定义为脑残、废人，我们从失去独立思考的能力，也正演变为不敢去独立思考，这将多么悲哀！

在这里，我们似乎更需要谈些哲学思考。中国需要现代哲学和现代价值观体系的建立，把我们从疯狂的自相矛盾的逻辑中解救出来。过去40余年，我们的国家建设得非常好，我们的人民做得非常好，我们的经济和民生都非常有希望，但我们需要讲真话，让行动和认知更加统一，我们的国家就能发展得更好。我们再也不要给中国人划线了，中国人斗中国人，以任何名义，在任何时代，都是错误的，都是低级的选择、愚昧的决定。我们都是炎黄子孙，有任何不能理解的方面要多加包涵，耐心沟通，从善如流，而不是轻易的就定义为阶级敌人。如果中国人与中国人敌对而不是鼓励，今天倒下的是他，明天倒下的可能就是你，甚至是你的孩子。我们再也不要怒气冲冲地去否定西方了，正如我们坚决不接受西方价值观强加到我们中国人身上一样，因为每个民族、每个国家都有自己的选择，己所不欲，勿施于人，任何东西不能强加于人。我们很多人不了解西方的文明如何灿烂，正如某些西方政客不了解中华文明的坚韧与友好一样，不了解没关系，但不能也不要赤着膊跳着脚去骂战，揶揄自己也不了解的西方文明，那是不理智、低智商的。我们弱的时候没有被瓜分掉，我们强的时候也没有去入侵别国，那么为什么要因为假设敌人而去骂战呢？集体骂战的可怕之处，是假设敌人会被培养成真正的敌人，文明冲突一旦开始，死的人会比患诸如新冠肺炎疾病的罹难者要高无数倍。我们需要认真地去了解其他国家的历史、文明、宗教和文化，按照 100 年前、500 年前、1 000 年前这样的阶梯去了解、去对比中国的文明与文化。也许在航海来临之前，各大陆之间的文明缺乏沟通，尤其历史上的文明也是多地开花，这是我们需要认真思考的。其外，从辩证哲学思维想问题，人类不可能彻底消灭病毒，病毒也无法征服人类。在不同的生物之间，不同的国家之间，我们要接受这个定性的世界。我们不能假定自己是唯一的伟大，那么不同的伟大之间，需要彼此尊重、认同与理解。

因为互联网的存在，一个偶然的事件、局部的事件，会迅速在网上被放大走形、迅速传播，引发各国愤青和某些政治家的兴奋，民族主义和民粹主义各走极端、大行其道。国际关系需要冷静和深远的考虑，需要国家代表去沟通、谈判，而不要被凌乱破碎的信息、广泛的民意敌对，进一步裹挟成国家意志的对抗。当敌人越来越多的时候，我们是否需要思考如何减少第一？以前的意识形态的冲突，在疫情结束后，中国和世界各国更加紧密地发生经济往来，继续全球化的发展，这种结局对中国最好、最有利。中国已经有的超级产能会继续在全球制造业中占据主导地位，并且以后会形成中国的定价权优势。制造业利润的提升会推动中国科技领域的发展，制造业的升级在逐步地推进，制造业升级的成功，进一步推动了中国经济结构改革的活动空间，中国的环境污染问题得到巨大改善，中国的独立自主、发展民生、消除贫困获取了更大的成功。我们的后代生活在一个美丽的中国，同时应该了解一下日本、韩国及欧美的国际战略。要清醒认识到，外交是交往、交好，不是交通的交，交锋的交，斗嘴之后，我们需要想想我们得到了什么，我们需要什么，我们能做什么。对中国而言，合则受益，分则受害，一切取决于我们自己如何去思考，如何去表达，如何去沟通。如何破解对外交流的难题，值得每个中国人深思。每个中国人的言行组成中国文化的国家符号，未来变局，要看每个人如何选择。一言蔽之：文化强，则中国强。

2022.1

见著知微　常读常新

　　我虽非藏书家，但因职业需要和爱书习惯，几十年下来也算积攒了点书籍，可惜几次搬家，被扔掉不少，现又面临搬家，且居住面积越搬越小，只能无奈地把可有可无的东西再处理掉，对书籍亦如此。说实话，有些书籍尽管不是名家名著，可对于我感情非同一般，真是于心不忍不愿扔，毕竟它们见证了我的读书生涯，陪伴了我的风雨人生。像《中学文言课文详解》（上海教育出版社，1990年5月版）这本小册子，让我想起中学时代学古文的情景，虽是改革开放后在书店购买，几经搬家却死里逃生，留存至今，不时翻翻，品其诗文，读其注释，别有滋味在心头，对我古文的学习，是温故知新，为良师益友。

　　"文革"前，我在中学喜欢数、理、化包括英语，对语文的学习成绩只能说中等水平。除了一般课文外，需要上古文课，我的语文教师是华东师范大学毕业生，教学多年，极富经验，她讲解古文诗词的解释和课文内容，引起我莫大兴趣。因"文革"爆发，我再也不能读上去，以致中学4年后即17岁时被分配到某军工保密企业。

　　"书荒"年代无书可读，而喜欢数、理、化、外语，需要有导师一步一个台阶地辅助、指导，而我没有，实际情况也不允许有，故我在工余时间大部分是乱读书、读杂书，数、理、化看不懂，外语更不懂，对文科渐渐产生兴趣，加上同事喜欢古文，一来二往，读古书成了我们的精神寄托。

也许多看多读，有点入迷，但只在外围而走不进古文殿堂。后来被抽调定向读书，成为"胡子大学生"，而且哪里来回哪里去，如今看来，虽当时根底差，但中学时代老师为我们打下的基础牢固，读文科相对不吃力，而且文科靠自学、多读书，勤读书的习惯由此养成。

至于古文如何"过关"，印象有点模糊，但有两点记忆犹新：一是学习古文常会有心得，所以偷偷写点笔记，时时读读，常常修正，有新体会就补进去，没有去赶什么热闹，也就没有吃什么"轧头"。老师说，学古文心得要经年累月后才能发表出来，这个时候才是自己的真知灼见、独特视角，才是真正有用的东西。老师此番说法，至理名言，实在高明。二是学习古文，没有捷径可走，唯有多读、多记、多背、多思，像练功一样不断地练。著名学者、北大教授游国恩说："人要有'中气'，而学问要有'底气'。学问和人是一样的，有'气'才能活。"他对中文系学生还提出这样的要求：要有500篇的古文打底子。好家伙，500篇古文，能背熟、会诠释、有见解，需要博览群书、广辑资料，方能步入学问之门。这不仅是经验之谈，实质是经典之说。

翻出《中学文言课文详解》，我点其诗文篇数，总计54篇（首），累计起来，我初中时代读古代诗文的数量不会超过200篇（首），游国恩先生提出500篇古文打底子，切中肯綮，切实可行，读大学文科，无论古典文学还是近现代文学，古文根底是支撑点。如今我细想，学习古文方法还是有的，不妨梳理如下几条：

一是读古文时，倘不熟悉古文中的一个单音词含有好多个白话中的双音词的意义，就学不好古文。根据古文上下文，要从好多个白话中的双音词中选择合适的一个来解释，不懂得这种选择，不懂得古义和今义的差别，就读不懂古文。著名文史家周振甫先生强调学习古文要"立体的懂"，这个"立体的懂"如何去做到，我理解应先从点（字）、线（句）、面（文）上弄懂，这是一个"平面的懂"，然后再从时代背景、作者况境、事件脉络着手了解、考证、分析，这样从"平面的懂"逐步进入"立体的懂"。按现代的话说，是从"二维"到"三维"，读古文就读活了。

二是学古文要学会背诵，没有"背功"是学不好古文的。按我们老前辈学古文，他们的"背功"是从"童子功"开始，从小背诵《四书》《五经》。他们幼时读书时老师并不开讲，只教孩子读（其实是认字），读会了就要读熟背出；第二天再上一课，再教会孩子读，读熟背出。至年终，要温习一年读的书，全部背出。到第二年年终，除了要背出第二年所读的书外，还要把第一年读的书也要连带背出，如此这般，他们一般五六岁时能把《四书》《五经》背得滚瓜烂熟。

其实小孩"开蒙"对所读书的内容完全不懂，可背诵了若干年后，一旦豁然贯通，不懂的全懂了，开始读时不懂，读多了渐渐懂了，从"渐悟"到"顿悟"，从"开蒙"到"开窍"，这就有探讨的价值，这种教育方法是否科学、合理，暂不深究，"多读""熟读"对学古文无疑是个良法，对其古文中的字、词、句、篇，渐渐会有"立体的懂"。

"背书"是苦事，但老师教我们在读熟背书中，除了挑重要的篇目外，再挑这篇中最精彩的段落加以背诵，一是灵活可行，二是引发兴趣，三是找出因果。这种读书法，可从中读到经典、培养语感，对文言虚词、平仄格律等有更深的理解。俗话说："熟读唐诗三百首，不会作诗也会吟。"确实，熟读背诵会在理解的基础上加深记忆。

可见，学习古文不外乎有两种方法：一是"死记硬背"；二是"因声求气"。"死记硬背"是为背而背、为读而读，幼童一般喜欢玩耍，视背书是苦事，潜意识里抗拒、敷衍，但成年后，体悟到这种"死记硬背"受益终身，当年的"苦事"成为一生的"快事"。"因声求气"则是教师引导得法，在教书背书中让孩子体会到文辞的音节美，体悟到文辞中所表达的思想感情。按照清代文坛著名桐城古文派说法：背诵中达到"因声求气"。所谓"声"，就是文辞的音节美；所谓"气"，就是作者表达的气势，即表达思想情感时所形成的气势的抑扬疾徐顿挫，在这种读熟、背诵中反复体会到作者的思想情感，受其感染。"因声求气"，也许正是读古文的引导或者说是乐趣。

《文心雕龙·深思》曰："积学以储宝，酌理以富才，研阅以穷照。"学问、理论、阅历，这三者构成古文写作的内容。桐城派刘大櫆却认为，这三者不过只是行文之材料，而神气、音节，才是行文之能事，要研究行文之能事，就需要探索和品赏古文的艺术性，具体表现在"气盛"，即"言之短长与声之高下皆宜"。所谓"气盛"，就是作者所表达的思想感情郁结非说不可，而且用旺盛的气势说出来；读古文学古文，就是学到和读出文章的气势，"气随神转"，这种"神气"，是通过字句的诵读来求得音节，"故字句为音节之矩。积字成句，积句成章，积章成篇，合而读之，音节见矣；歌而咏之，神气出矣。""其要只在读古人文字时，设以此身代古人说话，一吞一吐，皆由彼而不由我，烂熟后，我之神气即古人之神气，古人之音节都在我喉吻间，合我喉吻者便是与古人神气音节相似处，自然铿锵发金石声。"（刘大櫆）可见，学习古文必须重视古文的背诵吟读，抓住古文（实为作者）的"沉郁顿挫"，体验其情感、其神气，将自己与古文融和一起，同悲同乐，共退共进。

按我不高明的意见，就是读古文要读佳作。古文学家对古文上品提出许多标准，刘大櫆说得很明白，概括之："文贵奇""文贵高""文贵远""文贵简""文贵疏""文贵变"……要说统一标准，我以为是没有的，读古文学古文，唯有自己去体察，对阳刚或阴柔的艺术风格，靠自己体悟，"凡行文多寡短长，抑扬高下，无一定之律，而有一定之妙，可以意会，而不可以言传。"刘大櫆说得一语中的。

惭愧的是，我对古文的学习并无成就、学业平平，也许是专业不一、方向不同，但通过古文的学习，深感对自己的职业生涯极有帮助，并使新闻写作神气凝聚、文辞简练。重新翻阅《中学文言课文详解》小册子，让我想了许多，深有体会：学习古文，汲取知识，其主要途径无非是求学和自学，数十年求学所得的学问是有限的，不能管你终身享用；在当今现实生活中，人们的绝大部分学问、知识都是从自学中获得的，自学是"终身学习"的唯一途径。

学习古文究竟有没有具体方法？我想了想，以自己的经历略加概括：首先在于态度端正，不哗众取宠，不掉以轻心，不粗心浮躁，不懈怠懒惰；其次在于讲究方法，能层层深入，能条分缕析，能旁引曲证，能融会贯通。也许还有其他许多方法，在我看来，最关键的是靠自己的爱好兴趣，在学习古文时要细细品味、慢慢咀嚼，特别对自己感兴趣、有趣味的。"见著知微"，大处着眼，小处着手，跳出圈子，心怀全局。"常读常新"，要有恒心，今天读一点，明天读一点，细水长流，新解不断，积少成多，厚积薄发，到了一定时候，功到自然成。

2021.8

学点吟诵与赏析古典诗词

闲暇之余，读到中国古典文学专家、北大中文系资深教授、中央文史研究馆馆长袁行霈所写的近作《好诗不厌百回读》（北京出版社 2017 年 7 月出版），颇有收获与感想。这是"大家小书"丛书的一本，该丛书的含义很有意思：即著述的作者是大家，而书是写给大家看的，实际上就是包含大学问家专门为普通读者写学术分量不轻、知识含量不浅、阅读兴趣不减的"小书"，深入浅出、条理分明地做中国古典文学、传统文化的学术性和普及性兼备的工作。

袁行霈教授的这本书主要解析、讲述一些中国古典诗词的艺术性，介绍这些诗词创作的历史背景，以及反映作者当时的心境，这些文字娓娓道来、有滋有味，而且每篇篇幅不长，文字通俗，如同一位儒雅的长者与后学进行心灵沟通、解惑释疑。他有所选择地从诗经、乐府讲起，再谈及唐诗、宋词，几乎一句、一字解说，而后又连贯地综合分析，身历其境，沉醉其间，很有一种艺术享受。

比方说，袁行霈教授举李白的《春夜洛城闻笛》："谁家玉笛暗飞声，散入春风满洛城。此夜曲中闻折柳，何人不起故园情！"这里的洛城指河南洛阳，在唐代是一个很繁华的城市，在介绍背景之后，袁教授深入展示诗境，描述当时情景，进而阐述对此诗的理解：这首诗全篇扣紧一个"闻"字，抒写作者闻笛的感受。这笛声不知是从谁家飞出来的，那未曾露面的吹笛人只管自吹自听，并不准备让别人知道他，却不期然而然地打动了许许多多的听众，这就是"谁家玉笛暗飞声"的"暗"字所包含的意味。袁教授进而剥笋般地解析"何人不起故园情"，好像是说别人、说大家，但第一个起了故园之情的不正是李白自己吗？这个反问，道出诗歌主题：热爱家乡是一种崇高的感情，它同爱国主义是相通的；自己从小生于斯、长于斯的故乡，作为祖国的一部分，她的形象尤其难以忘怀，李白这首诗的意义不限于描写音乐，还表达了对故乡的思念，这才是感人的地方。如此"画龙点睛"式总结，似有茅塞顿开之感。再有李白的《早发白帝城》："朝辞白帝彩云间，千里江陵一日还。两岸猿声啼不住，轻舟已过万重山。"这首诗是表达李白轻松喜悦的感情，但没有在诗里直接说出来，而是从字里行间流露出来的，若不细细品味还不易察觉呢！袁教授再进一步分析，诗到这里意思讲完么，其实没有，实质还包含另一种惋惜与遗憾。为何如此讲？袁教授说，李白晚年获罪被判流放，三峡的景色只能加重他的愁苦，他大概没有什么心情去欣赏周围的风光，从他当时所写《上三峡》这首诗（可见读一个人的诗要前后比较，方有所得），足见他的心情多么沉重："巫山夹青天，巴水流若兹。巴水忽可尽，青天无到时……"他哀怨走这样的道何时了、何时尽，如此绕来绕去，几乎让自己的两鬓不知不觉地愁白了！但在写《早发白帝城》时，诗人已恢复自由，顺着刚刚经过的那条流放路，重又泛舟于三峡之间，他一定愿意趁此机会好好饱览三峡美妙的风光，可惜还没有看够、听够，没有来得及细细领略三峡的美，船已飞驰而过，"两岸猿声啼不住，轻舟已过万重山"，在喜悦之中又带几分惋惜与遗憾，此时的复杂心情，恐怕连诗人自己也难以分辨清楚了。试想，在吟诵中，或许各位读者对李白诗人的心境会产生各种不同理解。

再举李商隐的《锦瑟》："锦瑟无端五十弦，一弦一柱思华年。庄生晓梦迷蝴蝶，望帝春心托杜鹃。沧海月明珠有泪，蓝田日暖玉生烟。此情可待成追忆，只是当时已惘然。"这首诗显然是在回忆自己当时的一段往事，对这段本来应当属于他的美妙的东西，为之惋惜、为之追悔，但对这段情感李商隐说不清楚，也不愿意说清楚，于是用一系列意象加以比喻。袁教授指出，这是一首很美的诗，尤其中间四句，晓梦蝴蝶，春心杜鹃，海月珠泪，暖日玉烟，四个意象都是复合意象，而且都是用大自然中美丽的事物构成的，给读者许多想象空间。"此情可待成追忆"，这里点出了一种情，正是回忆自己的一段往事，其中包含当时的一段感情纠葛，由此，对此诗的理解、欣赏只能由读者自己去完成，倘若予以再多的考证和引申，反而显得多余了。所以，好诗多吟诵、多意会，除了提高文学修养外，则有更多的生活乐趣。

人活在世上，除了物质生活外，还需要精神生活，而对中国古典诗词的欣赏，运用自己的想象、联想将其语言、声音、色彩、线条等等还原为自己曾经有过的类似的生活体验，与诗人、艺术家互动交流中，在对生活的重新体味中，得到艺术的享受，这就是高于物质生活层面的精神生活，提高了自身修养和审美能力。

欣赏古典诗词是需要训练的，即多读、多看、多想、多思。具体方法，袁行霈教授认为，首先要从字、词、句入手，先弄懂作品的字句，遇到典故，要了解它的出处、原意，以及它在这首诗中的意义，有了这个基础，再一个字一个字地琢磨、体会，不要满足于了解大意，有时还需要点"咬文嚼字"的劲头，这样会每每读出新意，产生新悟。在研究字、词、句中要避免望文生义，主观臆断，对字词的解释要有依据，不能想当然，让诗人迁就自己；而对诗词中的词语，不但要理解它们的含义，还要能分辨它们的色彩，体会它们的感情韵味。在弄懂字、词、典故和句子后，袁教授认为还要进一步分析全诗的结构；倘若整首诗难以整体消化，那就不妨进行分解，一块一块地研究，然后再综合归纳。如何分解，最简单的方法就是寻意脉、分层次，把各段的主次分清，再联络各段，这样的训练不是一蹴而就，而是逐步培养兴趣，在这个过程中与好诗相遇，吟诵好诗，从人的内质上就是脱俗气、涤浮气、去匠气，从读诗中悟道、悟理、悟美。袁教授还指出第三个方法，即欣赏与解析古典诗词，更需要知人论世，想深入理解古典诗词，仅仅掌握了诗词的字、词、句的种种含义以及诗词的段落层次还是不够的，应该进一步结合作者的生平、思想、文学主张，以及作品的写作背景去分析研究，这样才能深入，成为古典诗词的知音。

袁行霈教授在此书中讲解了许多方法，特别是普及了古典诗词的基本知识，读来受益匪浅。回过头来看书名"好诗不厌百回读"，妙就妙在"百回读"，这个百回并非百次，而是经常、长久、始终，而百回读也不是死读，而是要不断琢磨，不断领悟，既要得诗人之用心，也要有自己的体会。我国宋金时期文学家、史学家元好问说："文须字字作，亦要字字读。咀嚼有余味，百过良未足。"（《与张仲杰郎中论文诗》）他强调"咀嚼"，强调读出"余味"来，是经验之谈。这里，我很想补充袁行霈教授的一点：在不同心境、不同年龄的情况下，对一首诗的理解会有不同，由此经常吟诵、不断解析，古典诗词常常在我们心目中活起来，为我们的生活增添智慧、深得奥秘。

　　袁行霈教授是学问大家，在耄耋之年为读者写出《好诗不厌百回读》这样一部学术性与普及性兼备的"大家小书"，值得称道。在这部书里，袁行霈教授的行文、说理、解析、鉴赏，让我们走近好诗、爱上好诗，而且百读不厌、吟诵欣赏，从中看到他的渊博学识和独特见解，对此，我们真挚地感谢袁行霈教授，领会到古人所云"日月不息，师表至尊"的至理名言。

2021.8

范钦与天一阁

2022 年农历春节前，我的同事、好友范伟国寄来由他主编、宁波出版社于 2021 年 11 月出版的《范钦诗文选》，翻阅细读，此书无论版式、品相，还是纸张、印刷，都非常漂亮、精美。此书分"诗选""文选"两部分，分乐府、五言古体、七言古体、五言律诗、七言律诗和五言、六言、七言绝句等，以及 18 篇文章，全书是在范钦专著《天一阁集》遴选编定。《天一阁集》原刻本共 32 卷，500 余页，约 23 万字，收入范钦从政 28 年间及归里后所作的诗歌、碑记、赠、祭文和书、跋、赞等作品近 1 500 篇，《范钦诗文选》从中精选了较能代表范钦政治思想与文化艺术水平的作品 355 首（篇），占《天一阁集》篇幅逾四分之一，为读者了解范钦生平、熟悉范钦为人、走近范钦精神世界提供一条便捷的途径。

人们大都知道范钦是江南著名藏书楼天一阁的创始人，他的藏书理念、藏书体系、书楼格局等深受世人推崇，成为明清以来公私书楼竞相模仿的样板。一个人、一楼书、一座楼，在中国文化史上留下了浓墨重彩的一笔。但从《范钦诗文选》中，他奉行儒家"正心、修身、齐家、治国、平天下"的人生哲学，读其诗，既可知晓他"人得交游是风月，天开图画即江山"的为官之道，也可明了他"一庭花发来知己，万卷书开见古人"

的读书之味；读其文，既可感受他"欲为圣明除弊事，肯将衰朽惜残年"的家国情怀，也可同情他"山月不知心里事，水风空落眼前华"的无奈心迹。在《范钦诗文选》中，人们可以看到一个多元、多重、多面的范钦，这是他所处的时代而决定了他的性格以及他的命运。

不管如何评价范钦，从社会角色言，作为明代嘉靖年间人，范钦是一位非常正统的士大夫。他多次对屠大山、张时彻等好友说过，人的一生当追求"立功、立德、立言"，是为不朽。在那个阳明心学盛行的年代，"为生民立命，为天地立心，为往圣继绝学，为万世开太平"，几乎是每一位仁人志士的理想。自27岁考中进士后，范钦开始在全国各地做官，到的地方很多，北至陕西、河南，南至两广、云南，东至福建、江西，都有他的宦迹可考。

从《范钦诗文选》中，可以了解到范钦是一位政治家，具有治国理政之才。他外放的首任是湖北随州知州，政声卓著。蒙冤平反后，任江西袁州知府；离任后，当地人立碑称颂，史书有载。范钦又是一位军事家，有治乱的风雷之手。他担任的最后实职是都察院右副都御史、巡抚南赣汀漳。他平定了福建、广东沿海的倭寇，也剿灭了残害百姓多年的盗贼。最后做到兵部右侍郎，官职不小。

忠君报国，这是封建皇朝做官者的使命，范钦也不例外，一首《闻虏惊》表达了他虽然身在江湖，则忧庙堂之安："天骄何事亟南侵，蓟北辽阳转战深。冻合黄河沙碛近，风高紫塞羽书沉。金瓯烈祖千年业，沧海微臣独夜心。不少当年谋国者，忍令萧飒到于今。"另一首《燕关》强烈抒发他建功立业的向往："燕关北去接诸边，遥想文皇扫穴年。一自龙骧还大内，几看烽火彻甘泉。胡霜昼簇朱旃暗，汉月秋高玉垒悬。庙略祗今勤北顾，谁将勋伐勒燕然？"而《北征歌十首》，则义无反顾地表达立誓杀敌的决心，其中二首展露豪情填膺、直冲云霄："天兵百万阵云高，跃马鸣弓杀气豪。即向白登擒冒顿，更从玄菟扫黄毛。""酣战天山白日黄，前驱兢蹴左贤王。笑分血水洗金甲，立斩头颅报尚方。"读这样的诗，岂能不为范钦的雄心壮志深深钦佩？

范钦是心怀家国、心中有民的朝廷命官，他刚正不阿，善恶分明，初任京官时，不拍马逢迎，不腐败枉法，与同僚一起揭发皇亲国戚郭勋贪墨，因此受廷杖并入狱。平反外放出任后，于仕途上仍然耿直不阿，在袁州又与权相严嵩的儿子严世蕃结下公怨。不妨讲个历史故事：严世蕃想加害于范钦，而其父严嵩却说："范钦是连郭勋都敢顶撞的人，你参了他的官，反而会让他更出名。"结果严氏家族竟奈何范钦不得。正因为有一种强健的人格、无畏的精神，使他有敢于与郭勋、严嵩等谗佞之徒叫阵、敢斗的底气与依托。

史载：嘉靖三十九年（1560），范钦晋兵部右侍郎。赴任途中，因遭人弹劾而回籍听勘。后，致仕归隐。在赋闲中，范钦读书作诗作文，所写的文字既有愤懑，也有恬淡，又有洞察，更有叹喟。比如《闲居》："谢病掩柴门，深居僻类村。危途存犬马，醒眼对乾坤。有觉言俱废，无营道自尊。沙鸥浑解意，接席不闻喧。”再如《溪隐庄》：“深溪藏迹地，名胜是桃源。老桧遥盘径，青山直对门。春来花竞发，雨过水初浑。邻父能相访，幽期欲共论。”这些诗句直抒胸臆，引发沉郁之情。他的《秋日闲居》：“城居心远即林丘，草阁花蹊数散愁。世路几看沧海变，野情常共白云浮。澄湖积水长天尽，疏柳寒蝉落日留。拟学闭关犹未得，酒朋诗社坐相求。”心境写得散淡旷远，透发淡淡忧思。《春日集东沙宅》：“胜日华堂宴笑频，高情慷慨重交亲。初逢江海妖氛净，倍觉乡园乐事真。莽莽雪云开暮景，依依梅柳报先春。由来郢曲称难和，不道梁园藻赋新。”写出他脱离官宦沉浮，自有清闲清净，这种退隐生活，表面愉悦，内心痛苦，实际上是喜忧参半。

古人云：诗言志，文载道。作诗是范钦的一大爱好，其实，范钦亦长于作文，其好友林芝评价其文称：“其文似扬雄，赋似相如，盛有《天阁集》行世。”《范钦诗文选》选了范钦的“文选”18篇，各有立意，文辞讲究。若从阐述角度言，“文选”记载的事例、史实，颇值得一读；若从文辞欣赏看，范钦饱含笔墨，简练通达，学习他的修辞也不无裨益。我个人很欣赏范钦的《自赞》，这是《天一阁集》最末一篇，可谓范钦的人生绝笔。《自赞》通篇仅以62字，回顾、总结了自己的一生。原文是“尔负尔躯，尔率尔趍。肮脏宦海，隐约里闾。将为断断之厉，抑为嫚嫚之愚乎？古称身不满七尺而气夺万夫，陆沉人代而名与天壤俱。盖有志焉，而未之获图也。吁！”大意是：我自从来到人世，便以儒学励志，砥砺前行，前半生沉浮于肮脏宦海，后半世困顿于古城荒郊。如今，带着不甘与忿嫉行将离世，历史将怎样看待我？总不至于说我是柔屈而无为的愚夫吧。我自认是一个有志者，可叹我一生襟袍不得全开、壮志未能尽酬啊！全文如胸中块垒嘎嘣作响，满腹豪气夺窍而出，真英雄落寞跃然纸上，大丈夫遗恨迸出字外，读之令人感慨万千。

无论是政治家、军事家、诗词家，还是藏书家、刻书家、书法家，范钦本质上算是读书人。"仕而优则书"，范钦在做官公务之暇，收藏书籍，把玩书籍，阅读书籍，事实上是作为读书人的他，已把读书人生的第一要务看作是收书藏书，做官倒成了业余，或者说，成了他搜集图书的必要手段。尤在晚年，范钦嗜书如命，著名的"天一阁"位居月湖深处，曲径通幽，林木翳然。范钦曾在《〈烟霞小说〉题辞》中称："余不佞，颇好读书，宦游所至，辄购群籍，而尤喜稗官小说。"沈一贯《天一阁集序》中亦称其"虽晚暮，好学弥笃，常诵读至夜分，声哕哕振林末，惊其四邻人"。可见，范钦的藏书，以及"天一阁"藏书楼的建造，与范钦的性情、趣味、人格、视野、目标分不开，也与他及家族和当时有名书家、学者等交往大有关联，比如书法大师丰坊，包括后来的学问大家黄宗羲，在之前范钦立下"家规"：子孙无故开门入阁者，罚不与祭 3 次；私领亲友入阁及擅开书橱者，罚不与祭 1 年；擅将藏书借出外房及他姓者，罚不与祭 3 年，因而典押事故者，除追惩外，永行摈逐，不得与祭。要知道，这个"家规"处罚是当时视为最大屈辱的不予参加祭祖大典，因为这种处罚意味着在家族血统关系上亮出了"黄牌"，比杖责鞭笞之类还要严厉。

藏书究竟为什么？书城高大能藏道，心地光明始爱才。藏书的目的是为了将书的内容流转传播，也为子孙后代得以传承发扬。时光流逝，在 200 年间，范钦的"家规"渐渐松动，天一阁终于有了一条可以向真正的大学者开放的新规矩，这样一来，天一阁终于显现了本身的存在意义，尽管显现的机会是那样小。封建家族的血缘继承关系和社会学术界的整体需求产生了尖锐的矛盾，藏书世家面临着无可调和的两难境地：要么深藏密裹使之留存，要么发挥社会价值而任之耗散。看来像天一阁那样经过最严格的选择作极有限的开放是一个没有办法中的办法。但是，如此严格地在全国学术界进行选择，已远远超出了一个家族的职能范畴了。直到乾隆决定编纂《四库全书》，这个矛盾的解决才出现了一些新的走向。乾隆谕旨各省采访遗书，要各藏书家，特别是江南的藏书家积极献书。天一阁进呈珍贵古籍 600 余种，其中有 96 种被收录在《四库全书》中，有370 余种列入存目。乾隆非常感谢天一阁的贡献，多次褒扬奖赐，并授意新建的南北主要藏书楼都仿照天一阁格局营建。天一阁因此而大出其名，尽管上献的书籍大多数没有发还，但在国家级的"百科全书"中，在钦定的藏书楼中，都有了它的生命。

我对范钦与天一阁的认知，最早在 1992 年购买余秋雨先生的《文化苦旅》，从中读到《风雨天一阁》，才了解范钦与天一阁的故事，尽管没有考证，里面尚有罅漏、讹误，但在我眼里大体是真实的。直到 2016 年，我与友人兴致勃勃地参观天一阁，但里面只有空楼一座，不免扫兴。读完《范钦诗文选》，才知同事、好友范伟国是范钦后裔，真是舍近求远，当年就应该向范伟国兄直接请益，《范钦诗文选》的编定、出版，也许可弥补我喜欢读闲书读杂书的遗漏。

读完本书，我扪心自问：此书给予我什么启迪？或者说有什么收获？范伟国兄在序言二《走近范钦》中写道："藏书是什么？人们常把藏书理解为，将书束之高阁或藏之名山，以期流传于世。但这可能吗？藏久，必散。范钦怎么会不知道这个道理？书册是知识的载体，流传是一种传播。在当时，范钦公曾主持刻印了很多书册，使之广为流传。依笔者理解，范钦公藏书，是虽知其必散而勉力藏之，如同将时间胶囊埋在地下，让后人去发掘。至于什么时候发掘，发掘后研究到什么程度，这是后人的事了，而他在那个年代已经做到了极致。因此，今天研究范钦，不只是为了赞叹，不只是为了崇拜，而是为了学习他忧国忧民的情怀，学习他刚正不阿的风骨，学习他热爱文化、传播文化、保存文化的自觉。他不为声色犬马所动，不为酒色钱财所惑，这在当时，多么可贵，多么不易；这在当下，依然多么可贵，多么不易！"这段话，金石之言，切中肯綮，特此摘录，当铭肺腑。

2022.1

司马迁的人格
——读《史记》断想（一）

　　一个人的做事、做学问，与他（她）的人格分不开。何谓人格？通俗地说，就是人的品质或性格。大凡学问人，不外三大类型：一是恃才傲物，嬉笑怒骂，以致招来是非，惹下事端；二是谨小慎微，胆小老实，患得患失，怕是一辈子挨受欺负；三是不畏权势，乐观通达，即便千忧万愁对他无奈。人格的不同，也使文风各异，有的言辞简短、委婉含蓄、意在言外；有的洗练准确、多谈事实、少有贬褒；有的滔滔不绝、无所不言、情感外露。重读《史记》，觉得用某种类型来归纳司马迁的人格特征，怕是很难，但有一点可以肯定，司马迁的人格经过磨难与淬砺，显得高尚、庄伟，他的《史记》是我国第一部通史，成为中华文化的瑰宝。

　　司马迁的人格养成与他早年受到良好的教育有关，他的父亲司马谈熟悉史事，懂天文地理，在汉武帝建元（前140—前135）初年做了太史令，早就有意论载"天下之史文"，但始终没有如愿。司马谈死后，司马迁继任太史令，开始搜集史料，汉兴以来的"百年之间，天下逸闻古事靡不毕集太史公"，他又能读到皇家所藏的古籍，即所谓"石室金匮之书"，所以掌握的史料相当丰富。他到处游历，结交的朋友也很多，实地调查得来的，向师友采访得来的，都可以用作补充。经过一个准备阶段，到武帝太初元年（前104），他跟公孙卿、壶遂等人共同修订的有名的太初历已经正式颁布，就着手编写《史记》。过了5年，他因给投降匈奴的李陵辩护，被处腐刑。武帝太始元年（前96）他被赦出狱，做中书令（即皇帝身边的秘书，论职位不比太史令低，可是当时的中书令都是由所谓的"刑余之人"的阉官充任的），期间他的著书工作一直没有停止过，他在写给朋友任少卿的信中叙述过自己的心境，开列出全书的篇数，可见司马迁的人生经历大起大落，其人格力量足以窥其一斑。

司马迁经历并忍受如此巨大屈辱，这些刻骨铭心的切身体验，必然会促使他深刻思考、探寻生命的意义，并反映其著述中。他不能公然反抗皇帝，但他可以用自己的笔与之抗衡，将真实的历史流传后世。

汉武帝时代是一个严刑峻法的时代，猜忌和刻薄是刘家汉朝所传的法宝。从汉高祖到汉武帝，中间经过汉文帝、汉景帝，虽然面目各异、表现不同，但骨子相通、一脉相承，所谓"外宽内深"，表面马虎、与世无争，内心则十分计较，得机即施加毒手。在这种"太极拳式"社会中，最吃亏的，当然就是一般太直性、太热情的文人墨客，像司马迁这类人物。司马迁处在严刑峻法的忌主之下，身受其祸，所以不能不写《酷吏列传》《平津侯列传》《平准书》等篇章，不过，司马迁超越个人爱憎和个人恩怨，而从大处着眼，表现出一个大历史学家的风范。司马迁撰写《史记》，看似平淡无奇，其实蕴含他极其浓烈的情感，他把平时就有一种说不出的极苦闷、极寂寞的郁结和烦恼，撒落在字里行间，但不止是愤懑、屈辱而已，其实他内心对"至圣"（"心乡往之"的孔子、"能无怨乎"的屈原、"余独悲韩子"的韩非，等等）更是极为积极、极为同情、极为热爱，这些灿烂绚丽，均集束与归于司马迁平淡、平实的笔端，这需要多么高超的人格力量！

《史记》从整理到写定，大概花了 15 年，而李陵案是他创痛最深的一事，经过此案，他的人格、思想变化最大，他的忍辱负重、完成著述的思想在书中流露特多，他笔端感情与书中人物、事件糅合一起，其之所以难能可贵，不仅在于他的博学，更在于他的鉴定、抉择、判断、烛照到大处的眼光与能力，这就是"史识"，凭借这种"识力"，使他驾驭上下古今，成就"究天人之际，通古今之变，成一家之言"的事业，也让后代俯首帖耳在他的气魄和胸襟之下，让后学叹为观止、敬佩不已。

司马迁的人格力量不是表现在皇家、官场，而是浸润于民间精神，虽受黄老之术、儒家之学影响，讲缙绅趣味、谈雅致学问，但他骨子里的精神是平民的。他对皇帝、佞臣，每每赤裸裸地把他们的外衣剥掉，而极尽讽嘲之能事，写他们的怒态，写他们的偏私，写他们的愚蠢，写他们的可笑，也许只有在细细品味之余，这些人的丑态、龌龊浮现在读史者眼前，体味司马迁的揶揄、挖苦，且那样地不露声色。而对于平民，他却向往、礼赞，用尽他的如椽大笔亲切地描绘着。

不妨举例，如民间游侠，按史官的尺度是不入流的，司马迁却不以为然，十分称道地收录其间。我们可以读《史记·游侠列传》中的几段：

　　"今游侠，其行虽不轨于正义，然其言必信，其行必果，已诺必诚，不爱其躯，赴士之厄困，既已存亡死生矣，而不矜其能，羞伐其德，盖亦有足多者焉。"……

　　"而布衣之徒，设取予然诺，千里诵义，为死不顾世，此亦有所长，非苟而已也。故士穷窘而得委命，此岂非人之所谓贤豪闲者邪？诚使乡曲之侠，予季次、原宪比权量力，效功于当世，不同日而论矣。要以功见言信，侠客之义又曷可少哉！"……

　　"至如间巷之侠，修行砥名，声施于天下，莫不称贤，是为难耳。然儒、墨皆排摈不载。自秦以前，匹夫之侠，湮灭不见，余甚恨之。以余所闻，汉兴有朱家、田仲、王公、剧孟、郭解之徒，虽时扞当世之文罔，然其私义廉洁退让，有足称者。名不虚立，士不虚附。至如朋党宗彊比周，设财役贫，豪暴侵凌孤弱，恣欲自快，游侠亦丑之。余悲世俗不察其意，而猥以朱家、郭解等令与暴豪之徒同类而共笑之也。"

　　由此可见，司马迁的精神已经浸润在民间生活的内层，所以他的文字也有着民间语言的生动和有力。

　　还想说的是，司马迁的《史记》刻画的人物、叙述的史实、阐述的看法，不能单就篇名的外形去找，应该贯通起来去读，这就是"互见法"。早年听大学老师说，读《史记》不能"单篇看"而需要"比照读"，多读《史记》，确是良法。司马迁的写作很有特色，他知道每篇传记一定有一个中心，为求艺术上的完整起见，便把次要的论点（在艺术上次要）放到别处，所以完整地读《史记》，对司马迁的主观见解、客观描写、巧于讽刺、以褒作贬在"比照"中会有更多了解，从中体验司马迁人格的多样性、复杂性、迂回性，单一地给司马迁人格下定义，显然没懂，若用"脸谱化"来读《史记》，那会对司马迁的本性——"史德、史才、史学、史识"产生误解，自然就感受不到他的高尚人格与史家操守了。

2021.8

<hr>

注：本文参阅：［汉］司马迁撰：《史记》，北京：中华书局，1959 年 9 月第 1 版，1975 年 3 月第 7 次印刷；参阅：李长之：《司马迁之人格与风格》，北京：生活·读书·新知 三联书店，2013 年 11 月第 1 版。

"鸿门宴"：一幕精彩的特写
——读《史记》断想（二）

　　司马迁是我国伟大的历史学家、文学家，在我看来，他还是一个不可多得的新闻学家——尽管那时还没有这样的职业、称呼，然而他的"不虚美、不隐恶"，以公正、客观、真实、新鲜的特性，展示一个当今新闻学家所独有的道德品质、理想胸怀和写作技巧。我国汉代有否新闻官，暂不去探讨，将"史家之绝唱，无韵之《离骚》"的《史记》（鲁迅语）比作新闻作品也是牵强附会的，但我以为《史记》的某些篇章，以现代新闻学眼光看，可划入新闻学范畴，而且不失为新闻佳作，像《史记》中的"鸿门宴"，我以为可看作一篇绝佳的特写。

　　司马迁非但擅长描写生活中的小故事，而且善于表现大场面，他既能从小处凸显人物的特征，又能从大处展示人物的全貌，这种用大场面去表现人物面貌，与用生活中的小故事去描写人物性格一样，都是司马迁在史学、文学艺术表现手法上的重要方法。同理，从新闻学案例出发，司马迁的这种方法同样值得探究和借鉴，亦为当今特写的写作提供一个典范，在细细琢磨、会意中会有所心得、体悟。

　　对特写的定义，新闻学家有许多界定。从我曾经的新闻生涯而言，我对特写有这么几条体验：一在于落笔集中，突出一点，即截取新闻事件或人物的一个片断、一个场面、一个情景、一个镜头，运用文学手法进行描写；二在于浓淡相宜、真切再现，能让读者如临其境、如闻其声、如见其人，产生一种强烈的现场感染力；三在于幽默风趣、耐人寻味，以现场仔细观察为描绘的基础，捕捉典型的瞬间的生动形象，使人有一种立体的强烈的现场感。《史记》是"史"，自然不能说是"刚发生的新闻事件"，但记叙"鸿门宴"，正是采用了典型的特写法，匠心独运，精彩至极。我们不妨作如下条分缕析。

"鸿门宴"的情节发展可以分三大部分：先是交代"鸿门宴"的背景由来。从"沛公军霸上，未得与项羽相见。沛公左司马曹无伤使人言于项羽曰：'沛公欲王关中，使子婴为相，珍宝尽有之。'项羽大怒，曰：'旦日飨士卒，为击破沛公军！'"到"项伯许诺。谓沛公曰：'旦日不可不蚤自来谢项王。'沛公曰：'诺。'①"，讲述了刘、项两军的驻地及双方兵力，强调了项羽占据绝对优势，战争的主动权完全在项羽手中。但刘邦手下有个叫曹无伤的进行告密，让项羽听说"沛公欲王关中"，冒犯了他的尊严，当即决定进攻刘邦；他的老臣谋士范增乘机揭露刘邦的野心，也力主进攻，这场你死我活的斗争随即而来。

接着从"于是项伯复夜去，至军中，具以沛公言报项王"到"项王未有以应，曰：'坐。'樊哙从良坐。坐须臾，沛公起如厕，因招樊哙出"，这部分主要写"鸿门宴"刀光剑影、暗波汹涌。起先斗争火药味很浓，项羽欲灭刘邦，但经刘邦谋士张良斡旋，项伯（项羽叔父）告知张良险情，为报答张良的"救命之恩"，答应在项羽面前说情，真是一波三折，"鸿门宴"顿时变得平和，刘邦卑词"谢罪"，项羽说出曹无伤的告密，如此一来，项羽怒气全消，且设宴招待刘邦。表面上风平浪静了，实际上还是杀气重重，如范增蓄意杀死刘邦，始而"数目项王，举所佩玉玦以示之者三"，继而命项庄（项羽弟弟）舞剑，"因击沛公于坐，杀之"，使气氛越来越紧张。于是，张良示意樊哙。樊哙是刘邦的参乘，有保护刘邦的责任，但无与会资格。项羽得知他的身份后，知其来意，于是借赐酒缓和一下气氛。樊哙为了将众人注意力集中到自己身上来，不仅一切做得合乎礼法，而且忍辱吃了生彘肩。然后借项王"能复饮乎"之问慷慨陈词：于"王关中"一事，言虽有怀王之约，犹不敢自专，必待大王来；又就席间舞剑一事指责项王"欲诛有功之人"。故"项王未有以应"，反而赐坐。至此，气氛又进一步缓和，但危机仍未解除。这是"鸿门宴"的高潮。后面，特写一个接一个，画面一片连一片，波澜横生，扣人心弦。这里，我觉得这部分对话很多，不同人说不同话，凸显特写的特性，有个性也有趣味，而且场面都是动态，像项庄听从范增授意，向项羽借口请示："'君王与沛公饮，军中无以为乐，请以剑舞。'项王曰：'诺。'项庄拔剑起舞，项伯亦拔剑起舞，常以身翼蔽沛公，庄不得击。"描述句不长，但特写画面顿显，非常生动。再如：张良招樊哙进帐救刘邦，樊哙"即带剑拥盾入军门。交戟之卫士欲止不内，樊哙侧其盾以撞，卫士仆地，哙遂入，披帷西向立，瞋目视项王，头发上指，目眦尽裂。"樊哙的英勇与气概，由此窥见一斑。樊哙与项羽的对话，足见他虽是武将却智慧非凡，这段细腻、精心的特写，栩栩如生，个性独特。当然，项羽、范增、项庄，以及张良、项伯，通过他们的对话，各显其身份、性格，他们拥有不同的外在脸谱、跃动不同的内心世界。在司马迁笔端，对每人的特写各不相同，恰到好处。其间，刘邦没有什么话语，更无动作描写，其实正是通过这个"无声胜有声"，显示刘邦的"静观其变"，他的五味杂陈、暗中盘算，其实都在他的肚肠里，刘邦的"狡诈"与项羽的"叱咤"形成对比。这里对刘邦一笔不提的"静态"，正是"寓静于动"，是司马迁特写的高明之处。

最后主要写宴会后的余事，司马迁的写法也特别，还是采用特写法，包括刘邦逃席，间道至军；张良留谢，赠送礼物；"鸿门宴"最终使"项王则受璧，置之坐上。亚父受玉斗，置之地，拔剑撞而破之，曰：'唉！竖子不足与谋。夺项王天下者，必沛公也，吾属今为之虏矣！'沛公至军，立诛杀曹无伤"。事因曹无伤起（告密），又以曹无伤终（立诛），这个结尾部分写到刘邦特地关照张良，要等他"则置车骑，脱身独骑，与樊哙、夏侯婴、靳疆、纪信等四人持剑盾步走"，穿小路近道真正回到霸上才能代向项羽道谢赠礼，足见刘邦心机十足。有趣的是，"鸿门宴"通篇里的那个告密人曹无伤，只写他的告密语而丝毫没写他的一举一动，可见司马迁讲究材料剪裁，主题情节重点放在项羽是否发动进攻、刘邦能否安然逃席这两个问题上，逐层展开，首尾呼应，特写虽是独立，但相互连接，使情节起伏跌宕、紧张精彩、有头有尾、完整独立，不亚于一部时缓时紧、有贬有褒、伏笔铺垫、高潮迭起的电影大片。

可以看出"鸿门宴"一方面描写项羽、刘邦之间的尖锐矛盾，另一方面则以张良的机智和樊哙的勇猛直来，衬托出项羽不杀刘邦的豪爽胸襟。对张良、樊哙，司马迁在《留侯世家第二十五》《樊郦滕灌列传第三十五》均有所记，而"鸿门宴"在其两篇中亦有记叙，但主要在《项羽本纪第七》既是"全本"，也是"节选"，对项羽"悲剧性英雄"给予某种同情。"鸿门宴"是项羽和刘邦在灭秦之后长达五年的斗争的开端，亦暗示人们，虽是开端，却在某种程度上预示了这场斗争的终结，深思一下，项羽的失败悲剧正在于他的性格，他不过是自矜功伐而有"妇人之仁"，这种性格不改变，项羽必然以失败告终。相反，刘邦在"鸿门宴"上化险为夷，善于利用对方性格、弱点做成自己的大事，这点上可见"性格决定命运""细节决定成败"。

我以为，读司马迁的《史记》，不仅仅从史学、文学角度汲取知识营养，也从新闻学上得到写作启示，像"鸿门宴"的记叙，以极其简练的笔墨，描写了当时那种紧张激动的场面，沉着的举动，使人如见其人，如闻其声。我还认为，特写除了背景的铺垫外，更可以概括为：重瞬间，少过程；重描绘，少叙述；重动势，少静态。所谓"特写"，我理解是在矛盾中展开，将事件与细节结合，善于和必须将局部放大某一段最典型、最有表现力的史实在其所在的时空，而形成一种集中而强烈的"焦点"场景，以此描绘瞬间，反映整体，折射全貌，透视本质。特写应该有作者的观点、情感，但必须不露声色，不事张扬，应以事实说话，而且重视细节，通过自己的仔细观察，捕捉细节，对准焦点，推出主体，而后进行浓墨重彩、工笔细描般的描述、对话，给人以深刻印象、强烈感受。

《史记》是史学、文学佳作，对我而言，更愿意将"鸿门宴"视作特写的绝品，但愿这不是错觉。

2021.8

---

① 参阅：［汉］司马迁撰：《史记》（全十册），北京：中华书局，1959 年 9 月版。

吕留良的文字狱

近读黄裳先生的《笔祸史谈丛》，颇有感想。黄裳先生最擅旧书新读、旧戏新谈、旧史新论，作为人文学者，他从旧中觅新，为当今活着的人们尤其是文人，提供点处世依据，或者阐述些论道心得，即祸从口中出，亦从笔端来，别以为自己才高八斗、甚以为是，不谨小慎微、知微见著，很可能麻烦找上门来，让你不得安生。

这本书是读书笔记，主要论述康、雍、乾三朝的文字狱案例，其中以吕留良的文字狱最为典型，亦最可耐读。吕留良何许人也？其实此公是前朝人，与雍正朝不相关。其实这样的叙述不准确，这里牵涉到雍正处理的一个案件，追根溯源，"祸"自此公。

历史是这样的，雍正六年（1728），文人曾静及其门徒张熙不满身为"夷狄"的清王朝统治，暗地里诋毁并宣扬雍正帝的得位不法和十大罪状，试图游说当时的川陕总督岳钟琪"反清复明"，这位岳总督假装同意、骗出口供，反过来逮捕二人遣送燕京，在刑部受审期间，曾静自然扛不住，交代了自己的叛逆思想来源于吕留良的著述，由此揭开吕留良文字狱的序幕。

吕留良（1629—1683），字用晦，号晚村，别号耻翁、南阳布衣、吕医山人等，浙江崇德县（今浙江省桐乡市崇德镇）人，顺治十七年（1643）参加科举考试，此后连年周旋于科场，心迹相违，苦闷至极，发誓不与清廷合作，由而归隐田园，著书讲学，知往鉴今，借古非今。暮年削发为僧，于康熙二十二年病死，遗著有《吕晚村先生文集》《东庄诗存》。

曾静、张熙的案发，让雍正关注与浏览吕留良生前言行，认为他犯有以下罪状：视清为异类，曾静谋反就是受了吕留良华夷之辨的影响；吕留良蔑视清廷，对南明政权，则心怀留恋之情；吕留良在日记中记载了一些自然灾异，预示清统治不稳固；在吕留良日记中，有关于康熙帝悭吝的记载，雍正帝以为中伤其父、罪不可赦。雍正十年（1732）十二月，对吕留良案作出了处理。将已故之吕留良，已故之子吕葆中，已故学生严鸿逵俱戮尸枭示。吕留良之子吕毅中，严鸿逵学生沈在宽斩立决。吕、严两家之后代从宽发配宁古塔，给兵丁为奴。其罹难之酷烈，为清代文字狱之首。

在"溯源"后，雍正下令收录关于曾、张案的上谕、曾静的口供和《归仁录》，合成《大义觉迷录》。雍正八年（1730），雍正帝发行此书，并要求公家朝廷上下、地方官吏人手一册，所有地方官、学官必须据《大义觉迷录》的内容及论点向百姓讲解，还命曾静到全国各地巡讲。

不能不说雍正的用心良苦，读到这段史料，也确实看出雍正是一位少有的勤奋皇帝，他每日在奏章上用朱笔写下的批示，数量可真不少。后来他命令臣下纂刻的《上谕内阁》和《朱批谕旨》便有百来卷之多，这还只不过收录了其中很少的一部分，不愧是一位大政论作家。雍正的原意是想使自己的意见，以达到统一认识、划一舆论的目的，也就是"可为人心风俗之一助"。他亲手编定的样板书《大义觉迷录》，用意训诫臣民，取得"天下皆曰可杀"的公议，才最后定案；他选中吕留良做反面教员，正是有的放矢，这样的靶子既是"罪有应得"，又有"名人效应"，所以雍正对文人的"文字狱"，很讲究策略，无论是放手治罪，还是杀一儆百，均以奠定长治久安的局面为前提。在此，我们可以看出雍正的"雄才大略"：威权统治者需要的是死心塌地的忠顺奴才，恨的是反复无常与见风使舵的角色。

鲁迅在一篇《隔膜》的杂文中说过："清朝初年的文字狱……大家向来的意见，总以为文字之祸，是起于笑骂了清朝，然而，其实是不尽然。""这些惨案的来由，都只是为了'隔膜'。"这些话说得非常深刻，翻翻《清代文字狱档》，是可以找出不少这些"隔膜"的例子来的。吕留良的"文字狱"是一例，而雍正之后所有的案例，绝大多数都是自投罗网的。这些人怀着各自不同的卑微的个人目的，希望一旦投献的诗文得到皇上的赏识，就能立即改变困苦的处境，但不料一个个都碰到刀刃上了。这是一种真正的悲哀。

雍正对朋党奸人的处理手段不可谓不高明，到儿子乾隆这代有过之无不及，对文人的"笔祸"同样毫不客气。也许文人的陋习在于自恃才高，除了功名之外，还喜欢玩玩自己的小聪明，至乾隆朝，那些自鸣得意的文人并未从旧案吸取教训，依旧说怪话，写歪诗，发牢骚，泄怨气，这是不能不使乾隆失望并发怒的。在乾隆看来，只有把螺丝拧得更紧之一法，于是对那些文人细摘原文，严加批注，狠做了一通文字。乾隆实在是为奴才们树立了榜样，手下臣子奴才们心领神会，放手大干起来，于是大量千奇百怪的案子出现了，结果造成了普遍的战战兢兢、鸦雀无声的局面，这实在是乾隆所希望的。由此看来，大兴文字狱在某种程度上发动了民众包括造就了众多告密者，尽管这些臣民大多的出发点多半是怕受牵连。

人们总评价康、乾是"太平盛世"，我以为有点失之偏颇。如此"盛世"掩盖着太多的文字狱，从中窥见康、乾神情更从容、心思更缜密、手段更高明，而雍正正处中间，承上启下，他酿造制作的文字狱更具欺骗性。作为有头脑的奴才言，在精明的主子手下工作，是困难的，必须时时提防无从悬揣的挑剔指摘，只有一个办法，提高警惕，加码诛求，把罪拟得严严的，宁愿主子来"加恩"未减，虽然同样活不出，斩决到底轻于凌迟，这就是皇恩浩荡了。至于乾隆的文字狱发展到何等程度，也许只有历史学家特别是清史学家考证清楚，其文字狱，即便胡说八道，但获不幸且幸而言中，全体臣民都再也不敢措一语，只剩下八股文和考据学才是十分保险的事业。终清之世，还没有听说谁从繁琐考据和八股文章中发现了大逆不道的证据，当然因出题得罪的还是有的，但只不过杀了几个考官，广大士子都无恙，证明这的确是极安全、可以任凭驰驱的园地。

说到"太平盛世"，有点可以肯定，即皇帝没有政治、经济大问题值得担心，可以放手对付读书人。这就是历史上往往在经济恢复、政局稳定的时候，在文化战线上反而会出现大小波涛的原因。清代诸帝总是对汉人的知识阶层不放心，对结党深恶痛绝，对有名望的儒臣疑心重重，对草野之民更是时时防备，交互使用怀柔与镇压的两手，使之服服帖帖不再生事。这一政策，在乾隆年代是大体得到了成功的。

以史为鉴。从清代无数形形色色的文字狱中值得当今人们反思，几千年来中国人的信条是，只有孔子之是非而无我之是非，这就在思想上受了阉割，从而丧失独立思考的习惯与能力。只要听见一声吆喝，就会如中疯魔，不顾一切冲上前去，其严重的后果可想而知。清代的文字狱除了皇帝偶然发现、臣子主动举发与出于隔膜自投罗网外，要以出于私仇或恫吓者为多，打小报告检举揭发的事，历史上是从未间断过的，那些拍马溜须、阿谀奉承的小丑从未消失，对此，我们需要更多的警惕。

2021.7

第二辑　书香知味

曾惊秋肃临天下，敢遣春温上笔端。闲居读书，致力于学，品味书香，温和内心。读书须品书，能评书，从中汲取才气、灵气、大气。品书评书，需要"四存"：存性、存学、存治、存人，在思考中奔涌文字，其间有放不下、不放下的良好心态。

百岁学者　一生有光
——读《周有光谈话集》

近来翻阅《岁岁年年有光——周有光谈话集》，这是由天津人民出版社在 2016 年 1 月，为周有光先生庆生 110 岁所出版的对谈、采访集子。周有光先生（1906.1.13 — 2017.1.14）一生低调，其生活经历曲折，但通达乐观。记得在 20 世纪 80 年代末、90 年代初，为采写历时 18 个春秋、聚集千余位专家学者、语言工作者心血智慧的巨型语文辞书《汉语大词典》的诞生，我在京采访了众多语言学家，比如由全国著名学者吕叔湘、王力、叶圣陶、朱德熙、陈原、陆宗达、张世禄、张政烺、周有光、周祖谟、姜亮夫、倪海曙、俞敏、徐震堮 14 人组成的学术委员会部分委员，大约 1993 年至 1994 年期间，在时任汉语大词典出版社社长阮锦荣以及办公室副主任周澍民兄陪同下，特登门造访周有光先生，我们彼此曾有过一番有趣的交谈。

读到这本《周有光谈话集》，时隔近 30 年，如沐春风，格外亲切。当年与周老见面聊谈时的场景时今记忆模糊，印象不深，但读到这本书，眼前顿然跃现这位世纪老人的形象：睿智而宁静，坚韧而快乐，大彻大悟、大智大勇，他与来访者侃侃而谈，无论是语言学、历史学、文化学，还是天下大事、社会趋势，他都了如指掌。真的，在交谈交流中，他忘记年龄，忘记身份，童心未泯，幽默风趣。

通读全书，我觉得此书精选了周有光先生百岁之后的所思所想、所忧所虑。在周老百岁之后不到十年里，除了写作，他在自己的小书房里接待了来自各地的许多文友访客，谈笑对答，不失机锋，思想敏锐，妙趣横生，成了他晚年表达自己观点、思想的生活方式。阅读此书，我自感轻松自由，因为该书由对谈、采访两大部分组成，不像读理论书籍、高头讲章那样正襟危坐，其间既有他对自己一生难忘经历的回顾，也有对国家社会发展的思考，对世界历史的走向、社会制度的变迁、国家未来发展的关注，在对谈访问中，浓缩了周老百年的人生智慧，成为周老晚年的真实记录。

全书内容看似散，按我读书眼光，可分几个大类：先从专业说起。周有光先生是中国著名的语言学家、文字学家、经济学家，通晓汉、英、法、日四种文字，他青年时代主要从事经济、金融工作，曾任复旦大学经济学教授。1955 年，他改变学术方向，并从次年开始专职从事语言文字研究，曾参与并主持拟定《汉语拼音方案》（1958 年公布），此后一直致力于中国的语文改革。85 岁之后，其关注点转向文化学。语言文字学是周有光先生一生最主要的专业，他的成就、业绩被称为"汉语拼音之父"，他的连襟沈从文先生曾为此送他个"周百科"的美称，就是有感于他那种"知识狂"的性格。周老参与翻译《简明不列颠百科全书》，编辑《中国大百科全书》，他晚年的文章也常以"百科"的风格写就：简明易懂的语言，框架式的结构，清晰明确的观点，必要的背景知识补充，构成他的人格与文风。由他主持编制国际通用的《汉语拼音方案》，虽泽被亿万人，却平淡不张扬；在趋利浮华的时代，他依然如旧，我行我素，像安居陋巷的颜渊一样"不改其乐"。

　　文字与文化究竟有何关联？访谈中，周有光先生阐明观点，认为其中的关系体现在三方面：第一点，文字是一种工具，不是神圣的东西，把汉字说成是中国文化的根儿，那就错了。他举例，我国《诗经》时代，里面很多诗歌创造于还没有文字的时代，是不认识文字的人创作的口头文学。第二点，研究汉字在人类文字历史上的地位，可用得上比较文字学，通过人类文字史比较才能看出汉字的地位，即从整个人类文字史看，第一阶段是原始文字，第二阶段是古典文字，第三阶段是字母文字，从总的历史看，字母的产生比古典文字晚两千多年，文字有继承性和习惯性，只能稍加修改、循序渐进，电脑的发明，使汉语拼音有用武之地，汉语拼音是一座桥梁，使中国文化与世界文化、中华文明与世界文明沟通起来，既保持民族的，又走向世界的。访谈中，周老把自己的专业见解，解说得极其通俗明朗，很有说服力。

　　如何做学问？书中看似没有专题讲述，但言谈中始终有这类话题。他认为做学问首先要关心世界，除了要挖自己的"专业深井"，更要对"深井"外的知识海洋发生浓厚兴趣，即"功夫在诗外"。周老很谦虚地说："在这个知识海洋里面我是一个文盲，我要赶快扫盲。"当85岁的周老正式"下岗"、离开办公室后，便在家孜孜不倦地读书，他的求知是多渠道的，亲朋好友给他送来各种国内外的书籍杂志，每个星期有海外朋友给他寄英文杂志，他看《纽约时报》的《年鉴》，读《时代》周刊和《新闻周刊》，与最新的思潮保持接触，沉思静想，不时将自己的读书心得写成一篇篇随笔，他做学问不偏食，可以说是触类旁通。他回忆当年在上海圣约翰大学读书的经历，有位英国教师教周有光如何看报，即每天看报要问自己：第一，今天哪一条新闻最重要？第二，再问自己：为什么这条最重要？第三，还要问自己：这条新闻的背景我知道吗？不知道就去图书馆查书，查书首先查百科全书。

在 105 岁时他的随笔结集出版，书名题为《朝闻道集》，即孔子所说"朝闻道，夕死矣"之义。在书中，他探讨各种当下关注度颇高的议题：民主与专制，大同与小康，传统与现代，等等，表现出作为一个学者、思想家的高度、深度，具有"理性、冷静、中肯、深刻"的大家风范。他说，学问是世界性的，是不分国家的。要研究古代的东西自然赞成，但要注意的一点是，复兴华夏文化，重要的不是文化复古，而是文化更新；不是以传统替代现代文化，而是以传统辅助现代文化，具体地说，要符合三点要求：提高水平，整理和研究要用科学方法；适应现代，不作玄虚空谈，重视实用创造；扩大传播，用现代语文解释和翻译古代著作。周老的此番见解，值得深味。

周有光先生对教育特别重视，而且有着自己深切体验。他认为，在儒学里面，有许多值得借鉴的教育思想。比如，孔子说的"知之为知之，不知为不知"，这句话很了不起，实事求是，朴质无华。周老提到美国加州大学竖立了一个孔子像，还雕了几个汉字"有教无类"，翻译得很好："教育是没有边界的。"周老说，在孔子看来，穷人富人都可以接受教育，在教育上提倡人人平等，孔子在那个年代可以提出如此先进的教育思想，是非常了不起的。他进一步解释：儒学是入世哲学，不谈鬼神。"不知生，焉知死""敬鬼神而远之"，这是中国最早的无神论。佛教重视来生（彼岸），重视死（涅槃），重视鬼（阴间），人的生死由众神管理。华夏文明缺少彼岸玄想，佛教填补了这个真空。

有人会问，科学这么进步了，为何还需要宗教？周老这样答道："科学是一步一步发展的，知识越来越多。可是，在科学所理解的已知世界之外，还有一个未知世界。对未知世界的解释，就需要宗教了。"那么，随着科学的发展进步，是不是宗教的影响力会越来越小？周有光明确地回答："不会的，因为未知世界永远要比已知世界大。"

人活在世上，总有自己的人生观。周有光先生认为作为一个文化人、一个有思想的人，不能把财产看作第一位。一个人要为人类有创造这是最重要的，周老觉得这就是人生的意义。创造不论大小都没有关系，比如说周老开创了现代汉字学就是创造，周老设计的汉语拼音也是对人类有好处的。但当初并非如此招人待见，有些人攻击周有光破坏汉语，是汉字的"叛徒"，当然现在没有人骂了，以前曾经有一个杂志出一个专号骂周有光，说周有光搞汉语拼音就是"洋奴"。所以，人的一生做好事还是做坏事，不是个人认为，是由历史评价、时间检验的。

至于对生老病死，周老的生死观是这样的：生是具体的，死则是一个概念。死不能说今天死明天还要死，死是一秒钟的事情。没有死，只有生。另外，周有光先生主张安乐死。他还提到，为人处世，一定要有分寸，若太过，容易招致祸端。有道是：当官怕官丢，有钱怕钱散。人越有什么，就越害怕什么。这可能就是为什么我们越活越小心翼翼了，因为一不小心，就可能一无所有。就是我们常见的那样，你地位越高，权力越大，你就要越低调，越束缚自己，因为一步错，就会步步错。反而那些一无所有的，都过得很快乐，不是吗？其实，人的一生不需要大富大贵，开开心心就好。周老豁达的心态和胸襟由此窥见一斑。

在全球化时代，周有光先生认为，要从世界来看国家，不要从国家来看世界，因而他对国家、社会和文化发展等深层次问题进行了系统而缜密的研究，在知识界产生了广泛而深远的影响。他的文章以及他的谈话，不仅具有超然物外的胸襟和气度，开阔而深邃的世界眼光和历史视野，而且语言洗练，深入浅出，举重若轻，风趣幽默，没有不痛不痒的话，更没有故作深奥、叠床架屋之语。

在 2006 年周有光百岁寿辰上，时任复旦大学校长王生洪这样评价："周有光是一百年来无数有志之士的精神象征。"我觉得，这个评价是贴实贴切、恰如其分的。

2021.8

大家小书大家看
——读翦伯赞的《史料与史实》

　　近翻阅由北京出版社出版的"大家小书"丛书，颇有心得。这丛书的"大家"，包含两方面含义：一是书的作者是大家（尤其文科类）；二是书是写给大家看的，也就是各种各样的读者，是大家平日里所需要的读物。而"小书"，其实就篇幅显得小些罢了，若论学术性则不但不轻，有些反倒是相当重的。比如读著名历史学家翦伯赞所著的《史料与史实》，对我这个史学门外汉而言，长了不少史学知识，虽然书中的文章写于20世纪40年代、60年代不等，其叙述的史学知识非但没过时，对当今文、理、工、医、农的学生包括从业人员，会得到不少启发与帮助。学史、懂史，特别是对中国历史的学习，正是作为当今中国人的第一需要。

　　学习、研究或者说掌握历史知识，有否规律可循？答案是肯定的。翦先生讲述"史料"与"史实"，首先提到中国文献学上的史料，可谓浩如烟海，即便穷毕生之力，也是莫测涯际。即以一部二十四史而论，就有三千二百四十二卷，其卷帙之浩繁，已足以令人望洋兴叹。何况二十四史尚不过是史部诸史中之所谓正史。在史部中，除正史以外，尚有编年史、纪事本末、别史、杂史、实录、典制、方志、谱牒及笔记等，其数量更百倍千倍于所谓正史。所以，学习历史需要"攻其一点，不及其余"，须有宽阔的知识眼界，更需某专门、某专业知识点的深度与厚度。

翦先生提到，文字的记录，始于记事。所以在中国古代，文、史不分家，举凡一切文字的记录，皆可称之日史。翦先生阐述："直至汉代，尚无史部之别，刘歆《七略》、班固《汉书·艺文志》，虽将富于史实记录之文献，并入《春秋》之属，但并未独立。史部诸书从文献中分别出来而为一个独立部门，始于晋代。晋荀勖撰《中经新簿》，始分中国文献为甲、乙、丙、丁四部，而史为丙部。至李充撰《四部书目》，重分四部，经为甲部，史为乙部，子为丙部，诗赋为丁部，而中国的文献遂别为经、史、子、集四部。以后历代因之，至于今日。"

对中国历史，人们会提起二十四史，即中国史部群书中之所谓正史。按修史规律看，以成书年代而论，大抵皆系后代撰前代之史。翦先生认为：这部书（二十四史），既非成于一时，更非出于一人之手，而是历代积累起来的一部官史。"其中成于汉者二，司马迁《史记》、班固《汉书》是也。成于晋者一，陈寿《三国志》是也。成于南北朝者四，宋范晔《后汉书》、梁沈约《宋书》、梁萧子显《南齐书》、北齐魏收《魏书》是也。成于唐者八，房玄龄《晋书》、姚思廉《梁书》《陈书》、李百药《北齐书》、令狐德棻《周书》、魏徵《隋书》、李延寿《南史》《北史》是也。成于五代者一，后晋刘昫《旧唐书》是也。成于宋者三，薛居正《旧五代史》、欧阳修《新唐书》《新五代史》是也。成于元者三，脱脱《宋史》《辽史》《金史》是也。成于明者一，宋濂《元史》是也。成于清者一，张廷玉《明史》是也。""晚近又以柯劭忞《新元史》列入正史，增为廿五史。他日再加入《清史》，就有廿六史了。"羁先生说："廿四史，中国历来皆称为正史。但在我看来，与其称之曰史，不如称之曰'史料集成'。"

缘何是"史料集成"？羁先生论述依据在：第一，以体裁而论，虽皆为纪传体，而且其中最大多数皆系纪传体的断代史，但其中亦有纪传体的通史。如司马迁的《史记》，则上起五帝，下迄汉武；李延寿的《南史》，则系宋、齐、梁、陈四朝的通史；《北史》，则系北魏、北齐、北周、隋代四朝的通史。通史与断代史杂凑，以致体裁不一。

第二，即以纪传体而论，亦不尽合于规律。所谓纪传体，即以本纪、世家、列传、书志、年表合而成书。但《三国志》《梁书》《陈书》《北齐书》《周书》《南史》《北史》皆无书志，《隋书》本亦无志，今志乃合梁、陈、齐、周、隋并撰者。而《后汉书》《三国志》《宋书》《南齐书》《梁书》《陈书》《魏书》《北齐书》《周书》《隋书》《南史》《北史》《旧唐书》以及新旧《五代史》，皆无表。

第三，以史实的系列而论，则重复互见。其中有全部重复者，如《南史》之于宋、齐、梁、陈书，《北史》之于魏、齐、周、隋书，《新唐书》之于《旧唐书》，《新五代史》之于《旧五代史》是也。亦有局部重复者，如记汉武以前的史实，完全抄录《史记》原文是也。又如于朝代交替之间的史实，前史已书，而后史必录。如东汉末群雄，《后汉书》有列传，《三国志》亦有列传。司马懿、司马师、司马昭之事迹，已见于《魏志》，而《晋书》又重为之记。此外，当割据或偏安之际，同时并世的诸王朝，各有史书，而同一史实既见此史，又出彼史。

第四，因为二十四史都是用纪传体的方法写的，所谓纪传体，即以事系人的体裁。这种体裁用以保存史料，不失为方法之一。若用以写作历史，则记一史实，必至前后隔越，彼此错陈。因为一人不仅做一事，一事又非一人所做，若以事系人，势必将一个史实分列于与此事有关之诸人的传记中，这样，所有的史实都要被切为碎片。所以人们在二十四史中，只能看到许多孤立的历史人物，看不到人与人的联系。只能看到无数历史的碎片，看不到一个史实的发展过程。既无时间的系列，又无相互的关系。读本书，似乎当"文抄公"，但读书不如抄书，对翦先生这番论述，细细一想，不无道理。

翦先生还提到，除读正史外，还要读种类繁多的诸史。这些书，或以事系年，通诸代而为史；或标事为题，列诸事以名篇；或以事为类，分部类以成书。其写作方法上，都能自成一体；但在史料方面，则并不多于正史，大半皆由正史中网罗搜括而来。因此如果为寻找新的史料，以补充和订正正史，就必须求之于史流之杂著。史流杂著，由来甚古，早在所谓正史出现之前，即已有之。对史部杂著，唐代史学家刘知几为之分为十类："一曰偏纪，二曰小录，三曰逸事，四曰琐言，五曰郡书，六曰家史，七曰别传，八曰杂记，九曰地理书，十曰都邑簿。"虽过于琐碎，但可显出史部杂著的诸流别。徇此流别以观史部杂著，则纷乱一团之史部杂著，亦能类聚流别而形成其自己的系统。

翦先生还告知人们，对正史、诸史外，还要研读史部以外的群书——经、子、集，即群经、诸子和集部书。这些书，虽不如史部诸书专记史实，但其中皆有意无意保存了一些史料，甚至比之史部诸书上所载更为可靠的史料。比如《十三经》——儒家的十三部经书，即《易经》《书经》《诗经》《周礼》《仪礼》《礼记》《春秋左传》《春秋公羊传》《春秋穀梁传》《论语》《孝经》《尔雅》《孟子》。而诸子，比如儒家、道家、法家、墨家、名家、纵横家、阴阳家、杂家、农家、小说家、兵家、医家，但"其可观者，九家而已"，也谓之九流也，诸子之书，是研究先秦学术思想最主要的史料，而且其中亦有记述前代史实及反映或暗示当时社会内容的记录，故又为研究先秦社会史最好的资料。

广义地说，何止"六经皆史""诸子亦史""诸诗集、文集、词选、曲录、传奇、小说亦史"，乃至政府档案、私人信札、碑铭、墓志、道书、佛典、契约账簿、杂志报纸、传单广告以及一切文字的记录，无一不是史料。从中可见，中国文献学上的史料之丰富，正如一座无穷无尽的富矿，其中蕴藏着不可以数计的宝物。学无止境。不断探寻"史料的矿藏"，从史料中探求历史真相，正是我们这代人乃至后代人的光荣职责和使命。翦先生的这本书，指明我们问学治学方向，同时赋予我们汲取知识、追求真理的力量。

2021.11

诗歌究竟是什么
——读朱光潜的《诗论》

　　以前读过些我国著名美学家朱光潜先生的书，受益匪浅。时今又重读他的《诗论》，这本首版于 1942 年的常销书，距今已有 80 年了，却一版再版，细读品味，不乏新意。其实这本书稿雏形最早于 1933 年朱光潜先生任教于北大所写的讲义，胡适先生当时掌文学院，看了朱光潜先生的《诗论》初稿，便邀朱先生在北大中文系讲了一年；抗战后，陈通伯先生与胡适先生抱有同样见解，也邀朱先生在武大讲一年《诗论》，而朱先生每次讲课，都把原稿大加修改一番，改来改去，朱光潜先生谦虚地说"仍是粗浅"，实质是留下精华，补充新料，淬炼观点，这样的书稿一磨再磨，推敲再三，终于在抗战时期的 1942 年正式出版，可见一本好书经得起岁月风雨的磨砺、冲刷，前辈学问家一代一代走了，但他们传下来的智慧和学养，永远滋养和启迪着后人的心智，我们永远感谢他们。

　　《诗论》分 13 章，分别为：诗的起源；诗与谐隐；诗的境界——情趣与意象；论表现——情感思想与语言文字的关系；诗与散文；诗与乐——节奏；诗与画——评莱辛的诗画异质说；中国诗的节奏与声韵的分析(上)：论声；中国诗的节奏与声韵的分析(中)：论顿；中国诗的节奏与声韵的分析(下)：论韵；

中国诗何以走上"律"的路(上):赋对于诗的影响;中国诗何以走上"律"的路(下):声律的研究何以特盛于齐梁以后;陶渊明。这13章都是专题性、学术性,是不是有应用作用,我不太明了,但对写诗者言,读一读,至少在诗歌形式、知识结构方面会有帮助,如果连朱先生这本书都没有读过,恐怕写出来的诗有点"野路子",不知晓诗的书卷气、通畅性,尤其是对我国古典诗词的丰富性认识不足,是难能写出好诗歌,无论是古典诗词还是现代诗歌,只能属于"半吊子"诗人。

相对地讲,我比较喜欢第3章,即"诗的境界——情趣与意象",细细读完,对诗的境界高下、情趣有无、意象深浅,会化成或者说融入自己的"诗感",这与"诗论"尚有一段距离,但毕竟消化成自己的体悟与理解。朱先生讲到"诗与直觉"的关系,无论是欣赏或是创造,都必须见到一种诗的境界。这里"见"字最紧要。凡所见皆成境界,但不必全是诗的境界。一种境界是否能成为诗的境界,全靠"见"的作用如何。要产生诗的境界,"见"必须具备两个重要条件。第一,诗的"见"必为"直觉"。有"见"即有"觉",觉可为"直觉",亦可为"知觉"。直觉得对于个别事物的知,"知觉"得对于诸事物中关系的知,亦称"名理的知"。例如看见一株梅花,你觉得"这是梅花""它是冬天开花的木本植物""它的花香,可以摘来插瓶或送人",等等,你所觉到的是梅花与其他事物的关系,这就是它的"意义"。意义都从关系见出,了解意义的知都是"名理的知"……这些话,也许有点拗口,但有点可以明确,诗是"直觉"的产物，没有"直觉"，便没有冲动，寓景于情，寓情于景，情景交融，有感人生，生发"有田不耕仓廪虚，有书不读子孙愚""宝剑锋从磨砺出，梅花香自苦寒来"的感慨。所以，一个境界如果不能在直觉中成为一个独立自足的意象，那就还没有完整的形象，就还不成为诗的境界。一首诗如果不能令人当作一个独立自足的意象看，那还有芜杂凑塞或空虚的毛病，不能算是好诗。古典派学者向来主张艺术须有"整一"，实在有一个深埋在里面，换言之，就是要使在读者心中能成为一种完整的独立自足的境界。

作诗和读诗，都必须用思考，都必起联想，甚至于思考愈周密，诗的境界愈深刻；联想愈丰富，诗的境界愈完美。但是在用思考起联想时，你的心思在旁驰博骛，决不能同时直觉到完整的诗的境界。思想与联想只是一种酝酿工作。直觉的知常进为名理的知，名理的知亦可酿成直觉的知，但决不能同时进行，因为心本无二用，而直觉的特色尤在凝神注视。读一首诗和作一首诗都常须经过艰苦思索，思索之后，一旦豁然贯通，全诗的境界于是像灵光一闪似地突然现在眼前，使人心旷神怡，忘怀一切。这种现象通常人称为"灵感"。诗的境界的突现都起于灵感。灵感亦并无如何神秘，它就是直觉，就是"想象"，也就是禅家所谓"悟"。这些话，这些理，深入去想想，从内心感觉朱先生说得在理。他的诗学理论，应该是通俗易懂、深入浅出的。

说到诗的意象与情趣的契合，朱先生认为，要产生诗的境界，"见"所须具的第二个条件是所见意象必恰能表现一种情趣，"见"为"见者"的主动，不纯粹是被动的接收。所见对象本为生糙凌乱的材料，经"见"才具有它的特殊形象，所以"见"都含有创造性。比如天上的北斗星本为七个错乱的光点，和它们邻近星都是一样的，但是现于见者心中的则为像斗的一个完整的形象。这形象是"见"的活动所次于那七颗乱点。仔细分析，凡所见的物形象都有几分是"见"所创造的。凡"见"都带有创造性，"见"为直接时尤其如此。凝神观照之际，心中只有一个完整的孤立的意象，无比较，无分析，无旁涉，结果常致物我由两忘而同一，我的情趣与物的意态遂往复交流，不知不觉之中人情与物理相互渗透。比如注视一座高山，我们仿佛觉得它从平地耸立起，挺着一个雄伟峭拔的身躯，在那里很镇静地庄严地俯视一切。同时，我们也不知不觉地肃然起敬，竖起头脑，挺起腰杆，仿佛在模仿山的那副雄伟峭拔的神气。前一种现象是以人情衡物理，美学家称为"移情作用"，后一种现象是以物理移人情，美学家称为"内模仿作用"。

对这些诗论，我认为很有道理。按我过去的经验，曾经写过诗，但不懂诗，信手涂鸦，乃一时冲动，或很想表达，但常常词不达意，所以渐渐将诗丢下，去弄文了，但诗文相通，诗弄不清，文亦写不好。读了朱先生的书，我感悟到，诗话大半是偶感随笔，信手拈来，片言中肯，简练亲切，是其所长；但是它的短处是凌乱琐碎，不成系统，有时偏重主观，有时太信传统，缺乏科学的精神和方法。诗学在中国不甚发达的原因大概不外两种：一般诗人与读诗人常存一种偏见，以为诗的精微奥妙可意会而不可言传；其次，中国人的心理偏向重综合而不喜分析，长于直觉而短于逻辑的思考，严谨的分析与逻辑的归纳恰是治诗学者所需要的方法。诗学的忽略总是一种不幸。从史实看，艺术创造与理论常互为因果。正像一般艺术一样，诗是人生世相的返照。人生世相本来是混整的，常驻永在而又变动不居的。诗并不能把这漫无边际的混整体抄袭过来，或是像柏拉图所说的"模仿"过来。诗对于人生世相必有取舍，有剪裁，有取舍剪裁就必有创造，必有作者的性格和情趣的浸润渗透。诗必有所本，本于自然；亦必有所创，创为艺术。自然与艺术媾合，结果乃在实际的人生世相之上，另建立一个宇宙，正犹如织丝缕为锦绣，凿顽石为雕刻，非全是空中楼阁，亦非全是依样画葫芦。诗与实际的人生世相之关系，妙处唯在不即不离。唯其"不离"，所以有真实感；唯其"不即"，所以新鲜有趣。"超以象外，得其圜中"，二者缺一不可。无论是作者或是读者，在心领神会一首好诗时，都必有一幅画境或是一幕戏景，很新鲜生动地凸现于眼前，使人们神魂为之钩摄，若惊若喜，霎时无暇旁顾，仿佛这小天地中有独立自足之乐，此外偌大乾坤宇宙，以及个人生活中一切憎爱悲喜，都像在这霎时间烟消云散去了。纯粹的诗的心境是凝神注视，纯粹的心所观境是孤立绝缘。心与其所观境如鱼戏水，忻合无间。这些是朱光潜的诗论之要，我为此敬佩。行文至此，我想起现代一位大诗人所说，"真、善、美，是统一在先进人类共同意志里的三种表现，诗必须是它们之间最好的联系"。这兴许是对朱先生诗论的最好诠释。

《尚书·尧典》曰:"诗言志,歌永言,声依永,律和声。"其诗言志的意思就是:诗是用来表达人的意志的。古人又云:"书,心画也。"这里的书,指书法。在我看来,"诗,画心也"。人们说,哲学在德国有它自己的故乡,依我看,其实诗歌在中国也有它自己的故乡,中国自古就是"诗的王国",不说《诗经》,也莫道唐诗、宋词、元曲,应该看到古典诗词、现代诗歌始终起着"直而不肆""光而不耀"作用,成为当今人们不可或缺的精神生活盛宴中一道精妙菜肴。诗歌,施教于无语,寓教于无形,诗歌出自人生,人生亦如诗歌。读朱先生的《诗论》,我想到这点。

2022.1

勤读书　善读书　活读书
——重读《大学语文》

2022年春节年关将近，在家整理书籍，突然在书橱旮旯里翻出一本由徐中玉主编、华东师范大学出版社出版的《大学语文》，不禁回想40多年前曾在华东师大旁听大学课程的读书生涯。那时因"文革"中写过一些小评论在报刊上发表，粉碎"四人帮"后，其中有篇文章在中央文件中影印、提及，好在个人真实署名有所遮盖而模糊处理，仅露出标题与部分正文，于是被唤回老单位"立案审查"，幸亏受到一位从部队转业的政工组组长的保护，加上工人师傅待我不薄、印象不错、说上不少好话，经几番触及灵魂的"检查"终被通过，没有受到"追责""处分"，但要进入大学读书便成为一道坎，遭到阻拦，没有资格选送参加高考，只能作为另类在底层做体力劳动。很感谢文汇报社的一些老编辑，也是我的良师益友，他们不但同情我的遭遇，而且千方百计介绍我去华东师大、复旦大学读书，有些课程是偷偷旁听，那时我心境不好，也有抵触情绪，整日沉默寡言，干完活回到宿舍或家里，靠读闲书解闷。这些情况被那些前辈编辑们知道后，暗地里推荐我去与华东师大中文系的谢老师接洽，于是我就到师大二村的谢老师家受教，他原来毕业于复旦大学新闻系，后来不知怎么"发配"到西北地区教书，又至绍兴一所中学当语文教师，而后调至上海进入华东师大中文系教书，同他一幢楼底楼就住着后来成为著名翻译家的王智量先生，不远处是徐中玉先生的家，那时也无缘与徐中玉先生交往（后来因新闻采访到过徐中玉家几次，徐先生待人热忱，有什么事能帮助解决的，总是竭力帮忙，还不时写信推荐给相关人员），在谢老师的帮助、指导下，我在华东师大中文系旁听、学习语言文学专业课程，在那个特别的岁月里度过了一段难忘的日子。

"文革"结束后，百废待兴，"知识越多越反动"的荒谬理论被纠正，处于痛苦、彷徨的一代年轻人向往读书，走进大学，由此"读书热"掀起，我的一些好友、同学纷纷参加高考，成为"文革"后的"天之骄子"，可毕竟进入大学的人数有限，特别是知识结构不一，多年荒废学业，考试分数线通不过，尤其是"政审关"卡着，使许多人"望校兴叹"。老一代教育工作者尤其高校教师得知这种情况，伸出援手给予帮助，除考试、政审通过的录取考生外，并招收委陪生、旁听生、夜校生、电大生，不遗余力，尽心尽责。在这种社会背景下，由徐中玉先生主编的《大学语文》于1981年7月初版，给广大学子走读、自修带来极大方便。我现在回想，就是在那段日子，我在华东师大校园里的书店购得这本《大学语文》，它陪伴着我走过风雨之路，我经常研读、自修这本《大学语文》，一步一步走上文科道路，而后进入新闻界。这本《大学语文》其实是教科书，选编的文章非常道地精粹，注释简明扼要，是自修大学的最好教材。

所幸我有谢老师包括相关老师的鼎助、指点，加上经常去文科大楼后面东向的几排中文系教师办公室平房（现已拆除），聆听教师们的上课，领受他们的教诲、指导，尤其是一起与外地来华东师大进修教师旁听课程，对这本《大学语文》熟稔，不时还背诵其中的古文篇章。这本《大学语文》在学界享有盛誉，后经修订，一版再版，成为全国文、法、理、工、农、医、师范、财经等各类大学通用教材。如今重读，我对其先秦文学、两汉魏晋南北朝文学、唐代文学、宋代文学、元明清近代文学、中国现当代文学、外国文学的分类概述、篇目精选，历历在目，似乎又回到当年，记忆犹新，充满感恩；特别是现代文学、外国文学部分，由徐中玉、钱谷融两位先生主编，当时华东师范大学名师众多，校训是"求实创造，为人师表"，名师学者教书育人，温润而泽，让我们学子受益终身；至21世纪10年代，徐中玉、钱谷融等先生桃李满天下，春晖遍四方，而施蛰存、徐中玉、钱谷融成为我国高教界的"国宝"级人物，想到这些，我幸然、奋然，对这些先生们感激涕零，难以忘怀！

翻阅《大学语文》，看到"读书和写作"一章，其中对吴晗的《谈读书》颇有同感。吴晗（1909—1969）是现代著名历史学家、社会活动家，现代明史研究的开拓者和奠基者之一，原名吴春晗，字辰伯，浙江义乌人。他在清华大学就学期间，曾任《清华周刊》文史栏编辑主任，并组织史学研究会。1934年，毕业留任助教，主讲明史课程。其后曾历任云南大学、西南联合大学、清华大学教授、系主任和清华大学文学院院长。1943

年参加中国民主同盟，积极从事民主运动。1948 年秋，奔赴解放区。新中国成立后任北京市副市长，1957 年参加中国共产党。1958 年当选为民盟中央副主席。他著述的《朱元璋传》，既有学术价值，又有现实意义。他倡议并主编了《中国历史小丛书》，对普及历史知识起了积极的推动作用。他组织力量标点《资治通鉴》，为历史科学研究作出了贡献。他的主要著作还有《历史的镜子》《史事与人物》《读史札记》《投枪集》《灯下集》《春天集》《学习集》等。在"文革"初期，吴晗因其所著新编历史剧《海瑞罢官》而遭到残酷批斗，三年多后即 1969 年 10 月 11 日，他被迫害含冤去世。"文革"结束后，其冤案才得以平反昭雪。

因当年读书注重在古文、文学方面，对此篇《谈读书》文章印象不深，现在重读，感同身受。吴晗认为，能读书是一回事，善于读书又是一回事，并不是所有认得若干汉字的人都善于读书，所谓读书要做到能读与善读，相差只有一个字，实际距离却不可以道里计。他进一步说，有些青年人，也有些中年人，其中有学生、教师，也有编辑工作者等等，他们常提这样的问题：怎样做才能读好书，做好学术研究工作？吴晗谈了自己的观点。

首先是方法问题。老的读书方法有两种：一种是寻章摘句式的，读得很细心，钻研每一段，以至每一句，甚至为了一个字写多少万字的研究论文。其缺点是见树木而不见森林，捡了芝麻、绿豆却丢了西瓜，对所读书的主要观点、思想却忽略了；另一种是观其大意，不求甚解式的，这样读书的人抓住了书里的主要东西，吸收了营养，丰富、提高了自己，但是不去做寻章摘句的工作。吴晗用一个典故说明：明朝人曾经对这两种方法作了很好的譬喻，说前一种人拥有一屋子散钱，却少一根绳子把钱拴起来；后一种恰好相反，只有一根绳子，缺少拴的钱。用现代的话说，这根绳子就是一条红线。吴晗指出，这两种方法都有所偏。正确的方法是把两种统一起来，对个别的关键性的章节词句要深入钻研，同时也必须领会书的大意，也就是主要的观点立场，既要有数量极多的钱，也要有一条色彩鲜明的绳子。

其次是先后问题。吴晗说，是先读基础的书，还是先读专业的书？例如学习中国历史，是先学好中国通史，还是先学断代史或专门史呢？有不少人在这个问题上走了冤枉路，把先后次序颠倒了，不善于读书。其实道理极简单，要盖一所房子，不打好基础，这房子怎么盖？你能把高楼大厦建筑在沙滩上吗？吴晗告知，要读好书，必须先打好基础，读好了基础书，才能在这基础上作个别问题的钻研。基础要求广，钻研则要求深，广和深也是统一的，只有广了才能深，也只有深了才要求更广。吴晗进一步阐述："读书百遍，其义自见。"这话是有道理的。有的书必须多读，特别是学习古文，对那些范文最好是能够读到可以背诵的程度。除了多读之外，还得多抄，把重点、关键性的词句抄下来，时时翻阅。这样便可以记得牢靠，成为自己的东西了。多读多抄，这个"二多"是必须保证的。

对此，我理解是，看书不如背书，背书不如抄书，有句老话说得好，"眼过千遍不如手抄一遍"，光看书有时候注意力不集中，心静不下，那么抄着抄着就会钻进去，别以为背书、抄书不起作用，时过境迁会忘却，其实潜移默化地留在你脑海中，到一定时候会自动跳出。当然抄书不仅要抄到纸上，还要抄进脑中，要明白在抄什么，至少抄过做点总结。

再次是工具问题。吴晗认为，认识了字并不等于完全了解这个那个名词的具体意义，有些专门术语随着时代的变化而具有不同的意义，并不是每一个人都容易理解的。解决的方法是，善于利用工具书。比如善于运用常用语文工具书，在古汉语方面，要运用诗词格律、古汉语常用虚词、常用修辞格例等工具书。以学习历史为例，吴晗认为，不懂得使用《辞源》、历史人名辞典、历史地名辞典、历史地图、历史年表和历史目录学，在研究历史科学的大道上，也是寸步难行的。要多读书，用功读书，但是还得善于读书。

走过几十年新闻生涯，时今读吴晗的这篇文章，对这三点的体悟与感想更深，如果把吴晗的这篇文章加以概括，可用"勤读书，善读书，活读书"这九个字表达，这也是我重读徐中玉先生主编的《大学语文》、回想当年学习《大学语文》的回味吧。

2022.1

历史的真实在于细节的真实
—— 读《孔另境传》

日前有幸展读孔海珠新著《孔另境传》。这是华文出版社"桐乡历史文化丛书"（第四辑）中的一本，是作者孔海珠客观真实、栩栩如生记叙自己父亲孔另境丰富多彩、跌宕起伏一生的人物传记，也是一部"钩沉文籍，用力甚勤""语析以理，事信有证"的中国现当代文学史的研究著作。

孔另境，1904 年 7 月 19 日出生在浙江省桐乡县青镇（现名乌镇）东栅，原名孔令俊，字若君、孟养。1926 年考入上海大学中文系就读，在校期间受到五四运动的洗礼，思想开始转变。新文化运动的浪潮波及全国，青年孔另境受中共党员、姐夫茅盾等人影响，走上革命道路，加入中国共产党，经受时代风雨的考验。他一生曾四次入狱，鲁迅先生曾出手营救。孔另境毕生以鲁迅为人生楷模，个性倔强，正直不苟，为从事进步的文化事业和探索救国救民的道路，作出了自己的贡献。

20 世纪三四十年代，是上海文坛一个最重要时期，孔另境正值青壮年，他所从事的职业主要是文化、教育，既从事文学创作，又办学任教，但更多的是做"为他人作嫁衣"的编辑工作。在上海"孤岛"时期，孔另境协助茅盾、楼适夷主编《文艺阵地》，在上海半秘密的状态下，负责编校、印务等工作。为有效地将茅盾在抗战时期主编的大型刊物向全国传播，孔另境起到了重要作用。对这段历史，孔海珠的叙述均有出处，而且多方核对，严谨细密。

作为编辑家，孔另境在这一时期与郑振铎、王任叔等主编的"大时代文艺丛书"共出 11 册，除收有孔另境、王任叔等人的《横眉集》、巴人的论文集《扪虱谈》外，还有陈望道（笔名：齐明、虞人）翻译的卢那察尔斯基的《实证美学的基础》、柯灵《掠影集》、容庐《繁辞集》、王行严《突围》等。丛书序言写道："文艺工作者在这个大时代里，必须更勇敢、更强毅的站在自己的岗位上，以如椽的笔，作为刀，作为矛，作为炮弹，为祖国的生存而奋斗……一个光明的大时代，就将到来。"由此可见"大时代文艺丛书"的进步性与革命性。

历史的真实在于细节的真实。孔海珠从事现当代文学史研究，得益于她曾在上海旧书店长达 18 年做资料工作之功夫，她的写作谨言慎语、毫不浮华。在此书中，包括与此书匹配、2020年 4 月由上海人民出版社出版的《俯仰之间——上海文坛红色记忆》中，关于中共"一大"的一处细节值得读者注意。众所周知，中共"一大"在上海召开时，有密探窥视，引起参会者的警觉，当时担任"望风"的一大代表李达夫人王会悟（1898 —1993）提出到嘉兴南湖继续开，她的理由是：她是乌镇人，在嘉兴读过书，熟悉那里的风土人情；到南湖租条游船，由她坐在船头望风放哨，并作周到细致的安排……对这段历史，孔海珠在《孔另境传》中有这样一段叙述："在嘉兴读书期间，他（孔另境）无意中做了一件大事。这是因其姐孔德沚在上海向王会悟提议，一大会议转移到南湖上开会，可由其弟另境协助王会悟租借游船。那时我的父亲在嘉兴二中读书，常和同学去租船玩，熟门熟路。那年他 17 岁。"这段史实，是孔海珠早年从她父亲口中得知，只是苦于没有文字记载可以对照查证。后来从韦韬、陈小曼著《我的父亲茅盾》第一章第二节"中国共产党最早的党员之一"的相关文字受到启发，开始认真回忆 1964 年与父亲回家乡乌镇而特意到南湖的经历，她父亲谈到"帮助王会悟去租船，由我出面租船很方便"；再有，约 1959 年左右，她父亲两次很晚才回家，说到嘉兴议事开会，为了修复一大开会时租用过的船。为了细述这段史事，孔海珠利用赴京出差机会，两次亲访王会悟，还就相关资料向表哥韦韬电话核对，并向"茅盾资料编辑小组"成员作了求证。

《孔另境传》展示的历史细节可信、可靠、可读，从中看到孔海珠治学、做事、为人"理必求真，事必求是，言必守信，行必踏实"的作风。也许书中没有斐然文采，只有朴实记叙，但足够让我们读到真实的细节、真实的经历、真实的历史，让一部中国现当代的文学史有血有肉。

注：本文刊《中华读书报》，2020.10.21.第 10 版。

风霜高洁寄情怀

——读袁鹰的《秋水》

2021 年国庆节期间，翻阅现年 97 岁的原人民日报社文艺部老主任、老编辑、老报人袁鹰的《秋水》，这本集子收入 1982 至 1983 年期间所写的散文与随笔，由天津百花文艺出版社出版，其中四十余篇文章，或咏物寄情，或纪事怀友，感情真挚，文笔飘逸，作品的体裁与手法，体现出作者当年的创新与追求，至今读来并不感到过时。有意思的是，这本书开本很小，是标标准准的"口袋书"，出版日期是 1984 年 12 月第 1 版，售价每本仅 1.3 元，我疑惑缘何如此"价廉物美"？看到崭新封面、挺括内页，我才猛然想起我是从图书馆外借而来。也许很是钦佩老前辈袁鹰的行文笔调、做事风格以及编辑技巧，自有一种亲近、亲热感，便集中精力花了一天时间认真读完，收获丰盈。

该集子分五个小辑：秋水情思、东风手札、青州旅怀、江南梦忆、赏花随笔，各篇章既有老辣洗练、机锋内敛的风趣与锐利，也有故人忆往的脉脉深情与暮年睿智，他用自己的情感、故事，从容不迫、娓娓道来。他的散文题材广泛，感情激越，思想深邃，作品中描述的一人一事、一景一物，都反映了社会的人情风貌，跳动着时代脉搏。在艺术方面，他的散文深含着诗的因子，具有诗的联想、诗的意境、诗的语言，充溢着诗情画意。

　　袁鹰在20世纪40年代中期开始文学创作，以散文影响最大。他在上海读完中学、大学，思想进步，倾向革命，早年参加地下党活动，一度担任中学教员，长期从事新闻工作。1945年末进入上海《世界晨报》，1947年为上海《联合晚报》副刊编辑，同年底又任上海《新民报》特约记者，在这期间他写了很多杂文、散文、小说、诗歌。新中国成立初期任《解放日报》记者、编辑，1952年调北京《人民日报》，在紧张繁忙的采编之余，出版文学创作、评论随笔的集子约四十多种，其散文集、儿童文学作品多次获全国性的优秀文学奖。在《秋水》这本集子里，写了"文革"后、改革开放初期对老一辈无产阶级革命家、中央领导的追想与缅怀，比如"凝望着纪念邮票""思南路上的梧桐树"，回想当年与毛泽东、刘少奇、周恩来等会面情景，表达对革命领袖的挚爱，无论黎明晨曦、夕阳余晖，还是雨月灯窗、红炉雪夜，更坚定自己的革命信念，展露一个共产党人应该具有的坦荡胸怀。

　　作为文化人，集子中写到与同仁、好友的亲密交往，比如纪念诗人李季，袁鹰讲述具体事例，深情地道白："（李季）是人民忠实的儿子，将如火的青春、毕生的心血都献给了人民献给了党；对于一个立下誓言要为共产主义奋斗终身的人，还有什么比人民的信任更高的褒奖。有的人职位不能不说不低，威势不能不说煊赫，然而人民不信任他，不愿意将心交给他，他那一切也就等同于尘土。"在"昨夜西风凋碧树"这篇中，他悼念原《解放日报》总编辑魏克明同志，即解放初期，袁鹰在魏克明同志领导下工作，有次报社举行公开党组织大会，其中有一项内容是各部门党外同志代表发言，对党组织和党员提意见，有位同志发言中赞扬了魏克明勤勤恳恳、对自己严格要求等优点，在提意见时说了"艳如桃李，冷若冰霜"八个字，引起了全场笑声，担任司仪的袁鹰当场对此表示反感，而魏克明微笑地听着，毫无愠色，事后认为他"不是开玩笑。这值得我警惕"。二十年后在"文革"中，当老魏遭受各种暴虐的摧残时，正是这位同志经常上门去安慰他，陪伴他，替他买药，帮助他解决病中种种困难，一直到他最后一息。这样的逸闻旧事，同样在"东风手札"一辑有着追述，其中"那间小屋"一文，回想到"五七干校"的岁月，以一位电影美术家的经历，深深感慨那段"苦中作乐，同担风险""固辙之鲋，相濡以沫"的干校生涯。

有一篇《感谢育花人》，写得平淡却含有深义，他由自己养水仙说起，生发出品花人不能忘却育花人的联想，再进一步提到为社会主义祖国四化大业创造春光秋色的人，即不辞辛劳、不计名利，不怕挫折、不顾嘲讽，为培育四化之花的优种而日夜奋战、呕心沥血的时代育花人，文章像是杂感式，但作者的情愫、情怀可见一斑。再有一篇《燕台何处》，像是考证人民日报社从王府井搬到金台西路的路名来历，其实是编辑家运用自己扎实的文史知识，上升到"以古为鉴，可知兴替；以人为鉴，可明得失"的思想高度，像这类漫步散记、游记，提炼出思想内核、哲学意蕴，这样的文笔非一日之功所能达到的。

说实话，我比较喜欢"江南梦忆"这一辑，也许故乡、祖籍都在江南，我与袁鹰有共鸣之处。在这一辑里，袁鹰写了秦淮河、南京城，包括苏州、常熟、无锡、宜兴，作者是十年内乱中数次回到江南，虽旧地重游，却怅然不已，不过从百姓淳朴的内心得到一丝温暖，于是从江南一角留下鸿爪雪泥、历史印痕，他踏访寻旧，俯仰千古；他借物起兴，寄托情思；他流连光景，叩击心扉。这些精湛的短文、美文，常使我掩卷默想、思绪良久。

秋天，橙黄橘绿，金桂飘香。我有一点好奇：袁鹰为何将书名取为"秋水"？读到他的"跋"，在说及散文贵在至情之作、肺腑之言，向读者坦露赤诚之心、回响心灵之音后，转笔说自己喜欢杜甫的一句诗"秋水为神玉为骨"，意思是人生、人品贵在"真"，"秋水"二字，透着清澈、淳静，而又浩渺充盈，悠悠然使人神往，更能作为对自己为人为文的一种激励。袁鹰的这段话，让我想起《庄子》的名篇之一《秋水》，讲述了万物的大小、是非都是相对的，人生的贵贱与荣辱也是无常的，所以要求人们不要为了追求名位、富贵而伤害自然本性；其中前部分写了海神与河神的对话，充满哲学意蕴。袁鹰取名"秋水"，是追求真、善、美，而延伸到《庄子》的"秋水"，或许给我们顺其自然、得其真道的启迪，这也是做人为文的最高境界吧。

2021.10

作家是社会良知与人生镜子
——评铁凝的两篇短篇小说

　　细读当代著名女作家铁凝的两篇短篇小说《哦，香雪》与《信使》，在钦佩她"清淡而不寡淡，腴润而不肥腻"的写作风格之余，更赞叹她逼真刻画、巧妙塑造平凡自然、有情有义的人间世相。尽管这两篇小说时间跨度将有 40 年，如是 20 世纪80 年代初期至 21 世纪 20 年代初期的线段两端，铁凝的笔端从那头到这头，小说串联两个不同社会场景，"文生情，情生文"，好似一股悠然而流的水溪，尽管弯曲蜿蜒，但始终朝向江河、海洋，其流过之处总有岔港湾塘、悬崖峭壁，总会灌注潆洄、千回百转，不管密林长藤、嵯峨乱石，它带着泥土芳香、夹着生活气息，义无反顾地一路奔流。

　　发表在 1982 年《青年文学》第 5 期的《哦，香雪》，是铁凝的代表作，于该年获得全国优秀短篇小说及首届"青年文学"创作奖。小说以一个北方偏僻的小山村台儿沟为叙述和抒情背景，通过对香雪等一群乡村少女的心理活动的生动描摹，叙写了每天只停一分钟的火车给一向宁静的山村生活带来的波澜，并由此抒发了优美而内涵丰富的情感。作品主要描写了香雪的一段小小的历险经历：她在那停车一分钟的间隙里，毅然踏进了火车，用积攒的四十个鸡蛋，换来了一个向往已久的带磁铁的泡沫塑料铅笔盒。为此，她甘愿被父母责怪，而且一个人摸黑走了三十里的山路，这对一个平时说话不多，胆子又小的山村少女来说，需要极大的勇气。铁凝还有意交代了香雪这一举动的心理动力，那就是对山外文明的向往，对改变山村封闭落后、摆脱贫穷的迫切心情，还有山里姑娘的自爱自尊。以清新隽永的笔调表现了在闭塞山村中生活的少女香雪对都市文明的向往，具有浓郁的乡土味。

小说背景是小小的台儿沟，它是一个闭塞、孤独、贫穷的角落，那儿的人们过着几乎是封闭式的生活。他们隐藏在大山的皱褶里，无从知晓山外的世界。然而，前进着的生活浪潮终究会冲击每一个角落。火车开进了深山，也就为深山中的人们带来了山外的新鲜事儿。在台儿沟停留一分钟的火车打破了山村往昔的寂静，拨动了山村人平静的心，带来了山外陌生新鲜的气息，诱发了山村人的不安与渴望。这短暂的一分钟，为山村人、青年人提供了观察、了解山外的可贵时机。

十七岁的香雪总是第一个出门。巨大的火车使她兴奋也使她恐惧的描写，极生动地表现了村姑的好奇与纯朴混杂在一起的微妙心绪。她的伙伴们感兴趣的是乘客的首饰和漂亮的乘务员，香雪却与众不同——她注意的是乘客的书包，她关心的是北京的大学要不要小山沟的人。尤其是那个带磁铁的泡沫塑料铅笔盒，几乎牵动了她的全部注意力。她因此而与众不同。铁凝着意刻划香雪求知的渴望，便为这位村姑增添了一层清纯脱俗、积极向上的光彩。香雪是小山村唯一的初中生。她因贫穷而被公社中学的同学所歧视，又因为这歧视而萌生了走出贫穷的决心。这样，香雪的清纯中又透出了刚毅……从这些描写、叙述中，不禁让我们想到改革开放之初，虽是写封闭的台儿沟，但从更广的角度看，也反映当初中国在"走出封闭""打开国门""走向世界"之际，渴望对国际社会的认知、对物质生活水平的提高、对精神生活理想的追求，如同香雪的内心世界一样，报以"心向往之，行必能至"的信念，既纯洁美好，又自爱自尊，表达出中国人民对现代文明的努力向往与追求，其人心思齐、人性向善，无论个人的行为或奔放或严谨、或质朴或妩媚，均开启生活之美、生命之美的大门。铁凝的《哦，香雪》是一部现实主义的作品，她用她的文学叙事、人物塑造，给我们绽放出"改革开放的春天"，展示一幅天真烂漫、活泼向上的景色，诚如著名老作家孙犁评论道："这篇小说，从头到尾都是诗，它是一泻千里的，始终一致的。这是一首纯净的诗，即是清泉。它所经过的地方，也都是纯净的境界。"（《青年文学》1983 年第 2 期）

发表于 2021 年《北京文学》第 6 期的《信使》，则是中国改革开放 40 年后铁凝写作的又一部现实主义的文学力作。背景、人物、故事、叙述都有很大改变，是改革开放后派生出的一大社会景象，不能说它全部是真，也不能说它全部是假，在铁凝创作的文学语境中虽有很大改变，但凡经过那样的年代、所遇那样的人物、所讲那样的事件，均"似曾相识""心有戚戚"，这种感受不免让大家思考，或者说刨根溯源，为何如此？这需要人们"严峻反省"。

这篇小说情节并不复杂，主人公是三十多年前同在一个名叫虽城的北方城市的一对大学同学：陆婧、李花开。她们邂逅在北京"临街一间门脸不大的体育用品商店"，陆婧是与丈夫、女儿坐着一辆小车瞅见有个拖着一条残腿、弯腰搬运两摞半人高的捆绑一起的鞋盒的已不年轻的妇女，陆婧瞬间认出了她，就是大学闺蜜李花开，她虽出自离虽城百里外的山区，但长相出挑，是系里的美人。于是就围绕李花开的婚姻，即为生存简单地说，为拥有私房、独院嫁给了远房表哥起子，小说用"蒙太奇"手法分别叙述了陆婧、李花开各自的爱情遭遇，其中的"曲折""悲情"在于陆婧爱上了父亲大学同学、京城某部委文工团业务团长肖团长，在那个没有网络、短信、微信的年代，在地方戏研究所当编辑的陆婧与肖团长的秘密情书是书信往来，因怕泄露天机，于是信件往来地址靠在印刷厂当文秘的李花开和没有专职工作、靠画出口彩蛋维持生计的起子这夫妇家做"中转站"，起先事情很顺利，陆婧与肖团长陶醉在爱情里，却不料被起子看出"机关"，而后作为"信使"，他将肖团长写给陆婧的情书用照相机拍下来，趁李花开出差时，以此要挟陆婧让她父亲陆局长帮他转入公家单位，比如群众艺术馆、艺术学院、画院等等，结果遭到陆婧父亲的拒绝，起子就把偷拍、制作的黑白照片"情书"分别寄给了陆婧单位、肖团长单位，包括陆婧父亲陆局长本人，不妨抄录一段：

李花开出差回来，陆婧立刻把电话打到印刷厂，那是一个悲愤加绝交的电话，一个鄙视的不容分说的电话，一个曾经的"闺蜜"必须洗耳恭听的电话。陆婧那一波又一波语言的风暴如耳光噼啪，痛打在电话那头的李花开脸上。陆婧只听见李花开一迭声叫着"我娘！我娘呀！"又听见她"呕呕"了两声，像在呕吐。陆婧摔了电话。

肖团长受了处分。

陆婧受了处分，被陆局长轰出家门。

起子是小说中曾经的"信使"，是帮助陆婧和肖团长增进情感的人，但是，很快他便不再是"信使"，因为他辜负了信任，他以偷窥与告发的方式直接破坏了陆婧与肖团长的关系、陆婧与李花开的"闺蜜"情感。事件发生后，有身孕的李花开提出离婚。"她上了房，站在房顶逼他同意，不然她就跳下去。他跪在院子里求她，不松口，不信她会真的跳。刹那间她迈前两步，眼一闭就跳了下去"。这是李花开人生中的危急时刻，对于怀孕的女人来说，跳下去意味着什么？

李花开把身子靠上椅背说，谁愿意不要命呢，可当时我已经站在房上了。我站在房上往下看，索性想着跳下去无非就是两条，要么死得更快，要么活得更好。"要么死得更快，要么活得更好"。这是属于不向生活低头的句子，也是进入整部小说的密码。从房顶跳下后，李花开腿瘸了，但她也由此脱离了和起子的婚姻，回到家乡和同村的本就喜欢的赵锁成结婚，生下孩子，后来到县中当老师直到退休。儿子从小善跑，后来进了国家队在亚运会拿过名次，退役后开了一家体育商品店；而陆婧离家后到了北京，于是闪婚、出国、陪读，拿到副高职称，年前退休，之后遇上李花开。当故事真相大白后，李花开对陆婧说了一句意味深长的话："其实你也是我的信使。我第一次把信送到你手上的时候，你已经是了。"

比起《哦，香雪》，《信使》的故事叙述得稍复杂点，情感更深刻些，正如有人评论："以'信使'为题着实让人好奇。毕竟，依赖'信使'的时代已经逝去。""我们与朋友的关系已不再倚重'送信人'，只要敲敲键盘或者用手指点击，便可以直接将心意传达出去。"然而，时代的变化，永远不会淹没人特有的情感、应有的品质、需有的尊严。"谁能忘记小说中陆婧面对起子的威胁时愤怒地将开水倒进炉子的场景？多么畅快、多么有血性！而李花开从房顶跳下那一幕也同样让人震动。这两位女性在某一时刻所作出的选择如此相近，她们几乎都是以'暴烈'的方式对生活说'不'，绝不任由他人摆布，一定要成为自己命运的主宰。当然，代价也是惨重的，陆婧失去爱情而远走他乡，李花开则失去了一条腿。"（张莉：《铁凝〈信使〉：谁在偶然之间改变我们的命运》，刊《小说月报》2021 年 7 月 16 日）《哦，香雪》阐述的是一种单纯、淳朴，《信使》表达的是一种磊落、尊严，这让我们想到：物质生活丰富了，精神上的高尚、情趣更显得宝贵，而对生活的选择更需知性与理性，面对压力，必须拒绝"苟且"、挥别"庸常"。

笑看云卷云舒，静观花开花落。读铁凝的这两篇小说，让我们看到她的笔调有敏锐的适度感，她的写实有恰当的分寸，确实，40年来世态人情在变，我们不能宠辱不惊地面对人生的风起云涌和命运的跌宕起伏，但却能从这些奇好、悲喜交加的人生中，或多或少地看到自己的影子，她们的故事更像是一面明镜，隔着漫长的岁月仍明晰可见。而作家的使命，就是塑造一个民族、一个国家的灵魂，成为社会良知。青春易逝，韶华易老，岁月总是无情地带走青春和生命，带走一个时代又一个时代，但塑造新时代女子的性格、情致、从容和尊严却是永恒的，值得每一位当代读者品读。

2021.10

意如圆时更觉方

——读陈丹青的《退步集》

对人的性格，有人用"外圆内方"或"外方内圆"来形容、比喻，我觉得甚有道理。也许文如其人，读陈丹青分别在 2005年、2007 年由广西师范大学出版社出版的《退步集》《退步集续编》，不禁想起这两个词汇，但掩卷沉思，又觉得这两词汇用得不妥，姑且存之。

陈丹青是位画家，与我同辈，只不过阴差阳错，"文革"的爆发，成为我们中学与小学的分水岭。说实话，陈丹青他们小二三届的要比我们苦，小小年纪就离乡背井，倘若没有门路的话，比如参军入伍或去建设兵团、农场当农垦战士，那就只能响应号召"一片红"，到农村插队落户。好在陈丹青爱好绘画，在最好的青春年华的八年间，他自习油画，不仅画小品，而且绘大画，在这种飘忽不定、忍受饥饿的艰难日子里，他交识不少"文革"前毕业的上海美专学生，像魏景山、陈逸飞、邱瑞敏、王永强、刘耀真等这些 1965 年甫告成立的"上海油画雕塑创作室"新成员，包括分别在其他单位的夏葆元、赖礼庠、严国基等等师友，"实践出真知"，他的技法、色彩、光线都源自不断画画中，倘若说他有什么美术理论，此刻的陈丹青或许说不出所以然，但跟在这些师友后面——陈丹青自云：在插队落户期间不时赖在上海，特别让他记忆犹新的是，在他14岁那年，在上海淮海中路地铁站（2000年后建成）至陕西南路整段水泥墙前，但见以上这批20世纪70年代上海美专毕业生一字排开，高居木梯，手握大号油漆刷，每人奋笔涂画一幅巨大的毛泽东油画像，他混在围观的人群里，眼见毛泽东眉眼鼻唇在笔触油漆间渐次成形，不禁神往……油画的种子在陈丹青心中播下，从此一发而不可收。在《退步集》中，陈丹青自谦又深刻地如是说，"我热爱绘画，一如既往，却是没有兴致相随众人谈绘画"，说这番话是在陈丹青35年之后，似乎看透人生、阅尽沧桑。也许钟情绘画，1970年至1978年在辗转赣南与苏北农村插队落户期间不断"练笔"，天道酬勤、不负有志者，1978年经历"文革"后的中国大陆恢复高考，陈丹青以同等学历考入中央美术学院油画系研究生班，1980年毕业留校，1982年赴纽约定居，成为自由职业画家。2000年回国后定居北京。他除了画画，还进行业余写作，《退步集》《退步集续编》正是在21世纪后在中国大陆出版的，在绘画之余留下他的思考。

　　说实话，对陈丹青的书我没有读过多少，不能妄加评论。但细读《退步集》《退步集续编》后，感触深刻。从严格意义上说，我以为这两本集子是随笔，其中以演讲、访谈居多，作者或者编者分别归类为：绘画、访谈、城市、评议、影像、教育、专题、杂谈、博客选摘，内容驳杂、题材多元、行文粗犷，虽无精致性俏皮，但有生辣式幽默，虽缺天真型闲雅，却有委婉类诡谲，两本集子不排除泼赖地骂街，但这种骂街不是市井小民，而是没有修饰成分，简白到极点，也许陈丹青的文风不求华美，追求的是自创新格，使他的集子有耐读性。

还是先说说他的演讲、访谈，我觉得陈丹青的话题非常有机锋，比如《常识与记忆——东南大学百年校庆人文讲堂讲演》，他直言不讳地说自己的学历只有小学，称自己是"知识青年"实际是没有知识的青年，要担任绘画博士生导师是名不副实的，于是他从学历、阅历开讲，言及清华"国学研究院"，谈到一代人的"文化常识"与"历史记忆"的缺失或切断，对于这个沉重话题，陈丹青铺及开来，由此言彼，抨击当今我国美术教育与艺术教育的弊端，如此演讲，令人击节赞叹。也许生活磨砺、阅历增多，加上做教师的授课经验，这个演讲是很精彩的，让人们的思路与眼界开阔许多。通观全篇，陈丹青的话很平常，好像既无声（言语腔调）又无色（华丽词句），但思想、意思却不同一般，而且不晦涩难懂，他的演讲词句于坚持中谦逊，于严肃中幽默，处处显示自己的所思与所信，但言中又像出于无意，所以没有费力。

这是演讲技巧，其实更是思想深度。至于对待访谈，也时时见到陈丹青的睿智，其中有访者顺着他的思路给他挖"坑"，这时的陈丹青非常警觉，顺着访者的话题把球给"踢"回去。如《退步集续编》中的《"师生关系"没有了》，陈丹青对访者称他为"自由职业画家"，陈丹青接口自嘲是"有职业，没自由"，要到几位学生毕业后，"我就有自由，没有职业，做回个体画家"；他举另一画家熊炳奇为例，更嘲笑"我们变成一对乌鸦，老是叫。不过他是职业乌鸦，我是业余乌鸦"，这样的对话很机智，也令人捧腹。

读过两本集子，可见陈丹青对中央美院的招生制度有切肤之痛：其中一位是政治考试差一分，一位是英语考试差一分，如此错过了"招博"机缘，当有人问起这样的问题时，陈丹青的回答铿锵有力："是的，一行是一行，艺术学与艺术是两回事。但美术学与史论专业差异是什么？既有大量史论专业开科招生，再培养那么多美术学家作甚？""'两课'成绩（即政治与外语）被统称'文化课'，简直太荒谬了！'外语能力'指什么？纽约乞丐，满口英语。'政治'指什么？孙中山说，'政'，众人之事也，'治'，管理众人之事，如果我们认同此一定义，千万大学生都要从政么？""至于所谓'基本研究能力'，指综合智力及才干，绝非两课分数。此是常识，不必多说。"陈丹青的陈词，义愤填膺，令人发指，他抨击的不是某个人、某部门，而是一个极不合理的教条制度。后来陈丹青愤而辞职，不知是否与此案例有关？当然，也属"海归派"的陈丹青，看到过西方的美术教育制度，一经对比，孰优孰劣，自然泾渭分明。其实就陈丹青的个人经历，他为何只承认自己是"小学"学历，他没有矫揉造作，没有半点虚伪，他要为有美术志向、美术才华的学子呐喊，劈开一条路出来！

由学业转到人生，有人问陈丹青：人生的意义到底是什么？陈丹青的回答非常有哲理，他从个人的经历谈起，最后回归到哲学、回归到儒释道。陈丹青举例，佛教说，先要戒三个东西：贪、嗔、痴。贪，我没有；嗔，我还好；我有点痴，艺术家没法子不痴，看到美丽的人事，春夏秋冬，我就感动，戒不掉。正义啊，教诲啊，惊叹号啊，形容词啊，就是"嗔"。

从人生再回到艺术教育，陈丹青说：太古板了，但古板没关系，还自作聪明。陈丹青的这句话，我想同样适用于我们今天的基础教育，太古板了，古板没关系，还自以为不错。关于做个好老师。陈丹青说：今天做个好老师也是可以的。要靠自己努力，真是这样。但我们今天的教师没有得到任何像样的培训，如果有培训，那就是交钱、答题、发证，没有任何实际意义。真想在这个行业里有好的发展，也许只有一条路：天道酬勤，自学成才。

陈丹青说："我尽量不说假话，但也并不句句真话。除了真话假话，人还有很多说话的方式——倾听、理解、领会，也有许多方式。"陈丹青愧疚地说："每读一本好书，最低限度的启发是：我读书太少了。"陈丹青进一步说："如今的成人何其残暴，看不起小孩……我们现在的教育制度，是从幼儿园就开始摧残孩子，老师、家长串通好了，仔细地摧残。"这样的警示，实在令人玩味！

《退步集》《退步集续编》涉及艺术教育是一重头，其中讲到城市建筑、古镇保护、影像世界，包括鲁迅先生、木心先生等，给人无限思想启迪。翻完最后一页，我突然想到：陈丹青为何用"退步"作书名？陈丹青在《退步集》的序里写道：在与年轻人的座谈中，有张小小纸条几经转手递过来："陈老师，你这样说来说去有什么意思呢？你会退步的！"这对陈丹青是心有触动，但从中亦有感悟：退一步，海阔天空。自云"退步"，语涉双关，未始不可理解为对百年中国人文艺术领域种种"进步观"的省思与追询。捏笔作文，总是要将自己的意思表达清楚，想做到"意圆"，其实心方正，才能畅所欲言，退步者正是为了进步。

2021.1

一段温馨与苦难交织的历史
——读何宁的《上海名单》

2021 年 6 月，北京友人、旅美油画家何宁赠与我一本由上海社会科学院出版社出版的新著《上海名单　我和上海犹太难民名单墙的故事》（以下称《上海名单》）。说起来颇有缘分，因前两年在京出席一个画展而交识何宁，也许年龄相仿，交谈投缘，得知何宁是个挚爱绘画、做事严谨、忠于职守的艺术家。何宁告知我，说近年来一直在做文创项目，即上海犹太难民纪念馆的"名单墙"，将要出版一本书。我酷爱读书，便不揣冒昧向他"索取"，何宁答应了。

两年多时间一晃而过，其间何宁京沪两地来去匆匆，虽然有微信联系，但始终没见上面。何宁很讲信用，他要了我在沪居住地址，用快递方式直接将书发到我手里。说实话，拿到此书，一看品相，精美精致，图文并茂，叙事清晰，而且版式疏朗，印刷考究，特别是史料翔实，并附上"二十世纪三四十年代逃亡上海的犹太难民名单墙"的全部名单，足见其价值非凡。

通读全书，才知何宁与二战期间"逃亡上海犹太难民"的交结长达二十多个年头。全书叙述没有佶屈聱牙，文字通俗易懂，在开首的章节中，先用提问的方式，用五大问题阐述"需要费点儿唇舌才能说得明白"的这段历史，这样纲举目张、提挈总领，让读者兴趣盎然、有滋有味地读下去。追溯对犹太民族历史的关注，何宁是从 1998 年受《洛杉矶犹太新闻报》主编菲尔·布雷泽先生之邀，陪同他上海电视台在美的受访，讲述二战期间成千上万的犹太人为了躲避纳粹德国的大屠杀而逃亡上海的真实经历，完成片名叫作《亡命上海》的纪录片。得益于这段经历，何宁对犹太题材的关注一发不可收，无论绘画作品、小说创作，还是历史研究、犹太教义，他浸润其中，大有斩获。俗话说得好："少年多读名篇，青年读大书经典，中年多读专业书。"在赴欧美期间，除了对绘画事业的追求，他更注重辨彰史学、考镜源流，明白"天地行旅，百代过客"，艺术的外延固然重要，但内涵则是灵魂，艺术之光映照生命之火，在每个人的内心深处，都隐藏着比任何东西更重要的闪亮人性之光，虽然微弱却永远不灭。

机缘来了。2002 年初夏，何宁在洛杉矶接到一个国内长途电话，原来是上海虹口区外事办公室负责人陈俭（后为上海犹太难民纪念馆馆长）打来的，他是几经周折找到何宁，谈及虹口区招商引资，包括保护虹口区的历史文化资源，其中犹太难民逃亡上海亦是重要议题。这次电话中，何宁说起在犹太大学无意间得到在上海 5 000 个犹太难民名单，提起设计和建立难民名单墙的设想，一下子引起陈俭的兴趣。之后，全书写起如何经历各种波折、前前后后花了二十多年时间终于建起"犹太难民名单墙"的故事，其中有区领导、设计公司、制作单位、安装施工和中央美院师生雕塑建构以及原上海犹太难民索尼娅等外籍人士的各种真实经历，看得出，没有作者的亲闻亲历、亲记亲录，这段历史也许会沉埋在历史尘埃中。如今在上海犹太难民纪念馆，参观之余，读其碑字名单，犹如一部"活字典"，甚感沉重、压抑，它铭刻了一段温馨与苦难交织的历史，将观众与读者引入一个沉痛、深邃的世界，时时在告诫后人"毋忘历史"！

应该提一下书中的一个细节：当年为寻找适合展馆要求的展览设计公司，出动各路人马却不尽满意，后来让何宁推迟回京、选择几家博物馆再转转看看，结果因堵车、开道"错了三次"，没有抵达浦东的几个博物馆而意外地找到浦西的城市规划展览馆，结果"踏遍铁鞋无觅处，得来全不费工夫"，找到布展城市规划展览馆的上海汇展公司和艺术总监林勇，由此开展"心有灵犀"的亲密友好、细致严谨的合作。这个细节我是相信的，因为我熟稔城市规划展览馆，多次聆听讲解员讲述犹太难民后代来上海"寻根"的真实故事。现在何宁著书立说，记录和复原20世纪三四十年代不少欧洲犹太人逃亡上海、躲过纳粹种族灭绝的大屠杀的珍贵历史，而名单墙上镌刻了近1.4万个当年逃亡上海犹太难民的真实姓名，这是世界上唯一一座记录活人和以拯救为主题的纪念墙，在世界上产生了极大的影响，可以说，难能可贵，功德无量。

时间是文学艺术、美术作品、文化遗存的最严厉的判官。有许多大红大紫的作品，在岁月的磨砺中却渐渐褪色，但读了何宁的《上海名单》，我觉得这是一个历史真实记录，其留存人间的文字、图片，包括犹太难民的名字，却不会因历史过往而色泽暗淡，反而会给人们更多的思考，如同一篮鲜花、一片绿叶、一朵花蕾，那样静观耐看，让人思绪连连。确实，阅读是一种"终身旅行"，读何宁的书，唤醒一段难忘的历史，亦写下珍贵的"精神笔记"。

———————

注：本文刊《联合时报》，2021.12.3.第 7 版。

百岁画家不老松
——读《连坛风云纪》

　　2021 年春末，文友李明海赠与我一本黎鲁著、上海人民美术出版 2012 年出版的《连坛风云纪》，虽出书已时隔近十年，但对了解连环画历史以及连环画家会有许多帮助，它不仅是新中国成立前后连环画坛"活化石"，而且也是我国连环画家真实故事，读来非常有趣有味。

　　李明海告知我说，黎鲁老今年恰好 101 岁，近期在住医院。我与李明海说，我们是否抽个时间去看望黎鲁老，因为我知道他是一位美术界德高望重、谦和低调的老革命、老前辈，他长期从事版画、水彩画创作，在中华人民共和国成立后，曾在华东人民出版社、新美术出版社、上海人民美术出版社等单位担任领导，主持过连环画工作，成绩斐然。李明海答应联络黎鲁老的女儿，八九月间李明海回复我，因疫情关系，连黎鲁老的女儿都不能进医院病房探视，结果作罢。

　　读完全书，掩卷细想，我对黎鲁老印象最深的是，在行将古稀之年，即 1991 年 4 月他从上海出发，经江苏、浙江、安徽、湖北、河南、山西、陕西、内蒙古、宁夏、甘肃、四川等 11 个省区，沿途采风画画，历时近半年。我很钦佩他这种"游侠"与"画圣"精神，作为"三八"式离休老干部（他 1938 年入党，1942 年加入新四军），他完全可以享受高干待遇，沿途打点接应，游画人物风景，何必自讨苦吃？可像黎鲁老这辈老干部，是"苦惯"的，更是"实干"的，其政治地位与业务水平相匹配，根本不懂"作威作福""发号施令"，"巡游"作画有悖于黎鲁老做人做事的底线，更享受不到自由自在"游画"的乐趣。难怪程十发先生如此赞曰："壮行万里，杰作千张。"其行万里路的绘画壮举，令人可敬可佩！

《连坛风云纪》主要由忆人忆事、创作杂谈两大部分构成，而且配了不少图片、画作，虽然开本略显小，但经精心设计排版，配以辅助文字叙述的照片、图画等，使全书相得益彰、光亮出彩。再细细品味，觉得黎鲁老对人物的回忆写得扎实、丰满，按时下语言说，颇有时代感、仪式感。

不妨举《难忘的老同事们》此篇。在记叙陶长华段落中，用悬念式作开头：上海有个地方，人称"四十九间"，为什么起这个名字？我问从小就住在"四十九间"里的陶长华，他告诉我说："那是在长寿路上国棉一厂旁边和药水弄相连起来的一片贫民区。像个瓶口，处在药水弄南端，分成 12 小排，每排是整齐的矮平房。"……然后笔法一转，提到赵宏本、徒弟董大中等生活境遇。黎鲁老记叙了在新中国成立前社会底层年轻人谋生的艰难、坎坷，而已经进入连环画业的小学徒们又是如何成长的？黎鲁老举蔡人燕的亲身经历："我 1922 年出生，1940 年刚满 18 岁时被父母送到连环画家张少呆名下当学徒。拜师时，签约上写明学徒三年，帮师傅一年，共计四年才能宣告满师。特别提到学徒期间，生老病死自己负责与师傅无关。……"除了蔡人燕，曾在张少呆画室的学徒还有：洪斯文、盛焕文、王贤统、黄仁路、张伯诚、杨锦文、徐进、苏起峰、屠全枫、金泉源、盛树春、任伯言、夏书玉、吴飞娥、夏明、李小虎、王小白、吴钦宗、金侬。黎鲁老的记叙不是千篇一律，他还记叙卢汶的学徒生活幸运遇上师傅周云舫，他对小徒弟好，但他染上吸毒之瘾，1939 年春就去世，于是被迫改行转业，后又遇到革命领路人胡水萍，胡水萍亦是赵宏本的启蒙人。

黎鲁老在这篇里共写了 15 节，几乎把当时连环画师都勾勒出来，其史料价值非常高，对研究连环画史可资借鉴。对此，黎老在"代后记"里说："打算重版《连坛回首录》，想起许多人说，该书就好在第一篇。终决定将《海上连坛旧事》中的第三节《群体》加以补充，重新起名《难忘的老同事们》，其余的部分及其他各篇均不再收入了，所以全书改名《连坛风云纪》。"

别以为连环画是"下里巴人"，是画坊小学徒、大师傅随便画画、赚赚钱的谋生手段，其实里面有很多学问。连环画虽然没有一定的规定的绘画技法，但这一艺术门类却有它最基本的要求：用画讲故事，用画表演情节，用画刻画种种情节人物关系及心理活动的细节，并且要制造出文字未提到却是内容需要的情节，以上这些是对一个连环画家的基本要求。一个连环画家的水平和能力也体现在这些方面。简而言之，连环画需要通俗得雅，雅得通俗。

《连坛风云纪》里面有篇《陈盛铎老师》的回忆文章，讲述了黎鲁老与同济大学陈盛铎老师的交往故事。20世纪50年代初，黎鲁与陈盛铎结识，两人是"忘年交"，陈盛铎听到黎鲁在人民出版社任连环画编辑时，便深情地强烈地表示："啊呀！你在搞连环画出版吗！真不得了！连环画的读者真不得了，多得不得了，和别的什么画都不能比。"又一次，陈盛铎说："新的连环画我也看，比解放前进步多了，只可惜人物画得太差，基本功太差。"黎鲁急于想知道怎样才能改变这种状态，出乎预料的是陈盛铎表示绝对有办法。他认为，画连环画的都有本事、有天才，只要在画法上扭转一下就行。黎鲁顿时感奋起来，似有力挽狂澜之势。当年他因"七叶"事件（有人向上级举报七位小青年组成"七叶"学习小组，是反党小集团）负有政治责任，要追究并进行查处。黎鲁力保这个学习小组，申明是经他同意，是为提高业务，云云……但他最终因所谓的"政治右倾"被撤职，而且连降三级，但他不在乎。书中他回想碰到陈盛铎老师在新乐路上开了一家"新美术研究所"时，黎鲁立即报名参加，还拉了一位连环画青年宋治平一起向陈盛铎老师学习，再有如王伟戍、马乐群、曾进顺、金铭、黄振亮……当黎鲁第一次掏出学费交陈老师时，他说："不！不！我不能收你的钱，这样吧！按理这里该设政治课，政府是明令规定的，我就请你担任教员……"后来人民出版社内画连环画的一律转到新美术出版社（黎鲁任新美术出版社主持日常工作的副社长，社长是吕蒙），当时社内已有二三十位画家，不久又加进近20位画家，他们大多是学徒出身，都没有受过美术学校的正规训练，而且大家都有迫切提高自己的愿望，这时决定聘请陈盛铎老师来任教。陈盛铎后来任教同济大学，陈盛铎积极为出版社培训、指导青年连环画家素描、人物造型等基本功的训练。黎鲁回忆陈盛铎老师一套特殊的教学法，如"比比量量"，就是许多学生们概括他教学法的形容词。他要求学生一手持竹针（打绒线的针），持针时，臂必须伸直，以双眼的位置为中心，以横伸直伸的手臂向左向右向下向上对准对象（如石膏像）为圆径，将对象的比例如从头顶到双眼，从双眼到鼻到口到下巴的比例，使画时精确无误地保证形似，这种准确的"比比量量"原理，无论学生是天才或不是天才都可以获得同样的作画效果。对这些，黎鲁老历历在目，难以忘怀。

全书中回忆还有许多，包括与沈柔坚、杨可扬以及贺友直、王弘力、汪观清等名家的交往，其叙述如谈家常。也许是部队出身，是部队培养的知识分子，黎鲁一直思考：画要为"兵"服务，这是部队文艺战士们的共同认知。这里的"兵"扩大范畴，就是文艺要为人民服务，这个课题，黎鲁始终关注、研究，对此，我觉得黎鲁对此课题的关注、研究没有过时，在当下有着积极的现实意义。

此书是在2012年出版，黎鲁在"代后记"叙述了这么一件事：经庄宏安告知，北京最近在整理毛泽东主席藏书中，发现一本曾读过的连环画，因为画册中有个纸条夹着，这正巧是由老庄本人改编经施大畏几人画的《平原作战》，消息一出当然更加引起连坛同仁们的振奋。黎鲁写道："在连环画行业中工作过几年的我，在离开工作岗位的多年之后，近几年才听说新中国初期毛主席有过亲自指示，要创办连环画出版机构。对于这一点可说全出版社的人都不知道。可是，大家又莫不全力以赴地投入于这项事业，相当多的人为此奋斗了一生。党的领导所产生的无形威力，才推动了连环画事业的迅速繁盛。根据就在于合乎人心、合乎社会需要、合乎文化发展的趋势。"所以，连环画非同寻常，很多古典文学、现代文学作品就是通过连环画传播开来。

人们常说，连环画是"小人书"。20 世纪五六十年代出生的人，几乎都有看"小人书"的经历，对那时的场景、氛围迄今记忆犹新。我想，作为一个画种、一个书籍品种，它不属高深的学术经典，又不属典雅的艺术精品，但却有雷霆万钧之力、叱咤风云之势。它的发行数量为任何书刊所不及，读者受众量之大也排为世界前列。现已开始转化为珍藏物，从而衍生出一支庞大的连环画"藏友"群体，这是任何人事先不曾预见到的。黎鲁写道："我国有悠久的文化，20 世纪崛起的连环画，文化含金量也不逊色。以通俗的形式所潜藏的厚重的道德传承，它能鼓舞人们奔向未来。"黎鲁老信心满满，充满希望。

不过，我注意到我国著名连环画家、与黎鲁亦师亦友的贺友直为本书所写的前言《连环画随想》，他在回顾、肯定连环画发展历史的同时，提出了未来中国连环画向何处的命题，这也是值得引起我国美术界尤其文艺界领导所要深刻思考的。

文化艺术实际是一个民族得以生存的灵魂。不能不忧虑：我国连环画由兴旺走向衰落，时下变成"藏物"乃至"文物"，包括我们原来很兴旺很红火的美术动画片（这方面上海美术电影制片厂的作品是一流的）一点点甚至可以说一夜间滑坡，出现"断崖"式衰败，原因何在？贺友直提问道："就在此时日本的动漫乘机侵入，它是怎么进来的？是自动输入？是有内应引进？无论哪种方式，它是客观存在，是阻挡不住的。问题在我们自身。我们的连环画存在致命的弱点：它依靠改编，不是原创的，如果故事由画家自创，其内容必定新鲜、贴近生活……时代发展到目前的程度，生活的方方面面都在翻花样，文化生活的需求随着科技的发展也日益新奇。我们的连环画现在靠重版旧的东西在苦苦支撑着，它的对象仅限收藏者，是毫无前途的。若要求得它的复兴，这就要看出版社有无魄力了。连环画说到底是出版社管的，美术家协会是管不了的。欲求连环画重显辉煌，唯有认准出路在哪，读者是谁，组织起一支能自编自绘的队伍，走原创之路，否则说得再好听，放多大的本钱，到底仍是一句空话。"这也许是世纪之问，值得后人思考、回答，黎鲁老是百岁画家不老松，他似乎亦期待着。

2021.12

大千世界　扇结良缘
——读《海派名家名扇集锦》

有"扇面妙艺"之誉的《扇结良缘——海派名家名扇集锦》（上下册），由上海文化出版社于 2021 年 7 月正式出版。该书收录了 365 个海派书画家创作的扇面，分成花鸟、人物、山水、书法四大门类。这些书画家中不乏近现代海派绘画与书法中颇具影响力的人物，如吴昌硕、沈尹默、吴湖帆、谢稚柳、钱君匋、申石伽、陈佩秋、程十发、戴敦邦等，同时亦有中青年一代继往开来、日臻成熟的扇艺作品，展示"花鸟绘成皆活泼，云山染出倍空明""画有真宗鉴乃神，书求往迹得其化"的风格；可谓星光灿烂、名家济济。该书总顾问龚心瀚、李伦新，主编成莫愁，书名"扇结良缘"由著名国画家陈佩秋题签。

我拿到《扇结良缘——海派名家名扇集锦》精装本，是在半年以后，即 2022 年 1 月下旬，展读这本精美的图书，很有感慨，它似乎有点像扇面艺术的"百科书"，尽管还不全面，甚至因编写时间仓促或其他原因等而遗漏重要的扇面艺术家作品，但基本囊括沪上扇艺家，按姓氏笔画排列可资查询。本书除了介绍每位书画家的艺术生平及创作特点外，还对各种风格的扇面艺术进行点评，便于读者更好地了解扇面作者的构思设想、落墨技巧及美学观点。不少扇艺爱好者评价，这是一场丰富多彩、美轮美奂的"纸上博览"，用扇面艺术地反映近现代社会生活的各个方面，为广大读者和美术爱好者提供了扇面艺术鉴赏的机缘，也为新时代留下了近现代海派文化发展的足迹。

品味一叶扇面，窥见大千世界。无论是寥寥数笔，还是全景工笔，墨竹秋兰，亭台楼阁，人物造型，笔致毫发，技艺功深。展开扇面，读者对扇面的评估，从画的精神、气韵、造诣、趣味及意境着眼，细细展读，自可领略作者对整个扇面布局的掌控，其构图意图、笔触深浅、形态虚实，跃入眼帘，抒情达意。扇面艺术，水墨还是设色，更之重彩，均反映作者的思想，体味海派的特点，观赏作画的风格。本书从渊源、流派上折射海派艺术家在扇面艺术领域的传承、创新，既为历史留下雪泥鸿爪，也填补新中国成立后尚无系统出版近现代画家扇面集锦图书的缺憾，凸显海派扇面艺术的细腻、精致、优美，其题诗、作画、书写均各自表现作者的匠心独具、笔随意转，化有限为无限，创造了富有魅力的意境。

书以功深能跋扈，画惟兴到见纷披。作为中华文化传统，扇面艺术有着悠久的历史。相传扇子最早为虞舜制作，开始不是纳凉消暑用品，起初是一种礼仪用具，如为广开视听求贤若渴而制作了"五明扇"；之后传承下来的扇子种类逐渐增多，如纨扇、羽扇、蒲扇、平扇、宫扇、葵扇、竹篾扇、棕榈扇、麦草扇、芭蕉扇等，品种多样，琳琅满目。而作为中国扇面画品种的历史可以追溯到唐代，据张彦远《历代名画记》记载，三国时，曹操就有请杨修为其画扇的故事。到了唐代画扇之风更为盛行，当时的扇子还是圆形的，故称团扇。宋代宫廷画家更是画扇成风，且留下扇面画也很多，扇子的形制出现了芭蕉形的扇子。集书法、绘画于一扇，则始于明代，这是因为折扇形式的出现。扇面画就是这样经过明、清书画家的匠心经营，从而逐步确定了其作为一种独特的艺术品种而广泛普及、流传下来，继而也逐步形成了扇面画独立的审美体系。及至清代、民国，扇面画都是书画家乐于染翰和文人雅士乐于把玩、收藏的艺术品。

值得一提的是，扇面画是中国历史悠久的传统艺术品。在宋、元时代，团扇画广为流行。明代以后，折扇画渐执牛耳。文人墨客精于此道者，灿若繁星。其中不乏超绝脱俗的传世佳作，已经成为中国文化艺术宝库中的重要组成部分。明、清两代扇面书画呈现出多姿多彩的面貌，构图简洁、运笔流畅。书画家在创作时需要布局精准、技法娴熟，一幅盈尺小品往往能体现创作者在自然情态下的艺术造诣和笔墨意趣，因此，扇面书画在美术史中占有不可或缺的重要地位。扇面与书画结合以后便已超越实用性而成为一件艺术品。许多收藏家将书画扇面直接裱成册页，而不制作可折叠的成扇。还有人将成扇的扇面揭下，装裱后收藏起来。因此，古代扇面书画大都以册页的形式保存至今。

据美术史学家研究称，扇面画始于宋代，盛行于明清。在古代，扇子是文人墨客的随身必备物品和时尚饰物。历代书画家都喜爱在扇面上绘画或书写，以观照生活和抒情达意。时至今日，扇子更为文人墨客和普通老百姓所钟爱。它小而巧，便于携带，又很实用。或馈赠，或收藏，扇风纳凉，装饰居室等等。不少画院及团体自发组织展览扇品、交流扇艺、交易扇画等，也为扇文化增加了新的艺术活力。而折扇的扇面上宽下窄，呈扇形。画家在命笔之时必须考虑在这种特定的空间范围中安排画面，精思巧构，展示技法。只有这样，才能够随纸施技、随形布势、随心造境、题材取舍、展露画艺，扇面是中国丰富而多样艺术中的一个特殊的类别，是中国乃至世界艺术史上的一个独特的现象。

随着现代生活方式的改变，传统扇子并没退出历史舞台，反而让它以更多的艺术形式、更新的扇子造型和更具魅力的绘制语言，展示其独有的风采，由此它作为中华文明的一个组成部分，一个弘扬民族文化、提升艺术家的思想和艺术才华的看得见的新载体、新表达。读者评价说，小小扇面，宏大文化；历经千年，风采依旧；海派文化精神融入其中。

古今往来，不少文人墨客在扇面上留下精彩的题诗、绘画和书法，诸如中华古典诗词中"影动半轮月，风生一握中""素是自然色，圆因裁制功"等，这类咏扇诗作，可谓比比皆是。扇面艺术流传在文人雅士中，而在民间流传扇子的佳话也不胜枚举，如京昆两位艺术大师梅兰芳和俞振飞共同在扇面上创作；沪上著名画家任伯年为吴昌硕画像《蕉荫纳凉图》，等等。被文化熏沐的扇子业已超越生活实用价值，它作为文化载体早已深入到上海市民中，扇面书画也由此成为大众的文化享受与文化收藏。

据主编成莫愁称，这是一部功在当代、利在千秋的文化工程，可谓工作量巨大。编写这部大书，是需要付出耐心、恒心和善心的。本书艺术顾问、编委会的同仁为书的编辑、出版，都作出无私的奉献，其事例很多。大家都是志愿者，关注这套书，出点子、提建议，发挥雷锋精神和团队精神，为着一个共同目标，无偿为绘画艺术家服务，才使这本书顺利出版！她感谢编辑同仁一起参与编写文稿，感谢众多挚友鼎力相助、热心扶持，尤其要向上海市美术家协会主席郑辛遥、上海市书法家协会主席丁申阳、上海中国画院院长陈翔等领导的支持深表致敬，向365位书画艺术家及其家属提供相关资料和作品表示由衷谢意。

风过留馨，百年添锦。所有人的呵护和关心，才使扇面之花点绛流丹，十里芳菲。将它作扇面书展也好，作美术参考工具书也罢，它的出版是历史长河中的小小浪花，朵朵浪花将定格于当代，推动海派文化潮汐。其实，从更深更广的角度言，《扇结良缘——海派名家名扇集锦》的文化意义、文化价值超越纸质的或电子的外在表现。上海作为海派文化的诞生地，融汇古今，兼容中外。其海纳百川、追求卓越、开明睿智、大气谦和的城市精神，吸引更多的人支持和参与海派文化，它的开放性、创造性、扬弃性、多元性，将推动中华优秀扇文化的传承、创新和发展。扇面文化在上海的兴起，吸引兄弟省市及海外艺术家的关注与参与。扇面艺术，正成为上海城市的一张文化名片。

2022.1

熊希龄的才情与才女夫人
——闲读偶感

近来闭门谢客读闲书，翻阅《熊希龄传》《民国政要及其夫人们》，对晚清、民国官员以及他们妻妾的生活，有所了解，其中让我注意到民国第四任内阁总理熊希龄的经历和掌故，对这位传主油然而生一股敬意。先不去评论作为政治家、军事家、财政家的熊希龄，单以诗词家、教育家、慈善家的眼光观察"熊凤凰"——因出生地隶属湖南凤凰厅，故在熊希龄成名之后，又被人尊称为"熊凤凰"——从他的婚史看，足以了解他不可多得的诗学才情，以及与他匹配的才女夫人。

熊希龄于 1870 年 7 月 23 日出生在湘西凤凰县镇竿镇（当时属沅州，今沱江镇）的一个三代从军家庭。他天生聪慧，文采斐然，吟诗作对，大气浩然。在 6 岁时发蒙，有"闻一知十"的天赋，一本《三字经》只用三四天时间就可背得滚瓜烂熟，而且时常向老师提出对于书中的疑问请求解答，由此被誉为"湖南神童"。他 15 岁中秀才，22 岁中举人，25 岁中进士，后点翰林。熊希龄虽曾官至内阁总理，却更以热衷慈善事业而为人称道。他一生结过三次婚，其后两位夫人朱其慧、毛彦文，都是他事业的好帮手。熊希龄的原配夫人廖氏系贵州镇远人，与熊希龄成婚后夫妻很恩爱，但不久便患上肺病，医治无效，于 1895 年病故。年少丧偶的熊希龄虽已誉满三湘，却难掩几分惆怅。

从他第一次婚姻中，可见熊希龄不是见异思迁而是忠于感情的人。当时的沅州太守是江苏宝山人朱其懿，十分爱才，在湖南多处担任知府，"所至有政声"，尤以兴学育才为务，深得湖南士绅的尊崇，创建沅水书院，亲任书院山长和主讲，一反当时盛行的科举教育模式，而以"实学课士"为宗旨。熊希龄在这里眼界大开，除了经史学问有长足进步之外，他特别钟情于历史与舆地，这种修养最终成为他建功立业的基础。有趣的是，朱太守的妹妹朱其慧，才貌双全，有"宝山才女"之誉，随兄来书院求读，与熊希龄同学。朱其慧擅长诗词歌赋，非一般人所及，那时她正是二八芳龄，朱太守见书院男生中有不少品貌兼优的少年，顿生为妹择佳婿之念。征得妹妹同意后，决定拟联征对选郎，上联曰："养数盆花，探春秋消息。"征婚联用红纸贴出，全院男生震动不已，一个个欢欣如狂，绞尽脑汁，想获取美貌佳人，可是都未博得朱其慧一笑。熊希龄本来"两耳不闻窗外事，一心只读圣贤书"，那时代男儿大都想以科举取功名，看到这样情景，觉得有失男儿尊严，于是来个"无心插柳"，随手写出下联："凿一池水，窥天地盈虚。"朱其懿太守见罢拍案叫绝："竟有如此奇才，难得难得！"当晚将自己妹妹叫到书房，问她意下如何？朱其慧不好意思地低下头，说："此人才华出众，前途无量。"朱其懿说："如此看来，你同意了？"朱其慧答："小妹年幼，婚姻大事由兄做主便是。"朱其慧太守遂决定将妹妹嫁给熊希龄。婚前的一个月夜，熊希龄携朱其慧到沅溪畔漫步，对她说："我本不敢高攀，却'柳已成荫'，只怕贤妹失望。"朱其慧马上答话："仁兄之才，小妹早已心中有数，愿与君同尝甘苦，就像这溪水永不回头。"1898年，熊希龄与朱其慧成婚。熊希龄与朱其慧，感情甚佳，相敬如宾，家庭生活非常融洽，被世人传为美谈。这些场景、对话，显然是现代人编的，毕竟时代过去120多年，如此原汁原味的对话及场景描绘，是现代人用讲故事形式表达，浅显易懂，有声有色。

熊希龄早年参与维新，虽遭守旧派嫉妒、攻击，但因业绩突出，被执意改革的光绪帝征召入京。熊希龄打点行装准备北上，将妻子朱其慧安顿到妻兄、时任衡阳知府的朱其懿那里，再返回长沙，因为途中饮食不慎，突发痢疾，只好返回衡阳养病。然而就在这养病的十多天里，北京维新六君子的惨剧发生。因为一场疾病，熊希龄侥幸躲过一劫，然而熊希龄的维新事业至此止步。不幸中有幸。熊希龄后来对人说："若非一病，当与六君子同名成七贤矣！"这里的"维新六君子"，指的是谭嗣同、康广仁、林旭、杨深秀、杨锐、刘光第，他们六人是在戊戌变法中被以慈禧太后为代表的封建顽固派残忍杀害的维新党人。辛亥革命后，熊希龄主张立宪。1913年，他出任民国内阁总理，成立了拥有梁启超、张謇等人的"名流内阁"，一年未到，便因"热河行宫盗宝案"黯然辞职，被委任为煤油督办。为了不卷入复辟帝制的逆流，熊希龄决计离开北京，以母亲有病为名请假，获袁世凯批准。

熊希龄惶惶如漏网之鱼，立即启程返湘。三个月的假期未到，袁世凯就电报催他返京，熊回电要求续假。袁世凯视熊希龄为登基的重要人物，不能缺他捧场。袁一面继续电催熊回京，一面另打主意。当时，袁世凯筹划将总统府改为新华宫，并申令"永禁太监"，改由12名女官管理内廷，上设女官长1名。女官长人选甚严，要求名门淑媛，德望昭昭。袁世凯不知从哪得知朱其慧才貌双全，就下了一道诏书："兹特任中卿前内阁总理熊希龄贤配命妇朱氏，为宫中女官长，仪同特任，位视宫内大臣，赞襄后德，掌领宫规。"诏书送到湖南寓所的熊希龄手中，他大呼上当，深感袁世凯狡黠诡谲非一般人可比。夫人朱其慧若在京实沦为人质，熊希龄不能坐视，于1916年1月中旬返京。袁世凯马上授予他中卿，加上卿衔。一些趋炎附势之人纷纷登门恭贺，但熊希龄知道自己与妻子落入虎口，只能虚与委蛇，待机离开。熊从此心灰意冷，远离政界，直到1917年京畿一带大水，他才结束"退隐"生活。

1917年水灾让京畿一带瞬间成为泽国，灾民逾500万人。当时，熊希龄"隐居"在天津的寓所也被河水吞没，身为灾民的熊希龄通过财政总长梁启超和外交总长汪大燮，极力主张当局筹款，赈济灾区的饥民。国会讨论的结果是，如果熊希龄出来主持赈灾，此事才可议。本不愿"复出"的熊希龄深知赈灾时不可待，只能"勉为其难"接受。在主持赈灾过程中，熊希龄得以真正了解贫民社会的疾苦。他亲自下去查勘，才知道百姓疾苦，深感自己以前在政界根本没有为百姓办实事，内心充满愧疚和罪恶感。良知和赎罪心理，使熊希龄对官场看得更清也更淡。不少灾民因为缺衣少食，无法生存，有的将儿女抛弃甚至标价出卖，有些父母带着儿女投河自尽或全家自杀。熊希龄对此仰天长吁，决定成立慈幼局，专门收容受灾儿童。本想待几个月后水灾平定将这些收容来的孩子送回家，但水灾平定后仍有200多名孩子无人认领。熊希龄请求北京各慈善机构收养，但都被以"容不下"为由拒绝。办慈幼局租来的房屋没法长租，熊希龄不得不考虑另建一个永久性机构，收养这些无家可归的孤儿，这个想法，得到了夫人朱其慧的支持。熊希龄看中了有大批空地的北平香山，这里曾是专供王公贵族、达官贵人赏玩的私家园林。熊希龄请当时的大总统徐世昌与管辖香山的前清皇室内务府商量，开办香山慈幼院，用以专门收养、教育孤贫儿童，这个计划被批准。

熊希龄一直重视教育，从政前就当过老师，后又和谭嗣同一块办过时务学堂。任国务总理时颁布的《大政方针》宣言，就提出教育是"立国大本"。长期以来，熊希龄最不能接受的还是教育的不平等。当时，各类学校，无论公立、私立，学费大都十分昂贵，贫苦子弟等于被剥夺了受教育的权利。熊希龄认为这种现状持续下去，国家将永无和平的希望，大乱随时可能发生。因此，他决心适应当时迫切需要，对孤贫儿童实施免费的良好教育，用他的话说是"俾无产阶级子弟与有产者享受同等教育之机会"。1920年10月3日，熊希龄利用官款补助和水灾民捐余额建立的香山慈幼院正式开院，他亲任院长。夫人朱其慧生来娴雅，才智超群，尤长于辞令和演说，是熊希龄事业上的得力帮手，帮助丈夫办理香山慈幼院和中华教育改进社，还独自创办了妇女红十字会、女子平民工厂、婴幼保教院等。因对社会慈善事业的热心，朱其慧在当时几乎与丈夫一样引人瞩目，被公认为女界领袖和平民教育家。

天有风云不测。朱其慧相夫教子，辛勤操劳，在为熊希龄生下三个子女之后，一病不起，于1931年秋因脑溢血而逝世。熊希龄猝失佳偶，悲痛不已，撰挽联曰："以同德同心同情同志并誓同患难，生死相期，卅六年如一日，谁知垂老分飞，事业未终难瞑目；舍爱儿爱女爱婿爱孙及所爱屋乌，教养诸孤，千百人将何依，何堪环境变异，触观无物不伤心。"这幅挽联道尽熊希龄心境，他为怀念才女夫人，蓄长须，持手杖，以洁身自爱，鳏居多年，立志不再续弦，一心办慈幼事业。

故事到此没有结束。才女夫人朱其慧去世后，熊希龄失去了事业上的得力帮手，由于年老体力下降，他渐渐感到力不从心，决意物色一个合适的帮手接班。他想到了曾在香山慈幼院执教的毛彦文。这位毛姑娘也是才女，1898年出生于浙江省江山县城的一个乡绅之家，7岁入家塾启蒙，15岁被保送入杭州女子师范，18岁入浙江吴兴湖郡女校，4年后毕业，又以浙江省第一名考入北京女子高等师范学校英文系，后考入南京金陵女子大学就读。毛彦文才貌双全，善于交际，但不好打扮，宛如一朵幽兰，引得不少文人雅士倾慕。不过，这位才女的情感生活历经磨难。9岁时，她由父亲做主与方姓朋友之子订下娃娃亲，而后逃婚退婚。毛彦文在外读书期间，和表哥朱君毅月下为盟，私订终身，但朱君毅突然移情别恋，以近亲结婚有害下一代为由，坚决提出与毛彦文解除婚约。这让守候6年、逃婚只为下嫁表哥的毛彦文始料不及。在万般无奈之下，她只得转而求助朱君毅的同窗好友吴宓。吴宓作为中间人，往返于他俩之间，极力说和。无奈朱君毅去意已决，坚决不肯与毛彦文缔结白首。而吴宓早在结婚前，对毛彦文的才情由敬生情，只是碍于与朱君毅同学之谊，加上毛彦文还是自己未婚妻的好友，就将爱深深埋藏在心底。吴宓在失落中匆匆与女友陈心一完婚。朱君毅、毛彦文两人终于分道扬镳。

毛彦文经两次婚变刺激后，重新对自己作了调整，将一切烦恼抛弃，一心学习，考取美国密歇根大学教育系。回国后，因为与熊希龄女儿熊芷的同桌好友关系，毛彦文多次到熊府去玩。毛彦文和熊希龄妻子朱其慧的侄女朱曦也是朋友，她到熊家受到熊希龄夫妇的热情接待。他们在一起谈时局，谈诗文，毛彦文对熊希龄非常钦佩。此时，吴宓不顾有妇之夫的身份，向毛彦文表白了自己的爱意。毛彦文断然拒绝。陈心一不容吴宓情感上的叛逆，两人虽然已育有三个孩子，还是在结婚7年后，最终化离。毛彦文面对吴宓书呆子似的求爱，仍是不愿就范。吴宓毫不气馁，对毛彦文的追逐愈演愈烈，成为一场"爱情马拉松"，中间有着许多趣闻和故事，在20世纪30年代的上海滩，他们的趣闻和故事成了小报津津乐道的话题，也成为近代中国文学史上的佳话。不妨举一例，在1934年某日，清华大学的一些教授在一个饭局中小聚，一些朋友在报纸上看到吴宓先生发表的《吴宓先生之烦恼》的四首组诗，其中这一首诗云："吴宓苦爱毛彦文，三洲人士共惊闻。离婚不畏圣贤讥，金钱名誉何足云。"对"吴宓苦恋毛彦文"这句，朋友们都知道不久前毛彦文已与前内阁总理熊希龄订有婚约，现在吴宓公然这样对毛彦文提名道姓，很不对头，出于朋友之间的关心，他们就让同一饭局中的金岳霖教授去"劝劝"吴宓。金岳霖是清华大学的哲学系教授，吴宓是清华大学的外语系教授，他们都是清华名教授，私交也很好。金岳霖教授不假思索地接受了这个任务，他找到吴宓后，郑重其事地对吴宓说："你的诗如何，我们不懂，但是内容是你的爱情，并涉及到毛彦文，这就是公开发表的事情，这是私事，私事是不应该在报纸上宣传的。"正处于忧郁、悲苦中的吴宓听到后，深为老友不理解自己而气恼，他反问道："为什么不能公开发表？"金岳霖想了一下，解释说："比如，我们天天早晨上厕所，可是我们不为此而宣传。"谁知这么一说，吴宓更生气了，他强调道："我的爱情不是上厕所。"金岳霖瞬间一怔，呆若木鸡，过了一会儿才反应过来的金岳霖，觉得自己说话是有点不伦不类，便又对吴宓说："我没有说它是上厕所，我说的是私事不应该宣传。"这是小插曲。其实此前在吴宓锲而不舍的攻势下，毛彦文的芳心最终被打动。可两人准备谈婚论嫁时，吴宓却生发一丝隐忧，既想和毛彦文成为夫妻，又担心婚后会不和谐，患得患失，两人的爱情未因来之不易而最终瓜熟蒂落。面对吴宓的变卦，毛彦文哭着说："你总该为我想想，我一个30多岁的老姑娘，如何是好？难道我们的出发点即是错误?"吴宓不为所动,令毛彦文伤心不已。这段逸闻,可见才女毛彦文心迹之一斑。

毛彦文其实是一个充满爱心的女子,一直热衷于公益事业。26岁时,她在南京夫子庙救助过小难童。朱其慧去世,毛彦文在惋惜之余,对熊希龄的鳏居深表不安。朱曦在一旁看出她的心意,极力从中斡旋,熊希龄考虑到慈幼事业亦须后继有人,又见毛彦文美貌可爱,于是向毛彦文写了求婚信。毛彦文在了解到"熊伯伯"有求婚念头时大吃一惊,先是觉得难以接受。第二天,熊希龄亲自跑到复旦大学去看她,更让她觉得不好意思,要求"熊伯伯"以后不要再来了。熊希龄尊重她的意见,由天天跑改为天天写,自此,毛彦文收读情书成为每天必备的功课。熊希龄还发动亲友团进行劝说,连当时已经怀孕五六个月的长女熊芷也千里迢迢从北京跑到上海,替老父欢迎毛彦文"加入我们的家庭"。在熊希龄和亲友团的巨大感召力之下,毛彦文终于点了头。1935年2月10日,65岁的熊希龄和37岁的毛彦文在上海西藏路慕尔堂(今沐恩堂,位于西藏中路316号)举行婚礼,轰动全国。熊希龄剃去长须显得神采飞扬,他才情大发,发表演说解释道:剃须表示牺牲精神,结婚并非谋个人幸福,乃为慈幼院觅保姆。熊希龄一高兴便脱口而出一支"定情曲":"世事蹉回首,觉年年饱经忧患,病容消瘦。我欲求新生命,惟有精神奋斗。渐转运,春回枯柳。楼外江山如此好,有神针细把鸳鸯绣。黄歇浦,共携手。""求凤乐谱新声奏,敢跨云老莱郭,隐耕箕帚。教育生涯共偕老,幼吾幼及人之幼，更不止家族浓厚。五百婴儿勤护念，众摇篮在需慈母，天作全，得佳偶。"结婚这天，上海名流济济一堂，朋友们送联更是妙语连珠："以近古稀之年，奏凤求凰之曲，九九月成，恰好三三行满；探朱其慧之慧，睹毛彦文之文，双双如愿，谁云六六无能""灰心未已，茅塞顿开""凤凰于飞，祥兆熊梦；琴瑟静好，乐谱毛诗"等等。婚后这对老夫少妻恩爱无比，爱情上是夫妻，事业上是志同道合、同舟共济的战友。毛彦文协助熊希龄主持慈幼院工作，又出任中国妇女红十字会会长。这场鹤发红颜的婚事，成为当时的新闻热点。

1937 年"七七事变"，国民政府发表《告全体将士书》，标志中国的抗战全面展开。此年，北平沦陷。熊希龄和毛彦文试图将香山慈幼院迁至江西、湖南等地，但战火蔓延之迅速超出他们想象。熊希龄与毛彦文颠沛流离到香港。1937 年 12 月，熊希龄因悲愤交加、过度操劳，突发中风去世。这对于毛彦文来说无异于晴天霹雳。悲痛万分的毛彦文继承了熊希龄的遗志，亲自担任香山慈幼院院长，下半生致力于教育和慈善事业，此后再也没有嫁人，继承着丈夫的慈善事业。1987 年，年近九旬的毛彦文写了一本取名《往事》的书，以大量的篇幅写亲情、爱情、友情，回避谈她和吴宓的情感纠葛，认为只是吴宓单相思而已。1999 年，阅尽人世沧桑的毛彦文在台湾去世，享年 101 岁。

熊希龄的才情体现在他的诗文里，更是把他的爱心融入行动中。他的二位才女夫人，也是夫唱妇随，相处和睦，她们的才华体现在香山慈幼院，施行以孤贫儿童为生源主体的平民教育，用她们的努力与才华，使得这面平民教育的旗帜在中华大地上大放异彩。熊希龄在世时，把每年7月7日（七七事变）定为香山慈幼院"回家节"，毕业的校友在这一天回母校"探亲"。如今，香山慈幼院虽已不存在，但历史痕迹留存，香山双清别墅、香山碧云寺成为名胜，一到7月7日，仍有许多白发苍苍的校友到香山聚会，那是他们"永远的家"，回味感受着当年受到的关爱。1920年至1949年，香山慈幼院共养育7 000多名孤贫儿童，将他们培养成才，其中包括南京国民政府教育部会计长盛长忠、水文专家谢家泽，以及新中国铁道部部长刘建章、邮电部部长王子纲、商业部副部长安法乾、外交部副部长张勃川等。熊希龄的才情与才女夫人，以及香山慈幼院施行的"平民教育"、倡导的"平民精神"，将永远高度契合，活在人们心里。

2022.1

问君能有几多愁
——读《源氏物语》

初秋闲暇，翻阅藏书——日本文学名著《源氏物语》，似有新感。说实话，购买此书是在 20 世纪 90 年代初，那时世界文学名著还不普及，所以我购买的版本不是国内很有名的出版社，读此书断断续续，始终没有读完。现在空余时间多了，花了半个月时间读完全书。有人评说《源氏物语》对爱情生活的着墨点染与我国名著《红楼梦》有异曲同工之妙，因此被认为是日本的《红楼梦》。可能我的阅读水平不高，加上版本、翻译的差异，我不敢苟同此观点，尽管它也是一部优秀的日本古典小说。

《源氏物语》成书于 1001 年至 1008 年之间，即我国北宋的宋真宗（赵恒）年代，是由日本平安时代女作家紫式部创作的一部长篇小说，"物语"是日本的文学体裁，"源氏"则是家族抑或主人公姓氏，全书以日本平安王朝全盛时期为背景，通过主人公源氏的生活经历和爱情故事，描写了当时贵族社会的腐败政治和淫逸生活，上层贵族之间的互相倾轧和权利斗争是贯穿全书的一条主线，而源氏的爱情婚姻，则揭示了一夫多妻制下妇女的悲惨命运。

如果说在我国明代小说《金瓶梅》里，勾画出中国封建社会的世态图，揭示女人是男人生理发泄的工具，那么《源氏物语》则是日本社会的写真，揭示女人是男人政治交易的商品。它的写实，使日本古典现实主义文学达到一个高峰，成为世界上最早的长篇写实小说。

《源氏物语》的作者紫式部，姓藤原，字不详。因其长兄任式部丞，而当时宫中女官往往以其父兄的官衔为名，以显示其身份，所以称为藤氏部；后来因她所写《源氏物语》中女主人公紫姬为世人传诵，遂改称紫式部。她出身于充满书香气的中等贵族家庭，是一位极富才情的女子，其祖父等辈及兄长都是当时有名的歌人，父亲更是长于汉诗和歌，对中国古典文学颇有研习，所以书中行文典雅，极具散文韵味，书中大量引用汉诗及《礼记》《战国策》《史记》《汉书》等中国古籍中的史实和典故，读起来具有浓郁的中国古典文学之味。

紫式部因家道中落，被招进宫中做了皇后的侍读女官，对宫廷生活有真切体验，她的写作细腻、敏感、静雅、绝美。我以前对里面的故事则是粗粗浏览，没有像读《红楼梦》那样细细品味。现在重读，感觉就不一般了。

这部书中故事的主角为日本天皇桐壶帝之子，因天皇不希望他卷入宫廷斗争，因此将他降为臣籍，赐姓"源氏"。故事围绕着他与宫廷内外的女子所发生的恋情展开，早先他因为得知父亲的宠妃藤壶长得很像自己已故的母亲桐壶更衣，因此时常亲近藤壶，长大后演变为对藤壶有恋慕的感情；然而藤壶毕竟是庶母，即使年纪只差五岁，仍不能亲近，苦恼于这份不可能的爱情又难以自拔；因此，源氏终身都在追求有如藤壶一般的理想女性，他开始徘徊于与不同女子的恋情中……小说结尾是，源氏在经历世事后遁入空门，出家为僧。该书五十五章，近百万字，故事涉及三代，跨越 70 余年，所涉人物 400 多位，印象鲜明的也有二三十人。这些人物以上层贵族为主，也有中下层贵族、宫女、侍女及平民百姓，反映了日本平安时代的文化生活和社会背景，在凸显写实的"真实"美学思想的同时，也创造了日本式浪漫的"物哀"思想。

《源氏物语》全书贯穿了浓厚的无常感和宿命思想，用因果报应和罪孽意识来联结各种人物的关系与期待，他们中有的企盼来世的幸福，有的遁世，有的出家，所有这些，正与他们的不伦行为有着因果关系。尽管如此，其落脚点并非为了宣扬佛教教义，而是为了展示内中潜藏的"哀"，给予"物哀"以调和善恶的价值意义。书中借人物话语说道："寂寞无聊之时，看此类书亦未尝不可，且故事中凄婉曲折处，颇富情味，动人心弦。""小说所载，虽非史实，却是世间真人真事。作者自己知晓体会后犹觉不足，欲告之别人，遂执笔记录，流传开来，便成小说了。欲述善，则极尽善事；欲记恶，则极尽恶事。皆真实可据，并非信笔胡造。"（参见第二十五章《莹》）凡此种种，表明作者心迹，她是从"真实"的审美角度进行创作的，主要追求人性的真实，同时也表现审美的体验，即把握人性与审美两方面的真实性。

概言之，《源氏物语》精细、如实地描绘了那个时代的世态，无论是社会政治和文化背景，还是故事内容和人物，都真实地反映了当时宫廷生活和贵族社会的实相。这是我 30 年前与 30 年后的阅读感言，虽不能说现在全部都读懂，但比以前是向前跨了一大步。

上海女作家潘向黎曾指出：《源氏物语》是一部紫色的书①。她 20 世纪 90 年代初留学日本，熟悉日本文学，知晓《源氏物语》的文学价值。潘向黎说，书中三位女主人公是桐壶、藤壶、紫姬，这三个名字都与紫色有关。桐花是紫色的，藤花是紫色的（日语"藤色"即浅紫色），紫姬则明确出现"紫"字。平安时代，紫色是"因缘之色"，日本古代和歌中，常用紫色来表达爱恋之意。紫色也是高贵的颜色，日本曾有圣德太子制定的"冠位十二阶"，紫为六色之冠，是身份的体现。这三位女性名字带紫色，暗示了在源氏一生中的重要地位：一个是给了他生命和惊人美貌的母亲，一个是他的继母和少年时代的初恋，一个是他自己培养的"完美女性"和妻子。所以，紫色是情爱的颜色、贵族的颜色，《源氏物语》正是一部关于情爱和贵族生活的书，也是一部记录人间绝美的书。读着读着，觉得潘向黎的评说甚有道理，书中弥漫着丰富、高贵、神秘、压抑、微妙的紫色，或许就是全书的色调。如是之秋，便是我读此书的另一个收获。

2021.8

---

① 潘向黎：《一切都是紫色的——读〈源氏物语〉零星偶记》，刊《新民晚报》2021.1.20."夜光杯"。

"音乐神童"的绚烂与艰难
——读《莫扎特传》

　　窗外，阳光灿烂，树枝绿黄；秋意已浓，色彩斑斓。我享受这美好时光，捧读欧洲音乐家传记系列之一的《莫扎特传》。我是"音乐盲"，不懂曲谱，不识旋律，因为在职时囿于采访的劳累，常得到朋友的支援，有余暇时便在晚上躲到上海音乐厅听听交响乐，权作脑力休息。而今空闲时间多，便读音乐家传记，其实是读音乐家的人生，无论国内还是国外，音乐家的心灵既脆弱又强大，记得有位乐手跟我说过：莫扎特曾讲过"心使人高尚"，时今想来这确实是句至理名言，它的涵义太深刻、太伟大了！人间沧桑，世态炎凉，已证明它的分量。金钱、地位、权力都无法使你高尚，只有心可以。

　　由英国作家杰里米·西普曼所著，唐跃勤、兰萍翻译的《莫扎特传》，给人们讲述了一位天才的成长过程：童年时的他早熟，人见人爱；天性释放后的功成名就；不善理财后贫困潦倒，直至英年早逝。这本书主要从故事主人公角度讲述故事，使传记具有小说的直观性，这样比任何主观性阐述更加丰富多彩，使主人公栩栩如生，使读者犹如身临其境。而该书不仅仅是简单的人物传记，应该说是一个没有结局的故事的引言，没有一个人能把莫扎特言尽讲透。

莫扎特 1756 年 1 月 27 日生于奥地利（神圣罗马帝国时期）的萨尔茨堡一位宫廷乐师的家庭，他的父亲利奥波德·莫扎特是那座城中宫廷天主教乐团的小提琴手，也是一个作曲家。他的母亲也酷爱音乐，会拉大提琴和小提琴。莫扎特有很多兄弟姐妹，他是家中的第 7 个孩子；莫扎特 1791 年 12 月 5 日卒于维也纳，终年 35 岁。作为"音乐天才""作曲大师"，他最出名的歌剧是《费加罗的婚礼》《唐璜》和《魔笛》，他的代表作《安魂曲》《牧人王》等，为世人赞赏。200 多年过去了，莫扎特的音乐仍然没有失去任何光彩与魅力，还是那么令人痴迷陶醉，那样令人鼓舞，给人心灵抚慰。他是人们一生的伴侣。

了解一位伟人、天才须与他的时代背景相连接。读此传记，让人有一点不解的是，主宰莫扎特、海顿和贝多芬古典时期的音乐形式（即奏鸣曲式，这个曲式也是他们精心培育，并推至顶峰的音乐形式），却是根植于平静和动荡的交替之中，基于两个主题的张力之间。细细再想，所谓"群星灿烂"，正与一个时代主流、风气生成密切相关。值得关注的是，另外一条通往真正自由职业的道路是演奏大师。这个职业莫扎特成功地做了好几回，但他认为，这是对他天赋的浪费，特别是对他的创作才能的浪费。他不停地到处漂泊，这对于他的创作和家庭生活几乎毫无益处，而他所珍惜的正是自己的创作才能，不管选择什么样的道路，莫扎特的兴趣与那些王室成员们的兴趣是不同的，甚至是相反的。这就是莫扎特的天性、悟性使然，也是他志趣、个性所在。

对演奏与作曲，于 2020 年底逝世、享年 87 岁的著名钢琴家傅聪曾如此阐述这样的关系：除了演奏中厚重的文化底蕴之外，傅聪认为最大的艺术特点是其对作曲家和乐谱的严格遵守与诗情画意的个人情感表达间的完美平衡。这首先需要扎扎实实地研究文本，对作曲家怀着最大的敬畏之心，他说自己对作曲家"不光是理解"，而且"很执着、很在乎"作曲家"真正的意思"。尽管傅聪指出"并不是所有人都这么在乎的"，但傅聪对此始终一丝不苟："我有一个原则：作曲家第一，无论哪部作品表现的都应该是作曲家原来的境界，尽量去找到这个东西。"要做到这一点，自然来不得半点偷懒和虚假，任何急功近利、投机取巧、走捷径的想法都是要不得的，他告诫人们："老实说，'巧'字在艺术上不是个好东西。"作为一位高水平的演奏家，必须在严格忠于作曲家的基础上，还要表达出强烈的演奏个性。傅聪说道："作为一个演奏家来说，不光是把作曲家写的东西弹出来就行。演奏应该是再创造。音乐这东西伸缩性是最大的，音乐演奏家的创造性比其他艺术再创造的可能性要大得多，这个是音乐的特点。"这些说起来轻松，而做起来又是何其不易，这大概也是钢琴家傅聪终其一生、每天孜孜不倦在琴房打熬的动力，也是一位严肃的艺术家的使命感。（段召旭：《我一辈子只弹永远也弹不好的东西——纪念傅聪先生》，刊《北京青年报》2021 年 1 月 2 日）对莫扎特来说，演奏音乐的能力与生俱来，喷涌内心的曲谱似乎催生超凡脱俗的天才作曲家。

在西方音乐史上，天才并不少见，但作曲能够做到像吃饭和呼吸那样随意的人却并不多见，尤其是从小就如此。然而莫扎特就是这样的人。他 3 岁就能在钢琴上弹奏许多他所听过的乐曲片段，5 岁就能准确无误地辨明任何乐器上奏出的单音、双音、和弦的音名，甚至可以轻易地说出杯子、铃铛等器皿碰撞时所发出的音高。如此过硬的绝对音准观念及天赋，是绝大多数职业乐师一辈子都达不到的。6 岁的莫扎特和姐姐一起跟随父亲到欧洲各国旅行演出，轰动了欧洲。小提琴演奏家和宫廷小号手约翰·安德烈亚斯描述过这样的故事：在莫扎特小时候，有一次，父亲利奥波德·莫扎特与一位朋友一起回到自己家中，看到 4 岁的儿子正聚精会神地趴在五线谱纸上写东西。父亲问他在干什么，莫扎特答道他正在作曲。孩子的举止使两位大人相觑见笑，面对着纸上歪七扭八的音符，他们以为这不过是小孩的胡闹。然而，当细心的父亲将儿子的作品认真看过之后，发现这张乐谱不一般，他相信莫扎特将成为一名出类拔萃的作曲家，因此他开始指导莫扎特作曲并带领他举行演出。正因为如此，莫扎特在当时就被公认为"音乐神童"。莫扎特也许不是最伟大的作曲家，但他绝对是公认的最伟大的音乐天才。伟大的音乐家柴可夫斯基把他称作"音乐的基督"。还有人曾这样说："在音乐史上有一个光明的时刻，所有的对立者都和解了，所有的紧张都消除了，那光明的时刻便是莫扎特。"

综观传记，可以看出莫扎特的艺术生涯历经三个时期：初露锋芒期（1762 — 1773）。莫扎特出生在一位宫廷乐师的家庭。3 岁起显露极高的音乐天赋，4 岁跟父亲学习钢琴，5 岁开始作曲。1762 年，6 岁的莫扎特在父亲的带领下到慕尼黑、维也纳、普雷斯堡作了一次试验性的巡回演出，获得成功。1763年6月至1773年3月，他们先后到德国、法国、英国、荷兰、意大利等国作为期十年的旅行演出，获得成功。

艺术成熟时期（1774—1781）。1773年底，莫扎特返回萨尔茨堡，在父亲的辅导下，弥补被中断了的音乐与文化的学习，同时利用旅行中获得的知识与素材，创作了大量的作品。包括歌剧《假园丁》（1775）和《牧人王》（1775）。这时已经成人的莫扎特，对自己卑微的奴仆地位感到不满。为了争取人身与创作的自由，他经过激烈的斗争，终于在1777年9月获得大主教的同意，又跟母亲进行了两年的旅行演出。为了另谋职位，以便永远离开萨尔茨堡，他先后在慕尼黑和曼海姆教学、演出，进一步加深了对不平等制度的认识和体会。

维也纳时期（1781—1791）。莫扎特再也无法忍受大主教的凌辱，毅然向大主教提出了辞职，到维也纳谋生。他是奥地利历史上第一个有勇气和决心摆脱宫廷和教会，维护个人尊严的作曲家。但是以后他虽然名义上是一位自由作曲家，实际上仍然无力抗争封建社会对他的压迫。生活的磨难对他的思想和创作产生了深刻的影响，在维也纳的10年，成为他创作中最重要的10年。在维也纳，莫扎特靠教私人学生、举行音乐会演出和出版作品为生。在这段时期，莫扎特接触到了巴赫、亨得尔的作品，并结识了海顿，从而丰富了他的音乐理念。

在维也纳，莫扎特的音乐成就是令人惊叹的，他曾这样来描述他的音乐创作："无论多长的作品都在我的脑中完成。我从记忆中取出早已储存好的东西。因此，写到纸上的速度就相当快了，因为一切都已完备，它在纸上的模样跟我想象的几乎毫无二致。所以在工作中我不怕被打扰，无论发生什么，我甚至可以边写边说话。"可怜就是这样一位天才，在他正当壮年的时候却因为感染风寒而去世了，死时年仅35岁。在他生命的最后一天（1791年12月9日），他仍在创作，可惜天嫉英才，莫扎特留下了他那未完成的《安魂曲》而撒手人间，成为音乐史上最大的遗憾之一。

这部传记是用西方人的眼光与视野诠释的，对照具有中西方文化深厚修养的著名钢琴家傅聪的说法，他很通俗、很地道诠释西方音乐所展现出来的中国古典文化神韵，会指出他所热爱的西方音乐作品同中国传统文化间在精神层面的共同之处，如他曾把莫扎特的音乐比喻为"贾宝玉加孙悟空"：其似宝玉处，是"他洞察人间万象，对人的理解非常深透，能理解到人的最细微处"；而莫扎特的千变万化、上天入地，则是孙悟空的一面，此外莫扎特以某一主题"要怎么编就怎么编，而且马上就编"，则如孙悟空"拔一根汗毛就可以变成一样东西"的本领。对西方音乐大师也有不同一般的比较，如对于贝多芬与莫扎特的比较中，傅聪更是引申出了新的思想高度："贝多芬所追求的境界好像莫扎特是天生就有的。所以说，贝多芬奋斗了一生，到了那个地方；莫扎特一生下来就在那儿了。在这一方面讲，可以说，西方民族奋斗了多少年的东西，中国民族老早就有了，天生就有这东西。"这种说法比喻，正是傅聪出于对中西方文化透彻了解和水乳交融，不是牵强附会，不是故弄玄虚，可以说，完全是扎根于深厚学养之上的一种无意识的水到渠成和融会贯通。

作为奥地利作曲家、欧洲维也纳古典乐派的代表人物之一，莫扎特对欧洲音乐的发展起了巨大的作用，他短暂的一生共创作了549部作品，其中包括22部歌剧、41部交响乐、42部协奏曲、1部安魂曲以及奏鸣曲、室内乐、宗教音乐和歌曲等作品。尽管莫扎特的一生充满坎坷和艰辛，但他的音乐始终给人带来的是真正的纯美。著名音乐评论家罗曼·罗兰为莫扎特作出了如下的评价："他的音乐是生活的画像，但那是美化了的生活。旋律尽管是精神的反映，但它必须取悦于精神，而不伤及肉体或损害听觉。所以，在莫扎特那里，音乐是生活和谐的表达。不仅他的歌剧，而且他所有的作品都是如此。他的音乐，无论看起来如何，总是指向心灵而非智力，并且始终在表达情感或激情，但绝无令人不快或唐突。"

这部《莫扎特传记》正是通过引用大量莫扎特及其熟人的文字，向人们展现一个充满魅力又极有个性的人物形象。莫扎特的音乐语言平易近人，形式结构清晰严谨，而作品所包含的思想感情又比较深广，他巧妙地使这三者取得很好的平衡和结合，凸显"音乐神童"的功力！

夕阳西沉，余晖横照。行将翻阅最后一页，脑海里突然跃出"心使人高尚"这句话语，我想，音乐是洗涤心灵的，正是我们所需要的。

2021.10

打通中西文化交流的使者
——读《马可·波罗与中国公主》

近读中国科普作家黄华旗的长篇历史小说《马可·波罗与中国公主》（上海文艺出版社 2018 年出版），深有感触。联系当今中国一带一路建设合作走向深入，使我们想起在中国家喻户晓的马可·波罗，此书贴近历史，生动讲述宋末元初的风云际会、兴衰更替以及围绕东西方贸易、文化交融的故事，创作这部历史通俗小说及科普读物，令人称道。

作为威尼斯商人、旅行家，1271 年，17 岁的马可·波罗与父亲、叔叔开始了历史上最伟大的探险之旅。有"世界一大奇书"之称的《马可·波罗游记》，则记叙了他们从意大利威尼斯出发，途经今天的土耳其、伊拉克、伊朗、阿富汗；穿越了鸟都无法飞跃的帕米尔高原；走过了"死亡之地"的塔克拉玛干大沙漠；途中饥渴、寒冷、野兽出没、盗贼横行，历时三年，一路走来，到达中国元朝大都（北京）。此后，他深得元世祖忽必烈皇帝的信任，邀他一起狩猎，一起品酒，还派他做元朝的外交使臣、地方官员，可谓官运亨通。这部游记向整个欧洲打开了神秘的东方之门，成为人类史上西方人感知东方的第一部著作。

著名历史学家黎东方说过：元朝的历史最难读，也最难写，最难细说。读黄华旗这部长篇历史小说前，对于他驾驭这样分量极重的题材有过担忧，细心展读后，才知他采用"弱水三千，只取一瓢"之法，全书以爱情为主线，讲述马可·波罗与阔阔真公主的情感故事，同时穿插各种趣闻，叙述了航海、海洋、港口、地理、气候、动物、植物、中医、中草药等科普知识，读来兴趣盎然。

通观全书，作者截取一段史实：1292年春天，马可·波罗和父亲、叔叔受忽必烈皇帝的委托，亲率一支庞大的船队，从福建泉州港出发，护送阔阔真公主去万里之外的伊尔汗国与阿鲁浑汗完婚。在长达两年又两个月的航程中，经亲密接触、倾心交谈，马可·波罗与阔阔真公主萌生了朦胧又强烈的情感。航行中，马可·波罗向公主及随员讲述种种奇闻逸事，全书围绕爱情主线、趣闻副线，用章回体交叉进行。一个是高贵公主，一个是全权使者，身份悬殊，地位高下，他们能绽放爱情之花？著名作家叶辛在序言写道："可以说是一个带有传奇色彩的浪漫故事。也可以说是一本没有结局的爱情小说。更可以视为一部充满惊险的航海作品。""这个没有结局的爱情故事，最终仍是一曲悲歌。只是没有血泪，没有杀戮，没有刀光剑影。有的只是两位男女主人公心头的隐痛……"这个评论很准确。

小说细说不是戏说，这是黄华旗创作与科普所掌握的原则。黄华旗的细说，体现深入浅出、切合于大众阅读的通俗性。其写作方法采取"观其大略"，而不是"务于精熟"。这些不能临阵磨枪、寻掇捃摭，须出于自己的史学与科学素养，从而左右逢源、曲汇旁通，这需要深厚功底，取这一朝代的重要事件、主要人物，缕而述之，治棼理丝，串置散线，以成规模，这可从作者所写的附录中寻觅轨迹。重要的是，我们看到黄华旗在写作中，大小自如不拘泥，扣住主题得要领，他的依据是，写历史小说在于明源流演变，据以为论，不落窠臼，不显空泛。他按历史事实去写，不造作，无虚饰，放得开，收得住，保持一个科普作家极为严谨又能想象的能力与态度。

打个比方，读此书很像吃一串冰糖葫芦，竹签串的是马可·波罗与阔阔真公主的爱情叙事，冰糖葫芦便是各种琐闻佚事。尽管小说尚存情节罅漏，但对马可·波罗打通东西方文化交流之举由衷敬佩。听说除中文版外，此书还将出版意、英、日、韩语版，我想，这有益于世道人心，而非只历史之普及。

2021.12

注：本文刊《文汇报》，2022.3.7.“读书周报”。

第三辑　人物漫笔

知多世事胸襟广，阅尽人情眼界宽。读书读人，读书识人，两者结合，方取真经。芸芸众生中，或有百合般的典雅，或有水仙般的清纯，或有莲花般的清新，用善良与爱心看待世界，能做到养正气，去邪气；养静气，去躁气；养朝气，去暮气。

油画：生命交响　一生挚爱
——有感于"陈钧德艺术与文献特展"

楔　子

"海派油画大师陈钧德艺术与文献特展"于 2021 年 9 月 10 日至 10 月 10 日在上海刘海粟美术馆举行，这个展览是陈钧德先生（1937 — 2019）逝世两年后首次举办的大型画展，分别以"绵延的师承、教学相长、我以我法探精微、生命交响的色彩"四个篇章，展出了上百件画作和二三百件文献资料展品，全面展现陈钧德的艺术人生。作为绘画艺术爱好者，我于 10 月 7 日观览了画展，虽是外行，但三个多小时的细品，我被陈钧德先生自成一格的画风所深深吸引，折服其以精妙线条、靓丽色块通过独特构图法表现出来的炽热生命力。陈钧德先生着力与创新海派写意油画，执着追求真、善、美的精神境界，不禁使我在他的绘画作品前伫立良久，静默沉思。我谨以此文写出自己的感想，并悼念这位品行高尚、行事低调、性格坚韧、与人为善的油画色彩大家。

经历磨难　艺术发轫

油画，传入中国百年有余。悠悠百余年像一条奔腾不息、宽广辽阔的大河，许多艺术家在这条河上漂移、沉浮、嬗变、冲撞、融合，构成中国式波澜壮阔的奇观。作为外来现代文明大潮冲击乡村中国的前滩阵地——上海，多少时髦的新经济、新生活由这里形成风潮后再辐射内地。陈钧德出生、生活的年代，正处当代中国社会动荡、革命、运动、变革时期，特别是由"文革"到"改革"，陈钧德历经三十余年光景，其实他的"出道"已是人到中年。此前，尽管从小爱好绘画，陈钧德生在一个普通家庭，他的艺术才华被遮掩、埋没，在生活苦难或者说灾难中，如何保持一颗纯洁、积极的爱生命、爱艺术、爱人生的心灵，极为可贵。发轫于苦难、跋涉于坚忍、成熟于变化、终结于宁静，这或许是陈钧德艺术道路的轨迹和足印。

1937 年，陈钧德诞生在上海石库门"旭东里"金神父路 115 号（今石门一路一带）。他祖上与艺术并无交集，只是幼年的时候被大人抱着去看外祖父聚精会神地雕刻石像，令他印象深刻。他的艺术血液里流淌着这座城市的文化基因。应该指出的是，那个年代虽然政治运动不断，生活水平并不富裕，但人们的社会道德观念相对传统，城乡生态自然环境相对封闭，这些，对一个绘画艺术家而言是成长和成熟的必备条件。

陈钧德的少儿时代，他就对路边的梧桐、公园的虫鸣、黄浦江上的船笛、街坊窗口飘出的音乐、自家阳台上眺望的城市天际线等异常敏感，时常因此引发遐想，甚至深陷"白日梦"。20 世纪 50 年代，是苏俄写实主义成为画坛"唯一声音"的年代，他接触的西方现实主义画册，并与身处"边缘"的中国第一代油画家林风眠、刘海粟、关良、颜文樑等结缘，从此开始一条漫长、坚韧的艺术求索之路。他钦佩前辈艺术家既做传播西方传统艺术的"盗火英雄"，又做孜孜不倦地探求西方艺术本土化的"苦修行僧"，他将他们作为自己的艺术楷模，坚定地选择探索东西方文化融合的现实主义的绘画道路，而且义无反顾地前行，不顾荆棘、不理嘲讽，在东西方文化融合的艺术海洋中徜徉。

　　陈钧德自 1956 年考进上海戏剧学院舞美系求学，经历了"大跃进""四清"以及"文革"等政治运动，在部队、工厂、研究所等多处颠沛中，艺术信仰屡受冲击，但他始终不变的，是对油画民族化道路以及艺术真、善、美的追求。他坚持独立人格，为了艺术理想甘愿忍受与整个时代的背离，因而取得卓越的成就。他的作品使用的是无国界的油画语言，但作品却由内而外地洋溢着东方审美意趣和中国人文情怀，其大写意油画看似接近西方表现主义风格，但总能让人一眼认出"This is China"（"中国油画"）。追本溯源，陈钧德通过自己艰苦探索所实现的油画高度，与他求学时"私下"从前辈画家闵希文处提供的塞尚、梵高、毕加索、毕沙罗等画册中得到滋养，后又从颜文樑、林风眠、刘海粟、关良等海上名宿身上得到言教身教的亲炙息息相关，还与他潜心钻研黄庭坚、八大山人、石涛、扬州八怪、黄宾虹、王国维艺术著绘有着渊源。他的绘画，既从外来的印象主义、野兽主义和表现主义汲取精华，又从本土深厚的传统文化中得到启迪。他将二者兼容并蓄，发扬光大，创造出面目辨识度鲜明、美轮美奂、令人炫目的油画艺术，从而开辟了自己的艺术天地。

在陈钧德优美的画面中，流动着一种清新、明快的艺术之感，他在有限空间中表现无限想象，在静止画面中展示矫捷灵动。"秋景堪题，红叶满山溪；松径偏宜，黄菊绕东篱"，油画创作既要火花与激情，更需要积累和沉淀，他的题材无论风物、人物，还是风景、风情，展示出一种超凡脱俗、朗润儒雅，凸显了一种豁达胸襟、高迈人格。也许是画构思巧，技高一着，我在画展中从静物山水、花卉草木，从都市建筑、自然风光，领略到人性的崇高、人间的温暖，体验了作品寓意的一种高贵的单纯和静穆的伟大。陈钧德说："生活的灾难只能使一个真正的艺术家更快地成熟，天才的火焰是扑不灭的。""艺术是需要苦斗的，但是它的根是爱。爱生活，爱祖国，爱在这个大地上生存、发展和变化着的一切，且在画面间以自己的方式赤诚地表现自己想说、想歌、想呐喊或者深埋于心底的思绪，这对我是最痛快的了。""无情不创作。没有激情就不动笔。大写意的画，综合了我的个性、时代性、民族性，这也才是我真正想要的。"确实，对艺术虔诚，需要正心诚意、不容颠顸。在风云变幻的年代，陈钧德抱以"他风雨如晦，我水波不兴；他怒目金刚，我低眉菩萨"的治学、治画态度，矢志不渝地攀登艺术高峰，在岁月和风云的吹刷下显得壮美、巍峨。

交往大师　终身受益

如果说陈钧德艺术生涯经历不幸的年代，那么也有所幸的岁月，坏事变好事，诚如老子所说："生生之道。"众所周知，新中国成立后，受当时苏联艺术的影响，国内画坛呈"一边倒"现象，以写实主义创作为尊。在此时代背景下，热爱西方现代主义绘画的名家也不得不垂头丧气。曾以创办江南三大美专闻名全国的上海美专刘海粟、杭州艺专林风眠、苏州美专颜文樑等在油画教学和创作方面均受到不同程度的冲击。因西方现代主义风格的边缘化，擅长现代主义探索的中国画家们只好改弦易辙，或转入"地下"，在公寓和弄堂深处蛰伏。与此同时，原追随林风眠、刘海粟一脉的第二代油画家赵无极、朱德群、潘玉良、常玉等转去法国继续探索，在国际画坛发出璀璨光芒，成为华裔艺术家的骄傲。青年陈钧德正是在这样的社会背景下，以第三代油画家的年龄与第一代画家刘海粟、林风眠、关良等由此交往，这是幸运的，他得到刘海粟、林风眠、颜文樑三位大师的亲授和言教。我们不妨讲述这样几个故事：

陈钧德在上海戏剧学院求学期间，最喜欢颜文樑的课。陈钧德自己回忆：颜先生讲课像聊天，聊着聊着，便将光影技法等知识讲透了。如饥似渴的陈钧德听了不过瘾，便经常去颜文樑家听"故事"。身为学生，陈钧德长期与颜文樑往来密切。颜文樑有着"天下第一好脾气"，慢笃笃，慢笃笃，给陈钧德讲解绘画的真善美。而"蠢头"（上海话：书呆）性格的陈钧德常常大胆甚至放肆地以毕沙罗、塞尚的主观性去"冒犯"老师，颜文樑永远"呵呵"一笑。陈钧德毕业后，还跟颜文樑保持密切交往，有时一起外出写生。颜文樑的油画细致得"异乎寻常"，而那时的陈钧德对此却不苟同，但他既尊重自己的老师，又不盲从，表现出一股机灵劲儿。后来，每当陈钧德回忆起这段往事，便忍俊不禁。颜文樑逝世后，陈钧德担任上海颜文樑艺术促进会会长，带领颜文樑油画艺术爱好者共同学习、研究，以弘扬光大颜先生的油画艺术。

在与颜文樑成为"忘年交"的同时，陈钧德也得到同为戏剧学院教授闵希文的鼓励和指点。彼时的闵希文在上海戏剧学院做图书管理员，他有一股坚硬的骨气和胆气，别人不敢碰现代派艺术，他不仅在家里继续自己的探索，而且将图书馆里的进口画册悄悄地推介给陈钧德。在那个特殊的年代，闵希文从来未对陈钧德说过一句垂头丧气的话。相反，正是他提醒陈钧德："你可以去找找刘海粟、林风眠，他们旅欧时间长，底子厚……"这句话犹如雷电一闪，瞬间让迷茫的陈钧德眼前一阵光亮：找林风眠！找刘海粟！

与林风眠的交往几乎"风险式"，在"文革"时期，林风眠隐居于上海南昌路的一栋老宅。陈钧德在同学小鲍的帮助下结识了林风眠，于是陈钧德经常拿自己的习作请求林风眠指教。有一次，林风眠在给陈钧德讲评作品的过程中，不惜打碎一只石膏像来启发陈钧德："艺术要给人想象力！"从林风眠的言传身教里，陈钧德感悟到了艺术必须"灵动，透气"。在那个特殊的年代，林风眠还一再提醒陈钧德："要坚持自己的追求，但这类风格的作品，千万不能给别人看，拿出来是要惹麻烦的。"可见，英雄相惜，趣味相投，使得他们在精神气息上彼此依赖，互相需要。同时感悟到，做艺术家注定是孤独寂寞的，而一个耐得住孤独寂寞的画家，才可能创作出一幅幅饱含沉思默想的好作品。而绘画艺术，可以培养人的情操、品质，亦有益于世道人心。

与刘海粟的交识有点戏剧性：当年陈钧德的小妹有个画友叫罗兆莲，她自幼拜于刘海粟的太太夏伊乔门下学习绘画。基于这层关系，在罗兆莲的引荐下，陈钧德便结识了刘海粟，也因此陈钧德有机会与罗兆莲经常碰面，成就了两人的姻缘，夫妻二人一个是刘海粟的"忘年交"，一个是夏伊乔的门徒，两家的关系更加亲近密切。陈钧德、罗兆莲与刘海粟、夏伊乔之间的深厚友情，是"非常时期炼成的"。"文革"中，陈钧德与一度受到冲击的刘海粟来往更加密切，他们每次相聚总有谈不完的话题，曾一起去复兴公园作画，讨论绘画方面的各种问题。刘海粟给予陈钧德许多鼓励和启发。陈钧德一刻都没有放下自己对艺术，特别是现代派艺术的渴慕和热爱，他对于艺术纯粹而热烈的感情如同黑夜中的火烛，也温暖了处于寒冬中的刘海粟。他乐于与陈钧德这个年轻小伙子分享自己的见解，他们有时看画册、弄印章或读书品画，常常刘海粟先画画，年轻的陈钧德就在一边观摩。当年因为崇拜刘海粟，熟悉刘海粟的技法，陈钧德一度和刘海粟画得很像，为了突破，在那禁锢到令人窒息的年代里，陈钧德每天一个挎包、几支最简单的颜料、一个水壶，骑着一辆自行车出门写生，如同着魔了一般，沉浸在自然的造化里，钟情于塞尚等现代派大师的经典中，如同一个无惧在艺术的"汪洋大海"里沉浮着的夜渡人，期待着彼岸的出现。

1978 年的一天，刘海粟在百老汇大厦(今上海大厦)作画的房间刚刚腾出，陈钧德闻讯立即决定去那儿进行写生创作。彼时上海大厦是全城最高建筑之一，也是眺望黄浦江和苏州河的最佳观景地。由于买木材需要凭证供应。陈钧德事先赶至上海大厦，量好货梯搬进搬出可以容纳的最大尺寸，然后赶回家，拆掉睡觉用的床板用来作画。于是，20 世纪 70 年代的代表作《上海早晨》和《苏州河》就此诞生。

春潮涌动　惊醒画坛

英国诗人雪莱云："冬天来了，春天还会远吗？"中国改革开放的春天终于来了，对陈钧德来说，不啻于是一个福音。陈钧德何尝不备尝艺术的孤独寂寞，在 20 世纪六七十年代，跋涉、精研艺术不仅无人问津，而且还得有意识地躲着藏着，其存在感犹如山谷深处的野百合。那时的他，常常仰望星空扪心自问：艺术家为何画画？什么值得去画？在运动不断的特殊年代，树欲静而风不止，没有人能不受外界干扰。但此时的陈钧德，不放弃内心信仰，也不去随波逐流。为了艺术理想，他甘愿投身于"一个人的战斗"。终于熬过二十余年的冰冻，真正感受到改革开放春天气息的冒出，1979 年，陈钧德与一批"边缘画家"勇敢地举办"上海十二人画展"，此展后来被中国美术史反复提及，标志为"美术界思想解放"的先声。在展览中，陈钧德拿出了若干幅并不是他在"私下"探索得最远的后印象派作品，结果出乎意料，极其轰动。尤其他的油画《有过普希金铜像的街》，备受关注和热议。来自各地的无数观众在此作品面前伫立许久，热泪盈眶。1980 年，改革开放春潮涌动。陈钧德敏锐地感受到：中国的文艺春天到了！他产生一个念头，想将自己二十多年默默耕耘所创作的油画作品拿出来办展。可是一个"新人"，谁愿意给他办展呢？关键时候伸出援手的，是在特殊年代共度时艰的前辈。彼时刘海粟已迁居香港，得知陈钧德的想法，立即来函表示"支持"。关良、颜文樑闻讯也爽快同意，只是林风眠"失联"。就这样，"刘海粟、关良、颜文樑、陈钧德绘画展"在上海展览馆隆重举办。这次展览，让艺术回归自身面目，没有任何说教，呈现的是纯粹的审美和情趣，是真正的现代派艺术。融冰之展，消息不胫而走，中外观众潮水般涌来。

1985 年前后，是中国美术界最为喧嚣、动荡、自由的年代。一股新生的锐气和活力冲击着画坛旧有的传统。史称"八五新潮"兴起之时，成了彼时吸收西方视觉文化、颠覆内地僵化观念的一场"革命"。这时，已在现代主义绘画领域跋涉二十多年的陈钧德，此刻则深潜于八大山人、石涛、扬州八怪、黄宾虹、王国维等人的作品或著述中。在这次《陈钧德艺术与文献特展》中，从家属整理出的文献里，人们还看到陈钧德与张伯驹、徐邦达的交往，看到他曾经受到巴金谦让买到一本自日本进口的限量版塞尚画册(如今展放在巴金故居)，看到陈钧德在徐邦达的帮助下曾快乐地被"反锁"于故宫雕像馆。由此可见，陈钧德与前辈的交往，不止是通常人们所理解的师生关系，更多地表现为"忘年交"，共同的信仰，使得他们并无隔阂与代沟。难能可贵的是，在现代主义艺术领域浸染二十余年、养成深厚内功的陈钧德，这时比以往任何时候更追求民族性、独创性。这是他的先锋之处和超越之处。当鱼龙混杂的"新观念"滚滚来袭，陈钧德恪守"艺术的真诚"，而孜孜以求"世界油画，中国表达"！

对《陈钧德艺术与文献特展》，中国美术学院前院长、美学教育家许江教授总结出陈钧德艺术生涯具有三次明晰的变化节点，不妨录之：

第一个节点是 20 世纪 70 年代末。那是改革开放的初期，各方面呈现出时代性的巨大变迁。这之前，陈先生师从刘海粟、颜文樑、林风眠，与这些大师有着深厚的友谊、莫逆的交情。艺随情动，作品可见陈先生早期艺术带着上海的都市写意传统的影响；他以后印象绘画方法临画的中国传统山水册页，色彩亮丽，气韵迴转。如此广度的跋涉，如此充满深意的跬积，为他打下变革的基础。也正是那个时代，西方现代主义早期绘画如汐而入，如潮汹涌。陈先生的色彩为之一亮，绘画的方法也在变化，专注于色彩，将对象一组一组、一片一片来画，笔色无不涌动着激情。这一阶段的代表作有《有过普希金铜像的街》《复兴公园雪霁》《上海的早晨》等。

第二个节点是 20 世纪 90 年代，其间有两次重要的出行。一次是到云南的大等喊傣族村寨（中缅边界交界）。陈先生站在这片奇异的土地上，仿佛一脚踏在傣乡，一脚踏在缅甸。红土绿植的对比让他震颤。他整整琢磨了十年，手下的用笔和用色纷纷松放开来。另一次是巴黎的远行。这次远行不幸造成了骨折受伤，却又幸运地被迫直面画布和速写，默画心中所见。陈先生深有感触地写道："作为画家，本不应该以如实地去描摹自然造物的表象为满足，他总要在感觉'可视'事物的同时，去追寻那些'不可视'的东西。"这种可见与不可见之间的感悟，让陈先生的观看从景象再现中跳出，呈现从于心的排列，画风为之一变。

第三个节点可以说是新世纪之后，也可以说是漫长的磨砺与积累，他的个人风格渐渐强烈起来。长期的东方与西方的游弋，让他悟到了"迷白"之法。在油画的尚黑尚重的界域中寻"迷白"，胆子是很大的。早在 1986 年表现陕西咸阳乾陵的《帝王之陵》中，陈先生就以滞重的"迷团"让千年古陵发出光来。这"迷团"如火如炽，如梦如幻，开启了一条新路。与此同时，他对景物的排布，愈加自由，呈现一种立山的效果。叠岫层云，中国山水绘画让山壑叠然而起，以烟云浮腾，营造层次。陈先生的绘画由此步入中国式表达的境界。（参阅许江：《放布云山　踅积新峰——写在〈陈钧德艺术与文献特展〉观后》，刊 2021 年 9 月 28 日《文汇报·笔会》）

中央美院院长、中国美术家协会主席范迪安教授在展览序言《生命意态　时代华章——论陈钧德的艺术创造》中则指出，陈钧德的艺术彰显出"都市田园"的精神气象。陈钧德先生长期生活在上海这个中西文化交汇、当代发展强劲的大都市，与许多画家在精神上从都市出走的艺术观不同，他的精神落驻点没有离开都市，而是通过对都市蓬勃生机的感受，丰富自己的现代形式感觉。他的许多画作是关于都市的，但不是一般地表达都市的景观，而是摄都市身影的形式美、结构的丰富性和整体意态的生机。他也同时把都市当作家园看待，把对自然的感受展示于都市的描绘之中，从而体现了一位当代艺术家的"新都市观"。另一方面，陈钧德还有许多作品画的是远离都市的田园风光，但在极为畅快的营构中，也叠印出都市生活体验给予他的形式意象，用点、线、面交织成富有快节奏和混声交响的视觉旋律。在当代油画特别是油画风景中，像他这样把"都市"和"田园"作等量齐观视角和绘画方法足以给人以启益。他在热闹繁华的都市中穿行，在风情万种的异域中游走，如同在高山流水间行吟，用斑斓交叠的色块将自己的阅览演绎成一幅幅充满生命律动的画面，明快的格调既是活力与生命的表征，又体现出其积极乐观的人生观和艺术观，这在他描绘静物和人体写生的作品中同样有体现。因此，无论所画对象有何差异，抒发感性的用笔、遒劲有力的笔触加之深厚的色彩控制力组成了陈钧德对生命的咏叹。范迪安教授这样的评述，文字精当，恰如其分。

守正创新　突破迷白

陈钧德早期受欧洲现代主义影响至深，其 20 世纪六七十年代的作品，最受林风眠、刘海粟、关良、颜文樑、闵希文等肯定的，就是其运用色彩对于自然光影的表现。不过，人们却不知青年时期自傲于色彩敏锐的陈钧德，曾一度有过陷入"色彩的沼泽"而无力自拔的困惑。这要从 70 年代中期说起。那时陈钧德与好友结伴游历云冈石窟，那里的雕像和壁画令陈钧德感到无比震撼，他一度怀疑：自己是不是过于追求色彩表现了？是不是成了大自然光影的奴隶？原因就在于，他所目睹的蔚为壮观的云冈石窟佛教艺术，令他意识到"无色之色最有色"，艺术的最高境界是"品格和灵魂的再现"！

自山西大同返回上海后，他几近"抑郁"，深陷思想的"沼泽"，刘海粟得知真相，及时"拉"陈钧德一把，指出，对于油画而言，线条是骨架，色彩是血肉；你眼里看出云冈石窟壁画看似无色最有色，理解是深刻的，但不必因此而简单化地否定自己，更不要轻视色彩的价值。刘海粟的一番提醒，令青年陈钧德顿时豁然开朗。此后，陈钧德结合云冈石窟感悟，开始继续攀登色彩高峰。他曾试图在刘海粟、林风眠、关良、颜文樑等前辈绘画里寻求色彩突破，却未能如愿。后来他另辟蹊径，在画布上实验各种油彩组合，渐渐地，曙光显露。譬如，在色面运用上，于深颜色里大胆嵌入白色，而此时的"白"不是稀薄的，恰恰是浓纯的、厚实的。这样一来，整个画面因为有浓纯之白的催化，五颜六色都被激活了，画面显现高和远气息。又譬如，他在实践中发现，色彩过渡不必遵循"规律"以明暗推移，运用色彩变化进行的意象表现更显出神入化。

上海戏剧学院前党委书记、美学教育家戴平教授讲过这样的故事：陈钧德创作的油画已经越来越摆脱了传统油画的写实的定格，越来越喜欢无拘无束地表现内心所感的东西，在画面上获得了更充分的自由。陈钧德认为，作为一个艺术家，到了成熟阶段，画画实际上是画修养、画感情、画生命力、画人格。他的作品《白马莲池》，画了一间临池竹楼，竹楼旁有几棵变形的树，池塘里长出几枝硕大的莲蓬，而在莲池边画面最显要地位，则站着两匹白马……陈钧德去过云南傣族村寨写生，宁静的亚热带田舍环境，圣洁的莲池，使他若有所感。回来以后，根据心中的意象，又加了两匹健壮的白马，构思了这幅画。莲花是佛教所推崇的一种花卉，具有超凡的意味，白马同样具有纯洁和充满活力的象征意义，唐僧西天取经，骑的也是一匹白马，农舍上空是大片的白云，画面上对比强烈的色彩，似拙犹巧的笔痕，动静结合的构图，形成了独特的画面张力，感性中藏着理性，运动中隐有静思，给人以无穷的遐想。陈钧德爱用圆头油画笔和原色作画，粗线条，大色块，在画布上尽情地倾斜自己的心绪意趣，人们称之为中国化的写意抒情油画，在其根底里蕴含着传统中国画的写意的艺术特色。戴平教授的这个故事让人联想许多：对陈钧德善用色彩语言表达的油画家言，为何要画白马、白莲、白云……对一个优秀的油画家来说，他的作品是追求性灵、志趣、新奇的意蕴、内涵，更懂得用好色彩，重视色彩，不滥用色彩，而黑色，也是一种色彩，为什么偏偏喜欢用白色？作为风景，陈钧德善用绘画色彩语言变化，颇值得研究。从早期师从各位大师理解中国意境，到对西方印象派之后大师的表现追求；从油画表现、抽象诸法的揣摩到中国山水烟云的观照；陈钧德一步步地深入风景写意的核心，剥开遮蔽着绘画气韵的东西，用作品阐发语言表现的精微。他的变法往往是反其道而行之：众人尚黑，他却"迷白"。用"白"来勾联景象，用"白"来表达悠远。众人喜欢油画笔刷得明快，他却喜欢画团团，圈圈点点，涂抹点染，肆意汪洋。陈钧德由白入简、由简蕴白，让人想到张岱《湖心亭看雪》所言："雾凇沆砀，天与云与山与水，上下一白。湖上影子，惟长堤一痕、湖心亭一点，与余舟一芥、舟中人两三粒而已。"如此纯然的空蒙迷远，正可作为陈钧德的山水云林之观。他这样做，是在蕴意，是在放意，放到云起之时，一把抓住。逮这个意，第一要快，眼手俱快。第二要准，好如火中取栗，既准又狠。第三要松，不能抓得死死的，手要烫坏。陈钧德把握得好，所以他晚近之作，云抒浩气，放怀天性。（许江教授语）

陈钧德内心其实抱定这样的思想：外国的永远属于外国，别人的永远属于别人，而我陈钧德之所以是陈钧德，必须探索出带有中国文化特质、属于自己独有的绘画语言。那究竟是什么呢？诗性文化？老庄哲学？笔墨意趣？谋求突破的过程艰难而痛苦。他矢志追求：色彩美，笔法也美！在他看来，虚实相生，借画抒怀，写实就是写心，写意就是写情，构图、线条、色彩、气韵，正是油画的立身之本、治艺之基，其构图简洁、线条流畅、色彩靓丽、气韵生动，须强烈精妙、皆成妙境，而景物、人物，实际上也是心灵的肖像。有关色彩和笔法，他的体会是："色彩不是孤立的，孤立的色彩没有生命，有生命的色彩是与思想、情感融合的。笔法亦如此，有生命的笔法才是鲜活和动人的。"从整体上看，陈钧德的绘画，表面纯净、抒情，骨子里却透着强悍、老辣。在六十余年艺术生涯里，陈钧德以矢志不渝的理想和虚怀若谷的真诚，将落寞、激愤、忧伤等转化至平朴风物，寄寓真切的情绪与深刻的哲思。他独创的绘画语言，已经成为中国油画史上极为鲜明的艺术符号，也将海派油画发展推向了一个崭新的高度。

我们可以把陈钧德形象地作出这样的比喻：在他案头，堆放着东方、西方两座文化山峰的瑰宝；他的精神在文化比较的大河中自由游弋。他饶有兴味地探索"疏处可走马、密处不透风"的意趣，他一边听"交响乐"，一边在画布上涂抹，任由积淀脑海深处的山林云水意象化成一团团色块。仿佛得到神助，突然有一天，陈钧德独创出一种在中外油画大师里从来没人画过的"迷白"法，运用此法能描绘出罕有的高与远的气息。艺术便是如此，出其不意的效果往往伴随无数次的失败尝试而来。自此以后，陈钧德"迷白"法异军突起、独特创新，其线条更显强悍，色块日趋抽象，海派第三代油画大家由而代有才人、引领风流。

海派写意　名至实归

有人把中国文化比喻成一棵大树，京派文化，犹如大树的树干——坚毅而挺拔；海派文化，犹如大树的枝叶——繁茂而苍虬；长安文化，犹如大树的根基——古朴而深邃；岭南文化，犹如大树的新花——婀娜多姿而娇妍。当然，任何比喻都不可能十全十美。不过，称"海派"，这个词汇，最早就是出诸绘画。海派美术的生命力，即在于它能博采众长，善于从西洋各画派、传统中国画和民间艺术中广泛吸取营养，它没有躲进士大夫的象牙之塔，而是顺应了时代的大众趣味，并延伸到现代绘画领域，具有开放、革新、中西交融等特点。简单地说，海派文化、海派油画，实际上做到大俗大雅、雅俗共赏。

范迪安教授还这样进一步评价陈钧德："他在热闹繁华的都市中穿行，在风情万种的异域中游走，如同在高山流水行吟，用斑斓交叠的色块将自己的阅览演绎成一幅幅充满生命律动的画面，明快的格调既是活力与生命的表征又体现出其积极乐观的人生观和艺术观，这在他描绘静物和人体写生的作品中同样有体现。因此，无论所画对象有何差异，抒发感性的用笔、遒劲有力的笔触加之深厚的色彩控制力组成了陈钧德对生命的咏叹。""陈钧德的艺术是'写意油画'的成功范例。在'写意油画'这个概念成为画坛共识之前，陈钧德就有这种艺术取向并持续展开研究和探索。他对西方现代艺术中的表现性风格有着浓厚的兴趣与深入的研究，放笔直抒胸臆，勇于表达自己丰沛的感性，在色彩的浓烈度和线条的表现力上尤为突出。另一方面，他秉承中国绘画传统中'澄怀观道'的理想，在继承中发挥，也即以一种现代的'天人合一'意识看待自然与感受自然。在表现自然景色之际，重在表现自己诗性的情怀，营造作品的意境，把书写性的油画语言和体现自然物象的生命华彩结合起来。中国现代以来的很多油画家都曾进行过这个课题的试验与研究，而陈钧德先生继往开来，成功地将传统的文人精神来自西方的油画形式融为一体，达到了新的高度。从他的一系列风景、静物作品以及人体写生来看，这种融合非简单的对接，而是综合考虑二者可能的兼容性和合适的切入点之后而生发出的一个统一的、具有现代特征有机体。他的作品充满了'写'的兴味和'生'的意趣，也创造了'写'的个性笔调和'意'的隽永内涵。在今天'写意油画'成为中国油画一种新的文化自觉之时，更可见陈钧德先生作为拓路人和同行者的贡献。"观看整个画展，范迪安教授的作如此评价是准确的。

其实，陈钧德是将"写意油画"和"海派油画"交融、糅合一起，我的理解是，写意不是随意，它有自己的规律、规范、规矩，海派不是杂派，它有自己的流派、流畅、流传，它们主要体现"都市田园""都市风光""都市情怀"，于尺幅之中，寓隽永意境，创作特征体现一种激越、一种稳健、一种简约、一种深芜，所有这些，难以言表，一锤定音。若真要用美学观点表达，其中有两条，一是如何根据中国社会的现实需求对油画这种外来语言进行"中国式"的改造，以中国文化、东方文化的传统精神作为创造的精神基础，探索油画艺术风貌中的中国气派，使中国油画真正具备中国文化的内在品质；二是如何不受各种艺术潮流的左右，在创造的积累中坚持自己的个性表达，使艺术的个性从自己的心灵世界中自然而然地生发出来，建立自我完善的艺术世界。很显然，陈钧德在这两个方面都有清醒的认识与高度的自觉。陈钧德曾对戴平教授推心置腹地说过："三百年前石涛、八大山人的画论与画作，比塞尚、马蒂斯早二百多年，但毫不比他们逊色，中国绘画大师早就深刻地悟出了一个艺术家应当怎样来表现自己想表达的情思。实际上法国的野兽派、马蒂斯们是在向东方精神靠拢。"陈钧德庆幸地认为，在戏剧学院这个环境中工作，对他走"写意油画"的道路实际上也起了推动作用。戏剧是一门综合艺术，20世纪以来，戏剧观念发生了质的变化，尤其是表现主义戏剧的崛起，强调表现人物的内心世界，使陈钧德大为赞赏。在戏剧整体创新发展的流变中，舞台美术又往往是走在最前列。英国著名舞台美术家阿披亚有句名言："不要去创造森林的幻觉，而应创造处于森林气氛中的人的幻觉。"这句话，同陈钧德的观点一拍即合。戴平教授这样说道：陈钧德的奔放潇洒、充满东方灵性的写意、抒情风景油画，使他在当今群雄如林的画坛上成为佼佼者。陈钧德作为当代海派画家中屈指可数的杰出人物是当之无愧的。

陈钧德六十多年艺术跋涉所取得的成就，体现出油画民族化探索的高度，其作品早已载入史册，其美学价值正被不断地开掘和总结。《陈钧德艺术与文献特展》其实只是遴选陈钧德部分作品和文献，见一叶而知金秋，窥一斑而知全豹，陈钧德在海派油画史上展示的灿烂一页，正是上海乃至中国的艺术荣光。

画坛评价　梳理脉络

解落三秋叶，能开二月花。对如何评价陈钧德来说，用一句话可加概括：一幅好画，胜却千言。他，性格内敛、笔法慎重；他，师古创新、出神入化；他，命运多舛、浸润既久；他，潜心砥砺、终登佳境。最让人敬佩的是，他不为外物所累，不为世誉所牵，处世为人极为谦和、低调。参观《陈钧德艺术与文献特展》，使我想起往年旧事：大约在 2014 年左右，因为撰写有关颜文樑先生的学术文章，想拜访陈钧德，电话打到他家里，家人总回答他或出差、或外出画画，云云，我不知他是否有意回避新闻界采访还是无意碰巧不遇，但他不愿谈论、评价自己，甚至不接受陌生人采访，在画界是出了名的。不管怎么，陈钧德的画风、画品在画界却是最出色的，说是海派油画第三代的杰出代表，无疑为各方接受。我读范迪安的著文，其中这样写道："陈钧德先生的油画似乎一开始就表现出成熟的而且非常个人化的面貌，几十年来，他的作品几乎没有风格上大的变化，只有风格的不断展开，不断走向更开阔的境界。正像他油画表达的主题多为自然风景一样，他的艺术世界是一方丰富多彩而又自立自为的风景。从艺术历史的渊源到他个人禀赋的流露，从他感受外部世界的方式到鲜明的表现语言，陈钧德的艺术透露出中国油画家在文化上树立时代理想又不断地追求自我风格完善的历程。"这让我由此受到启发。中国油画学会前主席、曾长期担任国家级油画展评委会主任詹建俊则在《看陈钧德的画》一文中指出："他的艺术创造既尊重又不拘于对绘画艺术中各种规律和法则的运用，而是重在构建作品的境界和意趣更突出有中国绘画的写意精神。其中，对比颜色的色彩运用、洒脱灵动的绘画手法和意韵隽永的审美情趣，使得陈钧德先生的油画作品特别彰显出中国绘画精神之美的艺术特色。这是他作为一位中国油画艺术家在个人的艺术追求与探索中所取得的创造性的成就，同时也是中国油画艺术发展的成就。身为海派油画艺术的继启者，陈钧德继承了中国第一代油画家的精神和品格，又在美学方面实现了创新和突破。他的绘画语言，已成为中国油画史上极为鲜明的艺术符号。"这些评价非常中肯、到位。

其实，这个展览不仅让我们如见陈钧德先生其人，更让我们看到他所成长的时代；这个展览不仅是陈钧德先生艺术的深度回顾，又可看出改革开放四十多年中国油画的历史脉络。通过这个展览，我们对陈钧德的艺术之"意"看得更通透。许江教授提到，20世纪七八十年代，后印象的光色方式让色彩为之一亮，我们有许多老师就走到这里为止了。陈先生却接着走遍大地，从亚热带的激情异域的绿树红土之中，找到松快的对比；从可见不可见的感悟中跳出景象记录；从一系列山峦叠嶂的默写中排布云海。在这过程之中，陈先生做了大量准备的工作，光黄山云海就画了不少晴阳之变。最后进入迷白、迷团的语言世界，让油画亮起来、动起来。这云山横布，让画立起来；这叠嶂层云，让烟云成为主体。陈先生一步一步抓住自己的意境，走向中国色彩表现的高峰。其外，中国式写意的开创性贡献，陈钧德中国传统绘画始终重气韵，讲生动，强调"以气韵求其画，则形似在其间矣"，陈钧德先生在这方面下很深功夫。他不断地放意、逐意，让情意满于山、溢于海。在他海量的写生之中，总是想着让万物立起，澄怀以味象，让油画滞重的笔松快起来。在他的各类"山林云水"中，各种绿、各种青在流溢，粉青、豆青、梅子青，仿佛把中国夏天的绿都装在了画里边。从这个展览中，我们看到的不仅是一个画家个人风格的日臻完善，更是一种艺术语言的深刻变迁。

遍览他不同时期的作品，可以清晰地感受到，陈钧德在燃烧自己。他还从绘画对象中精炼出极纯、极浓的美，这种美绝非世俗意义上的，而是文化和精神上的。这种美能荡涤人性因物欲横流、名利争夺而形成的污浊，超然地体现出普遍意义上的真、善、美，让世人得以心灵净化。应该提及一笔的是，陈钧德不仅是杰出的油画家，也是出色的美术教育家。在三十多年教学生涯里，他积累了丰富的教案。他在素描、写生、色彩、构图、创作等方面传授的远不止是知识和技巧，还有艺术精神和美学主张。他背着画具跋山涉水，带着学生四出写生，他说："我深深地爱我的祖国的大好河山，对每一处景色我总由衷地感到亲切、自然。"并以黄宾虹先生的话"中华大地，无山不美，无水不丽"来激励自己用画笔表现对祖国的恋情。他驮着五尺见方的画框和几十公斤的画布、画具，攀登黄山天都峰时，被人们戏称为"扛着门板上黄山"的画家。他面对狂风暴雨支起画架，任凭瓢泼大雨淋透全身，等待着描绘雨过天晴那一瞬间的奇妙美景。他潜心寻找西方现代表现派艺术大师与中国的八大山人、石涛、扬州八怪之间的相通之处。厚积而薄发，融中西艺术于一体，脱颖而出。每每阅读，令我们眼前立刻浮现"活灵活现"的陈钧德。

生命不息　精神永存

参观《陈钧德艺术与文献特展》让我最动情、动容的一幕是，就是陈钧德病后，依然不忘油画，坚持画画，仿佛他的此生就是为画画而活，画画即是生命。在生命之火渐渐微弱的日子里，他每次慢慢移步到工作室，于画板上挤好颜料便感力气耗尽，万般无奈之下只得回卧室躺下。我细看一幅油画，从介绍中得知画中那束紫色"勿忘我"是学生买的，"勿忘我"巧合了陈钧德的心境，所以他忍着病痛折磨，拼尽全力，画得意味深长。从这幅陈钧德没来得及题款的作品里，我们仍能感受他忍着病痛折磨所传递的生命温热。当艺术家生命之火行将熄灭，画面却依然蓬勃灿烂，生机勃勃，色彩格外鲜亮，那是生命在纵情歌唱！

陈钧德是 2016 年被查出疾疴的。当病魔导致他身体日趋衰弱，他仍然坚持画画，实在无力站立在画布前，就倚靠椅子或沙发进行油画棒创作。在被医嘱可以"稍作走动"的一段时间里，因为没有气力，画不动布面油画，他便采用油画棒，开始了"海上秋韵"系列纸本的创作。

他心里明白，病重了，知道来日无多，但陈钧德仍然顽强地撑着病体去画，因为这就是他的生命、他的生活、他的所有一切，还是"一个人的战斗"！于是，他儿子开车载他和画具到达上海多处。此时的陈钧德，坚强地熬着，顽强地画着，在纸本上留下了他对上海这座城市的深情眷念。他一生里画过不少上海街景，这次则带着惜别的意味。有一次他谈到《海上秋韵》创作，一度哽咽，热泪盈眶："我的生命，只为艺术而燃烧！"这段时期的纸本创作，是生命交响，辉煌至极。有评论家指出，陈钧德布面油画获奖颇多，也获得很多评价，但有一点似被评论界"忽略"了，即他在纸本油画棒创作上同样有突破性成就。众所周知，油画棒的固体性很难"调和"，想从大块面色彩重叠中产生间色、复色的光影效果，困难至极。极少有画家运用油画棒进行创作并使其艺术推向高度，但陈钧德做到了。陈钧德"晚年"涉足油画棒创作，似乎唤醒了这一画种的灵魂。当纸面油画棒被视作独立于布面油画的创作表达，他的功力发挥得淋漓尽致，不仅吃透画材属性，大胆地创造技法，且充分体现了他对纸本、对油画棒的独特认识和别样体悟。他在纸本上寥寥几笔便表现质感、色感和意境，看似随意却精到的布局和安排魅力无穷，引人叹为观止。

陈钧德在他最后的那批纸上作品中，一定是彻悟了什么，所以他信马由缰，抓住了最为精微的东西，那般快意，那般松适。这些画，全然不似濒危之作，却给我们浩然大气，无限生机。天地壮哉！ 以鸟鸣春，以雷鸣夏。陈钧德以此陶然之作，鸣生命之不尽追求，让人由衷感喟艺术的永生！此刻，我站立在这幅陈钧德生前在油画布上绘制的最后一幅油画《勿忘我》作品面前，欣赏着这幅饱含沉思默想的无言之作，体验一种"夏花之绚烂，秋果之静美"的风味，呈现一种"密度甚大的流畅，超越丰富的明朗"的画风，我绕到作品木框后面，看到背后竖写着这样的文字："重病之身，竟能以作画慰藉支撑，何来精神，扪心自问，都是自己对艺术的一片赤诚之心！是的，我以真诚去把握生命，以艺术燃烧生命，直至生命之火萎熄……"我不禁眼眶湿润，敬佩他真正做到了"生命不息，奋斗不止；画笔不停，精神永存"！

综观展览，可以看出生命与色彩，是我们理解陈钧德的关键词。他非常强调"情""心"在创作中的重要性，而这些概念全然来自中国绘画。王国维先生云："一切景语皆情语。"即是对"借景抒情"由衷诠释，亦是对"境由心造"更深层感悟。其画作师自然，又画外求画之境。陈钧德遵循前辈们的油画传统，以求激奋人心之活景、情景、心境。著名油画教育家闵希文评论："陈钧德对景物的理解和感受，是他个人的狂热和激情的表露。所以我们可以说，这不像是用笔在作画，而是画家自己的灵魂在涂抹，是画家下意识的映照。它达到了忘我的境界，一种认识的结晶，一股奔腾的激流，一个时代的律动。这里无所谓西画或中画，它们已浑然一体。艺术家已把自我溶入大自然之中，使自我吻合时代的美感，蕴含着民族的气息，包容着人类的原体，领悟着生命的妙谛。"而中央美院前院长靳尚谊教授更是一语中的，他评价道："陈钧德先生油画带有鲜明表现主义特征，却又洋溢着传统写意趣味，即葆有西方油画质感，又体现了东方审美精神，艺术面貌个人特质相当清晰，实为难得。"可以说，陈钧德的作品就是如此这般充溢着生命律动和无可言状的心灵之声，他留给后人的画作、精神，将彪炳史册！ 陈钧德精神不灭，陈钧德永远活在我们心中！

2021.11.7

注：展览由中国油画学会、上海市美术家协会和上海戏剧学院联袂主办，鲍薇华任出品人，靳文艺、丁曦林、郦韩英共同策展，尚辉担任学术主持。本文写作得到傅露佳女士帮助，以此鸣谢。

《汉语大词典》编纂采访忆旧

　　也许是做文字工作的缘故，我对从事语言文字研究工作者非常敬佩，尤其对编纂字典、词典的专业人员更佩服得五体投地。大概在 20 世纪 90 年代初，我的同事打探到一条消息，说上海与华东五省（福建省后加入，应该是六省）正在编一部大词典，恰好新闻编辑部里有位主任曾是一所上海市重点中学的高中语文教师，他怂恿（准确地说是鼓动）我去采写这条消息。当时我对语言学界情况不熟，也不知天高地厚，便兴冲冲地走进上海新华路 200 号这座古色古香的优秀近代建筑物，当时挂着汉语大词典编纂处、汉语大词典出版社两块牌子，其实是一套班子，不过其后面的学术顾问团队特别引起我的注意，他们均是我国著名一流学者，从《工作简报》看，人数达几十位，而词典主编是赫赫有名的学界老革命、老前辈罗竹风。

　　我觉得要采访这个重大题材，颇有难度，于是打迂回战，先结识出版社总经理，因为他管发行这摊，我与编辑部主任先后去几次拜访这位总经理，他很客气，热忱接待我们。后来我们又接触时任出版社社长兼总编辑的王涛，这位北大中文系毕业的高才生，谈吐虽有点口吃，但很快表示欢迎采访，还安排出版社办公室副主任周澍民（20 世纪 80 年代初毕业于复旦中文系语言文字专业，后来我们成为挚友）作为对接，负责采访、人员、座谈、资料等事宜。说心里话，对这样重大题材我有畏缩情绪：一是我对这方面的专业知识肤浅，二是这方面的人脉关系缺乏，三是听说 1993 年《汉语大词典》编纂完毕将分别于 1993、1994 年出齐 12 卷（另再有附录·索引 1 卷），这样的任务实在重大，于是我便联络《文汇报》著名记者郑重，请他来担当此重任，缘由是他的新闻通讯、报告文学在全国是一流的，写过不少名作，很有影响力。其实，在我心里还有一个小算盘：他时任《文汇报·独家采访》主编，处理稿件的主动权、把握性都大。

郑重老师很仗义，听说这么个题材，应我之邀，我俩就到新华路 200 号直接与汉语大词典编纂处、汉语大词典出版社领导商谈、叙聊，对方很客气，谈毕后又请我们小餐，气氛亲和，我趁时向郑重老师提出请他执笔，我做"跑腿"的事，不料郑重老师用浓重的安徽口音说道："这个采访，你完全可以嘛！""我给你三个月时间，写一篇长篇通讯！"说完，似乎没有商量余地。对方领导很高兴，说就这样定了，我们编纂处、出版方全力配合，需要采访哪些人，包括学者专家，我们派人陪同；其间他们透露：1994 年待《汉语大词典》出版全部完成，他们打报告向中央提出申请，要在人民大会堂开新闻发布会，也为全体编纂人员举行庆功会。

对郑重老师的推荐，我始终推诿，在返回单位途中我还是说，搬你郑老师做"救兵"，怎么推我"应战"？郑重老师笑道："没有关系，你可以写！"见实在推脱不了，我只能说："我要使'吃奶的力气'写了！"想想也是，这类题材不写会错失机会，尤其错失与那些语言学名师大家交往的机缘。好在部门支持，于是我脱出身来，在周溯民的配合下，经过三个多月全国各地奔波采访，掌握不少第一手资料，对编词典的繁复工作有了切实体会。那时没有计算机，许多书证资料都是查原书，然后一张张抄在卡片上，参观《汉语大词典》资料室，会被眼前的景象怔呆：在一间偌大的办公室，一个人占据着一个角落，资料员、编辑们埋头于堆积如山的书籍、报刊、稿件中，露出了一个个低垂的脑袋，他们在书山稿海中"探宝"……

在 1993 年、1994 年间，我不间断地跑在全国各地，终于了解到这部巨型词典编纂的艰辛、困苦：这部历时 18 个春秋、凝聚着 1 000 余位学者、专家和语言工作者的心血的巨型辞书《汉语大词典》问世，意味着在汉语发源地的中国，对词语的发展演变终于有了全面、科学、历史的基本总结。正如中央领导指出的："出版发行《汉语大词典》是国家的一件大事，是国家文化建设和精神文明建设所取得的一项重要成果。"中国知识界纷称这是一项"新中国成立以来最大的文化建设工程""成为辞书界一座新的里程碑"；海外知识界也予以极大关注，称赞《汉语大词典》是"中国辞书史上的典范""耸起中华民族的文化长城"；联合国教科文组织已将它列为世界权威工具书之一。

一个民族和国家发展到一定强盛阶段，都要着手整理本民族和国家的语言文字，编写大型语文词典，使民族和国家的机能发挥得更趋完善。西方发达国家在 19 世纪和 20 世纪初，就着手并完成这项工作。如《牛津英语大词典》，从 1858 年收集资料，1879 年开始编写，到 1928 年 10 卷出齐，整个编纂过程历时 70 年；《德语词典》（16 卷）用了近 100 年；俄罗斯《大科学院词典》花了 50 年；相比之下，我国《汉语大词典》有些姗姗来迟，但毕竟完璧面世了，花 18 个年头走完人家走了半个多世纪的路，实属不易。《汉语大词典》共收词语 37.5 万条，约 5 000 万字、2 253 幅插图；此书古今兼收，源流并重，集古今汉语语词之大成；其规模巨大，质量上佳，能与国际上同类词典相媲美。

1994 年三四月，我来到上海华东医院采访因病住院的著名语言学家、《汉语大词典》主编罗竹风，他不无感慨地说："编这部词典，是历史赋予我们的一个机遇，18 年来可谓有难同当，同舟共济，没有党中央的领导与关怀，没有华东五省一市的共同协作，没有老中青三代人的齐心努力，大词典很可能半途夭折。"1994 年 2 月中旬，在北京采访著名语言学学者、《汉语大词典》首席学术顾问吕叔湘时，这位 90 高龄的老人同样深有感触："这项工程浩大，不容易。""编纂中尽管走了些弯路，这么大规模难免还可挑些毛病，但总体要比日本《大汉和词典》、台湾《中文大辞典》的质量要高，这是今后大家都会肯定的。"

当年《汉语大词典》工委会主任已换三届，原国家新闻出版署副署长、大词典工委会主任刘杲则说："编大词典的历程用图来表示，是一条上升的曲线。""可用'备尝艰辛'四字概括。"

　　编纂《汉语大词典》起始于 1975 年。这年，邓小平同志复职出来主持中央工作，给国家带来了转机和希望，知识界为之振奋起来。该年夏季，国家出版局和教育部在广州联合召开"全国词典工作规划会议"，会上制定了编写出版 160 种词典的十年规划，其中语文词典规模最大的一部是《汉语大词典》。规划送呈国务院，经邓小平同志审阅后又送给病重住院的周恩来总理。周总理抱病审阅并批准了这个规划，还在报告上写了"因病在我处压了一下，表示歉意"。殊不知，这是周恩来总理亲自批示的最后一个有关出版工作的文件，当人们知道他身患绝症，在病情非常严重的时候仍然关心辞书出版，禁不住潸然泪下。9 月间，国家出版局在上海召集江、浙、鲁、皖、沪省市有关方面负责人会议，商定《汉语大词典》由华东五省一市（后福建省也参加）协作编写，上海负责出版；并专门成立了编写小组（后改为工作委员会），由当时国家出版局代局长陈翰伯任组长。

　　1978 年至 1979 年间，胡耀邦、胡乔木等中央领导亲自过问和批示，进一步明确《汉语大词典》代表国家水平，列入国家重点科研项目。华东五省一市（后福建省加入，为六省一市）领导也从人员、场地、经费、职称、生活等各方面给以具体关心和落实。1993 年 11 月 14 日，中共中央政治局委员、中共上海市委书记吴邦国指示："《汉语大词典》是一宏大工程，积累了大量资料，是一大财富，工作继续下去，政策上要支持，工作做好了，是对中国文化的一大贡献。"说到这些，大词典编纂人员、工作人员体验十分深刻：没有党和政府支持，个人力量再大也无济于事。

《汉语大词典》有着博大精深之誉，具体表现于编纂队伍阵容强大，实力雄厚。大词典由全国著名学者吕叔湘、王力、叶圣陶、朱德熙、陈原、陆宗达、张世禄、张政烺、周有光、周祖谟、姜亮夫、倪海曙、俞敏、徐震谔14人组成学术顾问委员会，由72位汉语学家、学者组成编辑委员会，还有六省一市几十所大专院校的语言学工作者作为主要编纂人员，荟萃这么多一流人才编纂一部词典，为中国辞书史上创举。打个不恰当的比喻：这部词典正似"千人糕"，千锤百炼，千糅万合，出于众手，如出一手，融进了多少人的心血汗水。为喝一杯水，乃挑一桶水；挑上一桶水，须钻一口井。当初，编纂人员从1万多种图书及各类报刊，收词制卡800多万张，进而去粗存精，去伪存真，精选了200多万张卡片作第一手资料，其功夫之深，资料之实，为任何一部汉语词典所未见。

值得一提的是，社会各界对《汉语大词典》编纂与出版给予广泛支持，社会名人曹禺、郭绍虞、巴金、艾芜、沙汀、周而复、欧阳山、秦牧等，都为大词典花过心血，解答了各种疑难问题。而社会上还有许多热心人，对编纂处提出不少中肯意见，令人感动。我采访中，在现场观察到词典编纂人员那种做事认真、工作细致的作风，他们往往推敲一个词、一个字、一笔画、一标点，体现他们良好的业务素养和职业习惯。

若要细讲，恐怕三天三夜说不完。比方说，这部词典的特色以"古今兼收，源流并重"为编纂原则，所收单字以带复词并有引文例证者为限。词典依 200 个部首编排，以繁体字立目，简化字括注于后。单字下用汉语拼音标注现代音，并征引古代字韵书中的反切古音。复词亦以繁体字立目，广泛收列古今汉语中的词语、熟语、成语、典故和较常见的百科词，集古今汉语词汇之大成。义项分析精当齐全，释义扼要准确，并辅以丰富饱满的书证。每个义项一般精选 3 至 4 条书证，全面反映语词的历史源流演变。书证涉及经部史部、诸子百家、古今文人别集、戏曲小说、笔记杂著、宗教经典、科技著作、学术专著、近现代报章杂志乃至方志、碑刻、出土文物资料等，弥足珍贵。

再比方说，这部词典编纂中不少校点古籍、识文断句的棘手事情，像有条引文："钮氏树玉段注订徐氏承庆段注，匡谬至勒为专书"，其实钮树玉的《段注订》是一部书，徐承庆的《段注匡谬》又是一部书，一个标点点错，谬之千里，不可卒读。为保证词典的编纂质量，编写人员几乎每天都为这样防不胜防的失误苦恼，拿他们行话说是"捉虱子，稍有疏忽就会白玉存瑕，误人子弟"。他们求高标准高质量，以塞缪尔·约翰逊的话自律："作家都可以指望蜚声扬名，唯独词典编者只能希望不受指责。"我访问时年 70 多岁的老编审傅元恺，早年经历坎坷，参加词典编写筹备时已是 56 岁了，他很感慨自己一生没有做什么事，唯在暮年之际了却个心愿。他从大局出发，一门心思看稿审稿，以致无暇去写个人专著或专论。谈到编词典甘苦，他认为根本没有巧妙之法，只有老老实实地查书，增条做加法，浓缩做减法，但必须来一个"本本主义"！有一次，他审阅"三一"条目，花了好多时间仍不知所云，只能阙疑。像这类疑题，他是经常挂在脑子里打上问号。几天后，他从《云笈七签》卷四九查到："精、神、混三为一也！"再翻有关古籍，顿然开窍，方知是古代思想家术语；后遇上"阿罗呵"一词，又百思不解，再查《山海经》等，终于明白这是唐朝口语，即"罗汉"之意。他深有体会地说："编大词典是'踏遍铁鞋无觅处，得来全都费功夫。'编词典的释义既要正确、精确，又要简约、丰腴，是个不易达到的境界，加上各条书证引书格式的各类问题，有人称作'面前道道关卡、口口陷阱！'"但编纂人员认为"此中有真趣""苦中也有乐"，诚如孔夫子所言："贤哉，回也！一箪食，一瓢饮，在陋巷，人不堪其忧，回也不改其乐。贤哉，回也！"词典编纂人员就像是现代颜回，他们承担历史重任，为国家与民族作出无私奉献，后人永远不能忘却他们！

经过艰苦采访，积累大量原始资料，然后精选素材，经郑重老师严格把关、精心修改后，终于写出长篇通讯《中华民族的文化长城》，在 1994 年 5 月上旬刊发《文汇报》整版的"独家采访"，也终于赶在 1994 年 5 月 10 日北京隆重举行《汉语大词典》庆功会之前。

2021.12

王涛：《〈汉语大词典〉编纂纪事》

《煌煌辞典著春秋：〈汉语大词典〉出版背后的故事》由中国新闻出版研究院主编、中国书籍出版社于 2020 年 10 月出版，该书是由中国新闻出版研究院组织曾参与《汉语大词典》编写出版工作的老同志撰写的回忆实录文集。全书共收入了自述性文章 24 篇，长短不一，取材各异，每位作者都以自己的眼光和从自己所做的工作角度道出了当年编纂《汉语大词典》的许多历史故事，真实地反映和记载了编纂《汉语大词典》过程中许许多多的人和事，记载了他们的一些想法和看法。此外，本书还收入了 33 张珍贵的照片。这些文章和照片，都是《汉语大词典》编纂史的一部分，是珍贵的出版史料资料。

1975 年，《汉语大词典》开始编纂，至 1994 年 4 月最后一卷索引卷出版，13 卷全部问世。作为中国文化史上规模最大的一部语文性辞书，《汉语大词典》集合了山东、江苏、安徽、浙江、福建、上海五省一市 1 000 多名专家学者参与编写，积累资料卡片近 1 000 万张。在 2020 年 10 月出版的《煌煌辞典著春秋：〈汉语大词典〉出版背后的故事》一书中，有这样一句话："这是当年不得已而走的一条路，也是一条可以走出新路的路，舍此而外，还真找不到另外一条顺顺当当的路。"

2021 年 3 月 3 日下午，《汉语大词典》编辑委员会委员，前汉语大词典编纂处主任、汉语大词典出版社社长兼总编辑王涛，向我馆捐赠了《汉语大词典》相关编纂资料71件，照片36张。随后他特别接受了我馆的采访拍摄，讲述了关于自己的出版故事。

北京大学古典文献专业毕业后，王涛当过职业军人，因"三结合"路线参与了《辞源》的修订。1979年下半年转业到上海从事《汉大》工作，最初担任第一编辑室副主任，后担任汉语大词典编纂处主任、汉语大词典出版社社长兼总编辑，直到1991年末到香港商务印书馆任职，他为编纂出版《汉语大词典》工作了12年。

《煌煌辞典著春秋：〈汉语大词典〉出版背后的故事》收录的第一篇"背后的故事"即王涛所写《〈汉语大词典〉编纂纪事》，我馆在此节选第四部分"三委会"内容，并分享部分捐赠藏品，感谢前辈们保存下来的珍贵历史资料。

"三委会"

为编纂《汉语大词典》而建立的三个委员会，《汉语大词典》工作委员会、《汉语大词典》编辑委员会和《汉语大词典》顾问委员会，我们通常称之为"三委会"。其中工委会负责决策，决定方针大计和关系全局的重要事项；编委会，顾名思义，是负责编纂业务的；顾委会，则是编纂《汉语大词典》的学术咨询机构，三者相辅相成，协力推动编纂《汉语大词典》的工作。"三委会"曾对各自的职责做过清楚的界定，并经国家出版局和教育部审批同意："《汉语大词典》工作委员会是《汉语大词典》行政组织领导工作的决策机构，编辑委员会是负责本书编纂工作的机构，学术顾问委员会是编纂业务的咨询机构，汉语大词典编纂处是'三委会'的执行与办事机构。'三委会'各司其职，各尽其责。编纂处在'三委会'领导下负责日常的具体工作。"如今回头看一看《汉大》走过的编纂路程，三个机构虽然成立有先有后，发挥作用的时间节点有先有后，但自成立之日起，"三委会"确实是协调一致，同心同力，推动《汉大》的车轮滚动向前，《汉语大词典》一卷又一卷编写出来，直到十二卷出齐为止，"三委会"功不可没，功在首位。

……

会议正式确定"古今兼收，源流并重"为编纂《汉语大词典》的基本方针，这一点很重要。一部辞书，特别是像《汉语大词典》这样的大型辞书，确定什么样的编纂方针，关系到如何体现这部辞书的性质，如何塑造全书面貌的根本大计，是绝对不可忽视的。但"古今兼收，源流并重"是源自青岛会议吗？不是的。青岛会议只是把"古今兼收，源流并重"这八个字，作为基本编纂方针正式确认下来。这八个字另有来源，源自语言学家和辞典学家、商务印书馆总编辑、国家出版局党组成员陈原。陈原是"古今兼收，源流并重"的首创者。1976 年 1 月，国家出版局和商务印书馆在广州越秀宾馆召开第一次中南四省区修订《辞源》的协作会议，陈翰伯、许力以、陈原是这次会议的主角，方厚枢和我都参加了这次会议。在这次会议中，当陈原谈论《辞源》《现代汉语词典》与《汉语大词典》的相同点与不同点分野的时候，他说道："《辞源》只收古代词语，'有源无流'，《现代汉语词典》只收现代词语，'有流无源'，只有《汉语大词典》'有源有流'。"随后用他特有的语言幽默感，挥动着食指，一字一顿地说，"古—今—兼—收，源—流—并—重。"我听后顿觉耳目一新，尤其是他说"古今兼收，源流并重"这八个字的神态表情和幽默的语音，非常形象，至今记得清清楚楚。陈原这句话刚说完，陈翰伯立即插话说："对！ 我赞成。这就是《汉语大词典》。"他俩此前曾否商量过《汉语大词典》的编纂方针，我不清楚，但从这一段情节推测，至少两人在这个问题上看法一致。而且陈原是著名的辞书出版家，以他俩为核心才搞起 160 部辞书的"规划"来，对于《汉语大词典》这样有影响的大型辞书，二人应该是有所讨论有所商议过的，所以在几次会议上，陈翰伯一直说《汉语大词典》的编纂方针是"古今兼收，源流并重"。也是在这次会议当中，我同方厚枢谈起《辞源》《汉语大词典》和《汉语大字典》三部辞书的时候，方厚枢说过这样一段话："当初策划'规划'的时候，陈原就是这种观点。他认为《辞源》专搞古代的东西，重在'溯源'，《大字典》只搞汉字，继承《说文解字》的传统，《大词典》是'古今兼收，源流并重'，《大字典》和《大词典》都是'古今兼收，源流并重'，但一个是字，一个是字和词都有。"我很认同陈原的观点，他的话字字都说到点子上，不愧是辞书大家。方厚枢说的这段话，为"古今兼收，源流并重"的源头，加上了一段注脚。

……

1980 年 10 月 27 日，国家出版局和教育部联合发出《关于聘请〈汉语大词典〉学术顾问的通知》，聘请吕叔湘、王力、叶圣陶、朱德熙、陈原、陆宗达、张世禄、张政烺、周有光、周祖谟、俞敏、姜亮夫、倪海曙、徐震堮 14 位语言学界知名学者为学术顾问，以吕叔湘为首席学术顾问。顾问团队成立了，从尊重学术顾问考虑，后来正式改称"《汉语大词典》学术顾问委员会"，与《汉语大词典》工作委员会和《汉语大词典》编辑委员会并称"三委会"。学术顾问受聘以来，态度明朗，倾力支持《汉语大词典》的工作。特别是首席学术顾问吕叔湘，以其在学术界、语言学界的声誉和号召力，给予《汉大》很多帮助，并与陈翰伯、罗竹风前后三次联名向中央写出工作报告，请求中央给予大力支持，收获极好的效果。吕叔湘在编委会杭州会议的发言中说："现在你罗老有办法把我调到你这儿来，那我一定保证老老实实地干，绝不三心二意。现在请我当顾问，——'首席'两字我事先不知道，现在也没法取消了。请我当顾问，我引以为荣。"

1985 年 10 月 3 日，首席学术顾问吕叔湘吕老不顾年事已高，在《汉语大词典》主编罗竹风的陪同下来编纂处探望大家和了解定稿情况，并与编辑人员亲切座谈。1983 年在福建厦门召开编委会，王力先生也是不顾年迈体弱前来参加会议，作了很精彩的学术报告。王力先生和蔼可亲，平易近人。会议结束后我陪同他去厦门大学，一路上他非常关切地询问汉语大词典编纂处的工作，还问及我的生活情况。后来编纂处李鸿福和唐让之为《汉语大词典》的审音问题，曾去王力先生的北大寓所请教，王力先生热情地接待了他们，并作了详尽的回答。周祖谟对于《汉语大词典》的审音工作，也给予过很多帮助。姜亮夫亲自授课，培训浙江的编写人员。倪海曙 1981 年 4 月 15 日曾来编纂处作报告，强调《汉语大词典》要为我们民族语言的规范化作贡献。

注：本文参阅：中国近现代新闻出版博物馆：《王涛捐赠〈汉语大词典〉相关编纂资料》，上海.2021.3.12

回归故里　藏书传世

——出版家郭志坤创办"申元书院"

2021年10月18日上午，在福建省龙岩市永定区培丰镇田地村，时年78岁、曾任上海人民出版社总编辑的郭志坤，在自有宅基地上兴建的多层楼申元书院举行开院仪式。

郭志坤在仪式上告诉来宾和乡亲，历经5年多精心筹备，他将自己60来年收藏的5万多册图书及各类画像、拓片等，奉献给书院、奉献给家乡父老乡亲，以回报家乡养育，振兴乡村文化，使家乡子孙代代传"书种"。

郭志坤是著名学者、出版家、历史学家，他担任申元书院首任院长。申元书院有藏书5万余册、文字拓片1 166件、照片资料11 800帧，由汉字馆、先贤馆、通史馆、帝王馆4个主馆组成，体现"藏古今学术，聚图书精华"的文化氛围。

郭志坤1966年从复旦大学历史系毕业，在《文汇报》理论部任记者、编辑，曾任"学术""神州""我爱祖国"等专栏主编以及《理论探讨》（内刊）主编，此后先后担任文汇出版社和上海人民出版社总编辑。他长期从事新闻和编辑出版工作，秉持坚韧不拔、一丝不苟的工匠精神，潜心问学，勤奋修业，策划、主编众多图书产生巨大的社会反响，被出版界、学术界誉为"学者型总编""编辑型学者"，曾获上海市优秀新闻工作者、全国百佳出版工作者、首届上海出版人金奖获得者等荣誉，享受国务院特殊津贴。

纸质出版、平面阅读是建设国家、传承文化的"承重墙"，郭志坤认为，为构建和夯实中国文化建设大厦，应当不辞辛劳地为其添砖加瓦。据统计，郭志坤在总编辑任上审读并签发了1.5万多部图书，以每册30万字计，达4 500万字。

退休后，他笔耕不辍，仅在70岁退休以来8年里，他个人撰写的历史论著有300多万字，平均每天要写1 500至2 000字。郭志坤说：申元书院的开院，在于让书院成为人们爱书、读书的重要场所，让阅读成为民众的一种气质、一种情怀、一种风尚，书香社会应该成为现代化国家的底色，沐浴书香会涵养美丽人生和理想人格，造就这样的社风民俗将任重道远。

赤子之心　回报桑梓

郭志坤祖籍福建永定，这里是山区农村，也是革命老区。他不忘故乡养育之恩。曾有海外朋友到上海郭志坤的书房察看，当即表示愿意收购5万余册图书。思来想去，郭志坤觉得对这批一辈子精选的图书舍不得被流散，更舍不得让自己费尽心血的图书珍品离开中华大地漂洋而去。他决定无偿地送回哺育自己的老家田地村，这是这批图书珍品最好的归宿地。

从2008年起，他先后分9次运回藏书，所有费用均自己承担，从寻址、兴建、场馆布置、图书整理及打包运输，历尽千辛万苦。如今由他出资兴办并捐赠所藏5万余册图书及其他珍品的书院正式开院，其服务地方社会和文化建设的夙愿得以实现，让郭志坤感到欣慰。

在举行开院仪式后，郭志坤表示，建立申元书院，让这些藏书、珍品回归老家，正是想报答家乡的养育之恩。郭志坤说，落叶归根，人老了要回家，自己收藏的物宝更要回家。

书院寄情　敬仰科学

书院选址在郭志坤的老家永定田地村，这是他与儿子郭申元的共同心愿。

白发无情侵老境，青灯有味似儿时。申元书院集图书收藏、书画展览、研讨讲学、文化传播为一体，书院的命名与郭志坤的爱子密切相关。

郭申元为郭志坤的独子，1970 年出生于上海，1988 年毕业于上海中学，以优异成绩保送复旦大学生物化学系，学习期间受到中国遗传学泰斗谈家桢教授等导师的青睐，本科毕业后赴美国留学，获得生物化学硕士、博士学位，后在哈佛大学医学院从事博士后研究。

郭申元在美国主要从事研究 DNA 解旋酶晶体的制备以及三维结构的测定，这是科学家首次揭示这类解旋酶的结构，为制造治癌新药奠定了理论基础和技术方向。可惜未到 30 岁的郭申元被癌症夺去了年轻的生命。

他在美国手术后返回上海，在就要直面死神时，却微笑着对妈妈说："妈妈，我从来没有浪费过一分钟，我很开心，我活得实实在在……"

　　郭志坤说，将藏书珍品留传后世，也是对儿子的永久纪念。书院以"申元"命名，也表达了人们对献身科学的科学家的无尽思念。申元书院在筹建过程中得到当地政府的支持与帮助，龙岩市文旅局对书院也给予许多建设性的指导。申元书院开院当日，收到上海文史研究馆、上海世纪出版（集团）有限公司的贺信，得到沪闽两地及我国出版界、史学界、教育界、新闻界、美术界等知名人士的贺词。据悉，申元书院开院，还只是一个阶段性的成果展示，今后还将进一步完善和丰富。

———————

注：本文刊《人民日报》海外网"博览"，2020.10.19，标题有改动。

大山深处有书院
—— 重访闽西

在迎接中国共产党建党百年的日子里，我有幸重访福建闽西，这得益于老党员、老记者、老总编郭志坤的相邀。记得1997年，在郭志坤组织下，我随上海新闻记者采访团访问闽西，参观了龙岩、永定、古田、上杭、长汀、连城等地的革命遗迹，观瞻了世界文化遗产福建土楼，撰写了长篇通讯发表在《人民日报·华东新闻》上。

福建号称"东南山国"，丘陵山地约占全省面积80%以上，闽西多山区，是早期的中央苏区、革命根据地。1929年三四月间爆发了蒋介石同桂系军阀之间的战争，毛泽东自1929年3月中旬开始，抓住军阀混战的有利时机，同朱德等率领红四军东征闽西，把井冈山武装斗争的火种播种到福建，开辟了闽西革命根据地，成为红旗不倒的坚强堡垒，主要创始人有张鼎丞、邓子恢、谭震林等。

对这段革命史，更多的是从我的良师益友郭志坤口中听到。郭志坤是永定人，是术有所攻的历史学家，编纂过不少名家大著，并利用业务时间撰写《秦始皇大传》《隋炀帝大传》等专著。他的《永乐帝大传》亦业已完成。他突破"唯帝王将相"和"否帝王将相"两个极端的局限，注重于客观反映领袖人物的历史作用以及"厚生""民本"思想的弘扬。

　　郭志坤有个"田地人"的笔名：当年他在永定一中上学，老村长知道他初三作文比赛获得第一名，便给他出了一道题：《"田地"考》。原来他家乡时而叫"田地"，时而称"仙溪"，郭志坤便对乡名的由来进行了一番考证：550 年前的先民认为这片土地适于耕种水稻庄稼，将这块丰裕优美的地方称为"田地"。1929 年 5 月，朱毛红军第二次入闽，带领广大民众开展打土豪、分田地活动，建立了田地乡苏维埃政权。正当人们忙于分田分地时，田地人提出疑问："把田地分光了，那我们还叫'田地'吗？"大家商议后认为"田地"名称确实要改一改。改乡名众说纷纭，更多的田地人认为，先民择地依山傍水，山清水秀，好似人间仙境，更名为"仙溪"最合适，于是"田地"也就改为"仙溪"。1953 年 12 月，时任中共中央农村工作部部长邓子恢在新中国成立后第一次回家乡，除走村串乡、访贫问苦外，还探望了革命烈士的亲属和土地革命时期的骨干户，问到"田地"的情况，好多人都不知道。乡长告诉说，"田地"改为"仙溪"了。时任中共福建省委书记、省人民政府主席的张鼎丞在旁说，不改了，田地"树谷"之本、"粮食"之地，还是"田地"是好地名。邓子恢补充了一句："民为邦本，本固于田，田地好啊！没有田地哪有我们！"一语双关，于是又将"仙溪"改为"田地"。

　　1961 年，郭志坤在永定一中读完高中，以龙岩地区"文科状元"考入复旦大学历史系，专攻古代史，1966 年分配至《文汇报》理论部任记者、编辑，之后任文汇出版社、上海人民出版社总编辑，他长期在新闻、出版界辛勤耕耘，成就卓越。臻至老境，他越来越认识到，民众创造历史，要为民众所用，学史要回到民众那儿去，特别要将中国古代史普及到民众，这个信念使他至今坚持。一晃 60 多年过去了，当年的小郭变成老郭，近古稀之年的他做出一个决断：将自己 60 多年所收藏的 5 万余册图书捐出，在家乡永定田地村建一所书院。2020 年 10 月，他打电话告诉我此消息，让我感慨不已，再次重访。

在开院仪式上，我交识了一些新朋友，如原福建驻沪办主任陈振环、副主任陈广蛟、著名画家李江航等，听到老郭为建立申元书院历时 12 年不懈努力的感人故事。申元书院收藏 5 万余册图书，文字拓片 1 166 件、照片资料 11 800 帧及青铜器、古玉器等珍品，具有相当的学术价值，引人关注。特别是郭志坤的独子郭申元为科研英年早逝后，众多有识之士担心这批藏书的传承，不时前去求购，有人当即表示愿以 600 万美元收购 5 万余册图书。郭志坤思来想去，从中华文化遗产传承考虑，觉得这批一辈子精选的图书舍不得被流散，更不能让自己费尽心血的结晶离开中华大地而漂洋散去，他决定要无偿捐回老家。陈广蛟回忆道，2007 年初福建驻沪办和上海福建商会决定联合组织编纂《上海福建人》，在做可行性调研时登门向老郭求教，老郭自告奋勇担任本书的统筹策划和编审工作，使《上海福建人》得以在 2008 年 12 月 8 日福建省政府驻沪办成立 50 周年、上海福建商会成立 20 周年庆典大会上首发。在编写、出版这本书的过程中，福建驻沪办领导成员对郭申元事迹和老郭为人深感敬佩。在庆典大会之后老郭向陈广蛟沟通自己捐书想法的时候，他非常感动，及时向陈振环主任作了汇报。福建驻沪办认为要竭尽全力给予推进和协助。从 2008 年始，5 万余册图书先后分 9 次运回，从图书整理、打包运输、寻址、兴建、场馆布置和编排、资金筹备等等，老郭亲力亲为，真是历尽千辛万苦。

2021 年春节后，我联系申元书院理事长郭明忠，得知书院开院半年后，在闽西职业技术学院志愿者的帮助下，已完成图书 22 类的分类，以文学、艺术、历史居多；牛年伊始，书院将推广"两个主旨""一个目标"，传承优秀传统文化，发扬爱国主义精神。综观我国唐朝办书院的传统，多为私人治学的书斋与官府整理典籍的场所，由私密至公众，成为书斋与书院的分野。宋初有"天下四大书院"，即著名的白鹿洞书院、岳麓书院、应天府书院、茅山书院，"天下书院"皆与山有关，其山水形胜而形成特有的人文景观，以教育、教学为书院主要功能。其讲学有三个层次：学术原创性讲学、学理传播性讲学、学术普及性讲学，词多平实，浅显易懂，所重不在理论阐发，而是课之实践，将先贤的理念、观点具体化作一般民众可以理解的行为准则和生活风俗。对此，陈振环认为，经济涵养文化，文化推升经济，申元书院在相对落后、封闭的乡村宣告成立，本身就是一个非同寻常的文化事件。它的建立，意味着在互联网经济时代，能以一种崭新的方式得以在远离城市的山坳生存发展，并为社会的文化经济建设与振兴乡村发挥应有作用。

此心安处是吾乡。重访闽西让我想到：历史是最好的教科书，党史是最好的营养剂。习近平总书记强调："红色基因就是要传承。中华民族从站起来、富起来到强起来，经历了多少坎坷，创造了多少奇迹，要让后代牢记，我们要不忘初心，永远不可迷失了方向和道路。"当闽西人民富裕起来，那么他们的精神追求是什么、文化传承在哪里，值得扪心一问。我由此深切感受：申元书院就像一面旗帜、一股力量，它让乡风民俗浸润醇厚，让红色基因代代相传。尽管书院未来关山重重，但正支撑起新一代，在这个意义上，重访闽西不虚此行。

2021.3

让藏书有一个最好归宿

——李国章先生捐书记

读书人喜欢藏书，而人臻老境，藏书向何处？如何破解这个心结，现年 83 岁的李国章先生作出自己的选择。2021 年 10 月 10 日上午，在上海市瑞金南路双晖小区一幢高层寓所，一个简朴的"申元书院接受李国章先生藏书捐赠仪式"举行，十数号人，百余箱书，清茶一杯，暖意满室。有趣的是，捐方是原上海古籍出版社社长、总编辑李国章，受方是原上海人民出版社总编辑、申元书院院长郭志坤，他俩都是带"总"字号的出版家，"双晖"名副其实成"双辉"：同是复旦人，一文一史；同为邻居家，楼上楼下。会上，李国章先生宣读"值此申元书院建成并开放一周年之际，特向贵院捐赠我历年来所收藏的图书、学术期刊等"的决定。据统计，李国章先生以个人名义向申元书院正式捐赠 7 000 余册珍贵古籍图书。

藏古籍学术　聚图书精华

为了解李国章的捐书，是年 11 月中下旬，我先后在李国章家作两次漫谈式采访，得知他的孩子都不从事文化方面的工作，他担忧：自己的专业是古籍整理出版，这些"故纸堆"该如何处理。他谈道，之所以捐书，有三方面想法：一是藏书要流转，让自己看，也让别人看，更让后人看，所谓"藏之名山，传之其人"（其人谓行其书者）；二是申元书院办在福建龙岩市永定区，系闽西革命老区，捐赠藏书是为山区孩子读书雪中送炭；三是文史兼备，相得益彰，为申元书院锦上添花。

李国章说，捐赠的这批图书主要是自己长期从事古籍图书编辑工作与业余研读中国古典文学积累的收获。从先秦到近代的古典文学典籍整理研究与普及读物，占很大比重。以文学典籍为主，兼及历史、哲学典籍整理，学术著作与普及读物并重，加上研究古籍的工具书，以及部分影印古籍，构成这批图书的主要框架。其中有近八百册图书系我与学术界的专家、学者以及同窗好友交往时的赠书签名本。此外，有四五百册古代文史研究的学术期刊等。

古人云："欲致力于学者，必先读书；欲读书者，必先藏书；藏书者诵读之资，而学问之本也。"藏书是收藏人类积淀下来的厚重历史，对编书起到"辨章学术，考镜源流"作用外，藏书还会让人有一种入山寻宝的感觉。

李国章赞同申元书院提出的"藏古籍学术，聚图书精华"的宗旨，他说他不是藏书家，但觉得让自己的藏书流通到需要的人手里，这是图书的最好归宿，像"嫁女"有了"好婆家"。这批图书能入藏申元书院图书馆，可谓称心如意。他表示，愿为申元书院绽放华彩添砖加瓦，共同为传承和弘扬中华民族优秀的传统文化贡献自己的一份力量。

地瘠栽松柏　家贫子读书

李国章说起自己的求学经历。他老家在福建莆田，这里碧水青山，风光秀美。而莆田文化底蕴深厚，在历史上素有"文献名邦"的美誉，科甲鼎盛，人才荟萃。"地瘠栽松柏，家贫子读书"的千年古训，在民间代代相传。所以，读书的种子从小就在李国章心田播下。

尽管他幼年喜欢读书，但因地处闽中，虽傍山临海，却是穷乡僻壤，难觅经典名著，课外阅读也缺少指导，收获不多。1954 年李国章初中毕业，考取莆田第一中学，这是一所至今已有百余年历史的福建省重点中学，名师汇聚，教学设施齐备，图书馆藏书丰富，为学生课外阅读提供良好条件。由此他对郭志坤先生创办申元书院感同身受，因为这对山区孩子极有帮助，是他们未来的希望。郭志坤先生为山区孩子、贫困家庭提供读书便利，亦是回报桑梓、泽被家乡的善事，应该大力支持他。

对从事古典文学研究，李国章说他在中学时代就非常喜欢《诗经》、《离骚》、唐诗、宋词等中国古典文学名篇，被那些美丽、精彩的诗篇深深吸引，从那时起，他就决定考大学要考中文系。1957 年他如愿以偿考入复旦中文系，二年级后又分到古典文学专业，这更激发了他学习、研究的兴趣。他如鱼得水，遨游于古典文学的浩瀚海洋。

他记得在开学典礼上，时任中文系主任朱东润先生对新生作的讲话，印象最深的有两点：一是中文系养什么样的人才？朱先生率直坦诚地说"中文系不是培养作家的，作家也不是中文系能培养的"。那么，"中文系学生毕业后能做什么工作呢？"朱先生说中文系的培养目标是"中国语言文学的研究和教学工作者"。二是中文系学生在大学五年时间怎么学习？朱先生语重心长地说，抓紧五年时间，打好扎实的基础，掌握开启科学知识大门的"钥匙"。听完朱先生的话，使李国章明确学习的目的和奋斗目标。在校学习期间和随后几十年的工作实践中，不管是对古典文学研究，或是做好古籍整理出版工作，朱东润先生的教诲让李国章受用无穷。李国章说，作为复旦中文系的学生是很幸运的，许多著名老教授为我们讲课，如朱东润、蒋天枢、赵景深、张世禄等先生；还有一些在学术上已经有了成就的中青年教师，后来都是学术名家，也为我们授课，如王运熙、蒋孔阳、胡裕树、濮之珍、章培恒等先生。他们深厚渊博的学识，严谨的治学态度，严格而又认真负责的教学，深深地影响学子们的成长。

为人作嫁衣　半世结情缘

1962年大学毕业后，李国章有一段时间并没有"专业对口"，他去过部队，待过机关，还当过中学教师。经过一番周折，李国章于1979年1月正式调到上海古籍出版社工作。经历大学毕业后17年的蹉跎岁月，李国章从未放弃对古典文学的热爱，终于开始从事与自己所学专业相关的工作，从此他的人生轨迹沿着自己梦寐以求的方向前进。"终一生，做一事"，李国章从普通编辑做起，先后任编辑室副主任、副总编、总编辑、社长等职。回忆这些，李国章认为，做人要有"中气"，问学要有"底气"，做学问与做人，只要有"气"才能"活"！

谈到上海古籍出版社的前世今生，李国章先生深切怀念该社的创建者和长期领导者李俊民先生，充满感情介绍了这位颇具传奇色彩的革命家、20世纪30年代知名的文学家、资深编辑出版家的业绩，以及他对出版事业的热爱与奉献。1956年11月，李俊民先生创建古典文学出版社，1958年6月该社与中华书局上海办事处合并，成立中华书局上海编辑所，"十年动乱"期间，业务停顿，1978年1月，恢复出版社建制，并更名为上海古籍出版社，他仍然担任社长。他不顾74岁高龄和在"十年动乱"中个人创伤，领导全社同志，以最快的速度修订重印原古典文学出版社和中华上编的优秀图书，又着手制订长期的出版规划，明确"以古典文、史、哲为主"的选题方向，并提出普及与提高并举，学术性与思想性结合，铅印与影印并行等出版方针，还制订了从出版规划到图书出版各个环节的规章制度，使全社的出版工作迅速走上正轨。他还十分爱惜人才，特别重视对高素质的编辑出版人才的选拔和培养，他说："出版社的职责在于出好书，而其关键在于出人。没有人就没有书。关于人的问题，从古籍出版的角度看，首先是出版社的编辑。"李俊民先生以求贤若渴、海纳百川的胸怀，为出版社培养和造就一批又一批的学者型的编辑人才，如被称为"四大编审"的裴柱常、吕贞白、刘拜山、于在春，还有胡道静、瞿兑之、钱伯城、何满子、王勉（鲲西）、金性尧、朱金城、富寿荪、周楞伽等。1984年10月，李俊民先生改任名誉社长，直至1993年6月病逝，享年88岁。

65年来，上海古籍出版社历经五位社长，即李俊民、魏同贤、李国章、王兴康、高克勤，优秀传统，代代相传，他们带领全社职工，以弘扬中华民族优秀传统文化为己任，出版了一大批优秀的古籍整理和普及文史知识的读物，为一代又一代的读者提供了传统文化的滋养。上海古籍出版社已成为国内古籍出版的重镇，世纪出版集团的"古籍产品线"的核心，形成自己的出版特色并进而打造驰誉海内外的"上古"品牌。

李国章先生是1994年接任上海古籍出版社社长职务的，正处在古籍出版事业的低谷时期，机遇与挑战并存，困难与希望同在。在任期内，工作千头万绪，图书选题和出版品种繁多，他重点介绍《续修四库全书》的编辑出版工作。他带领全社编辑、出版、发行部门的有关人员，以及社办上海古籍印刷厂的职工，以"团结、敬业、开拓、奉献"的精神，克服任务繁重、时间紧迫的困难，以精益求精、谨慎操作、质量第一的工作态度，认真做好大型古籍整理出版工程《续修四库全书》的编辑出版工作。历时8年（1994—2002），在以宋木文先生为主任的《续修四库全书》工作委员会的协调下，在以顾廷龙、傅璇琮先生为主编的全书编委会的共同努力下，在全国学术界和图书馆界的专家学者的大力支持下，完成《续修四库全书》的出版任务。全书共收书 5 213 种，全套 1 800 册，每册平均 700 页，上下两栏，所收页数多达 250 万页，按经、史、子、集四部分类，用绿、红、蓝、赭四色装饰封面，精美典雅，气势恢宏。《续修四库全书》与《四库全书》配套，构筑起一座中华传统文化的大型书库，是"功在当代，泽及后世"的盛举，对保存、研究和弘扬中华民族传统文化，将会产生重大影响。《续修四库全书》出版后，取得社会效益和经济效益双丰收，其学术价值和出版质量也为学术界和出版界所肯定，并于 2003 年荣获第六届国家图书奖荣誉奖和第四届全国优秀古籍整理图书奖荣誉奖。2013 年，由国家新闻出版广电总局、全国古籍整理出版规划领导小组公布的"首届向全国推荐优秀古籍整理出版图书"，从新中国成立 60 年以来所出版的 2.5 万种古籍图书中推出 91 种古籍整理出版力作的杰出代表，《续修四库全书》名列其中。

作为古籍专业的编辑，对业务上要求是具有较强的古代汉语阅读能力和古代文史哲的基础知识储备，以及古籍的校勘、注释等基本功，善于判断书稿的内在质量，并经过认真仔细的编辑加工，使之达到出版水平。"古籍整理历来有'皓首穷经'的传统，要耐得住寂寞，甘于坐冷板凳，要守住阵地，多出精品图书，开创古籍整理出版新局面。在为他人作嫁衣的同时，不断提高自己的业务水平。"在一些人看来，编辑是"为他人作嫁"的事，其实只要你真正投入；对自己的进步是大有帮助的。李国章先生说，看稿的过程，也是提高自己专业水平的过程。他说，我喜欢编辑工作，心甘情愿"为他人作嫁衣"，这是实现自己人生价值的一个很好的工作。而敬业是做好工作的基础，唯有敬业，才能在工作中体会到真正的乐趣。

从责编到复审再到终审书稿，李国章先生都是聚精会神，字斟句酌，不放过疑点，尽力提高书稿的质量。从 1984 年到 1994 年的十年时间，在担任副总编辑和总编辑期间，在开拓选题、组约稿件之外，李国章先生全身心投入终审书稿，最多时年逾千万字。他说："2004 年 1 月我办理退休手续，仍返聘审稿。与此同时，还参与市里一些活动，如出版研讨、出书评估、文化出版基金资助项目评审等，直到 2020 年我还终审书稿。我与编辑出版结下半世的不了情缘。"

在数十年"为他人作嫁衣"的编辑生涯中，藏书陪伴着他，见证着他。在担任社领导职务之前，李国章先生曾致力于古典文学研究，校点出版了清代著名诗人黄景仁（字汉镛，一字仲则）的《两当轩集》，撰写有关黄景仁研究的文章。担任社领导职务之后，忙于工作，除与人合作主编《中华文丛》（学术期刊）、《中华文明宝库》（60 册）、《二十五史新编》（全 15 册，获第十届中国图书奖）之外，撰写有关中国古典文学研究和古籍整理出版工作数十篇文章，编为《双晖轩集》（文汇出版社 2019 年 2 月出版），李国章先生说自己成绩有限，是件很遗憾的事。不过，我在想：长期做古籍整理出版，专业对口，心满意足，难道不是他精神上的无形之书！

2021.12.29

一代宗师　大家风范

——忆著名书画家颜梅华

2022 年冬至，被誉为"连坛四小旦"之一的著名书画家颜梅华，走完了他以书画为立身之本的 96 岁人生之路，驾鹤西去了。噩耗传来，作为颜老的拥趸和书画收藏家，包括颜梅华作品的爱好者，心中掀起巨大的波澜，悲痛的心情久久不能平静，他的音容笑貌时时浮现在人们的脑海中。凝望着颜老的画作，仿佛看到他还在挥笔作画的身影及谦和儒雅的气质，一派大家风范勾起人们对他的无限思念。

颜梅华出身在苏州的书香世家，父亲颜振镰为晚清秀才，文才、书法俱佳。千百年来，在中国的书法史和绘画史上都有着"书画同源"的说法，颜老的父亲是读书人，喜欢字画金石，主张诗书传家。颜梅华的艺术启蒙就是从小练习书法开始的。苏州素来以山水秀丽、园林典雅而闻名天下，颜梅华每每回忆苏州，都说那是读书人生活的好地方，数不尽的文人墨客在亭台楼阁之间流连，吟风弄月，各个历史时代的书法艺术精华，也荟萃一方园林之内。颜梅华常观摩园林内的碑帖，在父亲的指点下，他从小就练出一手好字。颜梅华的祖父曾在苏州创办学校，他的叔叔颜亚伟也是教育家，与叶圣陶、范烟桥、顾颉刚、吴湖帆、郑逸梅等都是同窗，叔叔住在网师园，对于他这个勤学的侄儿很是看重。网师园以小巧、精致、淡雅、写意见长，一石一景都包含着文人写意山水画的韵味，那时每到放学，这里成了颜梅华最爱去的地方。他叔叔精通诗词，对绘画、书法、印章鉴赏都很有造诣，常常能看到傍晚的园中，一个少年正静静地聆听叔叔侃侃而谈，累了便在园中小憩。受父亲和叔叔的影响，颜梅华也喜爱上金石书画。

1937 年，日本侵华战争爆发，随着战事的推进，颜梅华的父亲失业，原本宽裕的生活渐渐变得拮据，15 岁的颜梅华不得不中断学业，开始工作补贴家用。他喜欢读书、写字、画画，于是他一边在电影公司做美工，一边拜当时被称为上海连环画"四大名旦"之一的陈光镒为师，学习画连环画。很快画连环画便成了颜梅华的主业，少年时期看过的历史小说成了他的创作源泉。连环画又称"小人书"，这一本本巴掌大的小册子，在很长的一段时期被人们喻为"手中的电视机"。在 20 世纪中叶，上海是最大的旧连环画出版重镇，几乎每个弄堂都有租借连环画的书摊。

新中国成立后，连环画从内容到出版方式都进行改革，颜梅华也出版了多本畅销书，享有连环画"四小名旦"的美誉。当时，上海成立了连环画作者联谊会，组织老连环画家培训学习，能接受新思想、适应新连环画创作要求的画家便分配进入专业连环画出版机构，经过一段时间的学习，20 岁的颜梅华进入上海新美术出版社从事连环画创作。新中国成立初期，连环画的内容大都是反映革命战争，宣传进步思想现实题材。受到苏联连环画的影响，作品也是以单线勾勒黑白为主。有了扎实的素描基础，颜梅华的作品线条清晰流畅，创作的人物神形兼备，很受读者的欢迎。

颜梅华酷爱油画，可是现实却不能成全他对油画的理想追求，在学习了十多年的素描和油画后，颜梅华开始转向中国画，他开始思考如何把油画的表现力，融入中国画中，呈现在宣纸上。经过数十年的积累，颜梅华的人物画既有西方的绘画精准比例、透视关系和表现力，又兼有中国画的写意，尤其人物面部的表情结合了素描的技法，突出了人物的五官特点，塑造了鲜明的绘画形象。在"西为中用"的同时，颜梅华还用国画的水彩笔墨表现西方人物，所呈现的艺术效果，不禁让人感叹他对中西画法的融会贯通。

中国画与西洋画的区别之一，是中国画画家要有诗歌和书法方面的功底，甚至诗、书的重要性要高于画。绘画题款同诗歌一样讲求韵律，例如"黄山烟云"，外行人听起来觉得没什么问题，而画家则觉得有问题，因为题款讲究的是平平仄仄或仄仄平平，"黄山烟云"四个字都是平声，显然是非专业的。

作为画家，不在画艺，贵在画品。颜老提到，画家在世时一定要注意，在世时有人捧你，画价高，不代表过世后画价高，一定要过历史关，要过几个时期的历史关。倘若一个画家离不开庸俗两个字，那就是自毁名声，不要以为你名气大，包括齐白石也是。庸俗就表现在金钱上，谁卖得高就好像艺术水平就高，这是不能等同的。现在的文学艺术被一批暴发户、土豪掌握，被一批吹牛的人掌握，这是不正常的，也是书画界的悲哀。

颜老的绘画强项是人物，其次是山水、花卉和动物，其中人物画又以画京剧人物形象为独门特色，中晚年转型画国画。其实，颜老的书法也是上乘的，既符合法度，又潇洒流畅，手到意到，独具一格。加上他也擅长作诗，所以他的绘画与书法相得益彰，更受观者青睐。

颜老认为，书画家的知识面广，其实都有一定的局限性；早年成名容易夭折，真正大器一定要晚成。凡是自己冲不出去的，都是晚年不肯学习的。活到老，学到老，画到老。一个人最宝贵是晚年，少年时考虑中年时怎么活，中年要考虑到了老年怎么活，老年要考虑死了以后怎么样。为什么有的人一两千年后，人们还在读他的书，有些人死后就什么都没有了。老年不宜交太多的朋友，有共同思想意识的可以做朋友，但也不宜门庭若市，交友太多并不好，时间都白白地浪费掉了。老年人一定要根据自己特点，做自己应该做的事情。

对中国画坛的流变，由上海书店出版社于 2016 年出版的《颜梅华口述历史》一书有过阐述，里面有许多珍贵史料，写了20 世纪五六十年代连环画界创作、绘画和出版的状况，也写了向颜文樑、吴湖帆拜师学艺的过程，让人读了获益良多。

颜老富有艺术天赋，少年就出道、成名。小时候他喜欢看连环画，竟自己模仿画了起来，无师自通。后来拜陈光镒为师，做学生就为老师打下手、挣稿费。20 世纪 40 年代，他在沪上已入连环画"四小名旦"之列。后来的成就，用他儿子颜之樨的话说，还是靠勤奋。他的人生，除了绘画，还是绘画，他是真心喜欢画。连环画主体是人物。20世纪50年代，政府为了教育人民，把很多文学作品改编成连环画，上海人民美术出版社是创作和出版的大本营。作为其中的一位高手，画过很多精品、力作。他每次领受任务，首先是熟读文本，然后设计主人公形象及故事脉络，最后才动手。他创作自我要求很高，有时不惜推倒重来。比如《误入白虎堂》，第一遍的技法是黑白加线条，完成后不满意，第二遍用白描、纯线条，直到人物栩栩如生、传神、前后统一为止。20世纪50年代，他画过苏联反特故事《冒名顶替》，出版后一版再版，非常出名。再有是1951年版的《风云初记》，写新中国成立初期的土地改革，他刚画革命题材，还不太习惯，但《风云初记》在我国连环画史上很有地位，收藏界也很重视，印过几十版，近年还出过宣纸珍藏本。然而颜老自己最满意的是《黄巢起义》，这是他画了中国画之后，把场景用于连环画，使人物与场景更为协调的缘故。颜老的连环画，中西合璧，格调典雅，笔墨隽美，人物极其生动，造型飘逸古朴，构图巧妙脱俗，精细之中透出大气。

在上海人民美术出版社画连环画的年代，他还应晚报之邀，到剧场为报纸画戏曲人物速写。那时报道戏曲表演消息，配插画是惯例。颜老因为早期拜颜文樑为师学过油画，有很好的素描、速写根底，能在黑黑的剧场抓住人物的动作瞬间，画出传神的画面，深受报社欢迎。这样的作品可能有近百幅之多，可惜画好当场交给报社记者，没有留下印成册，成为一个不可弥补的遗憾。

海派连环画阵营后来走出了一批著名的中国画画家，包括程十发、刘旦宅等，而颜梅华艺术上的转折，也是这一条路。他上班画好连环画，但心仪的还是国画。为此，他通过颜文樑介绍去拜吴湖帆为师画山水，这部分在他的回忆录中有很多记载。吴湖帆不是学院派，他从传统中走出形成自己的风格，受到业界的广泛认同。学画山水，颜老记得吴老师说：你要学山水，一定要把王蒙的《青卞隐居图》临好、弄通，画里面有树、有草、有山、有石，这是山水的重要构成，弄通了，你想怎么画就怎么画，笔调像写字一样爽气。于是，他专门买了一幅博物馆印的珂罗版仿画，反复临习。还到黄山去观察、拍照，加以体会，临到老师满意为止。

他还临过吴湖帆的《潇湘雨过图》，这是南派山水，雨雾蒙蒙的山前有一片竹林，有深有淡，有很丰富的层次。他临了多遍，选了一张几可乱真的挂在家里。拜吴湖帆为师最大的收获是听到老师讲解，有时吴老师信手抽出一件藏品，给他讲这画好在哪里，不足是什么。有一次拿出的竟是一本宋人画册，为他讲了起来，后来这本画册转让给了辽宁省博物馆。还有，吴家"谈笑有鸿儒"，很多名人前来拜访，颜梅华侧立倾听，也大有启发。就这样，名师出高徒，他慢慢在山水画方面打开一扇门，走了进去。

除了山水，他也勤学花鸟、走兽。跟江寒汀、来楚生等学习，形成自己大写意花鸟的风格，就是用西洋画的方法去把握整幅画的色调，色彩和谐成为他的特点。他笔下的猴子、老虎、马，真实而有灵气。为了画好花鸟、走兽，他还专门去上海动物园实地观察动物，午饭就是啃一两个馒头。

为了完成向中国画的转型，颜梅华花费了不少心力，甚至放弃了很多赚连环画稿费的机会，坚持国画学习和创作。从小画到大画，从小笔到大笔，从故事到讲意趣的文人画，有很多挑战。他一方面靠勤奋，甚至画了撕，撕了又画，反复体悟、创作。他对人说："不用掉无数的纸头，是画不出来的。"另一方面就是读书、拜师、交友，提高自己的悟性和眼界。他读画论，既看古人的表扬，也看批评，知道什么是好的，什么是差的。他交了很多老师、朋友，尤其是江寒汀，对他画鸟影响很大，提携他成长。颜梅华对自我要求、自我追求境界很高，不仅画好画，还要在诗、书、画三者的融合上达到高度。他认为，诗情画意是中国画的精髓，不懂诗，不会作诗，画也必然无趣味。颜梅华对书法也格外看重，除了书画同源、写好字对画好画在笔墨上有共通点之外，他还认为，长题的文字也是画的有机部分，可增加情趣，补充画的言外之意。所以，颜梅华的画往往长题，而且在画时预留了位置给书法、给诗文，以相得益彰。长期的熏陶，到了晚年，书法更成了他的独立追求。他的行书出自文徵明，而草书则追崇张旭、怀素和黄庭坚，千锤百炼，以几十年之功，形成自然飘逸、跌宕起伏的自家书风，加上格外注重结构、章法，令人赏心悦目。

值得一提的是，颜梅华的中国画取中西画法之长，作品沉着稳健，笔墨精到。颜梅华喜读各种历史演义小说，他笔下表现出来的历代伟人、名将有：屈原、苏武、李白、杜甫、岳飞、文天祥、方腊等。1976 年，他与著名人物画家刘旦宅先生合作画了一幅四丈多长的《十面埋伏》，以项羽垓下之战为史实，描绘了金戈铁马、叱咤风云的古代英雄。当年这幅画在香港展出时，使许多观者为自己是炎黄子孙而感到无比自豪。

颜梅华的中国画与连环画题材丰富，面貌逼真。他所作的戏曲人物画也是栩栩如生。1961 年，京剧大师周信芳想把"徐策跑城"中他所扮演徐策的一个戏曲身段用相机拍下来，可是连拍七十多张照片还不理想。于是周信芳特地邀请颜梅华画几张舞台速写，画成后周信芳非常满意，一时传为艺坛佳话。颜梅华创作的周信芳"徐策跑城"戏曲人物画曾刊登于《上海电影》1962 年 1 月号上。著名京剧大师盖叫天、昆剧大师俞振飞也都请颜梅华为他们画过舞台速写。

颜梅华的戏曲人物画在画界是有名的，非但如此，他还是个圈内有点名气的京剧票友，所以他的京剧人物画特别传神。颜老受家庭影响，从小爱看京剧，并与之结下了终生的"情缘"。既然喜欢京剧，就要在京剧艺术的方方面面琢磨到家。他是一位出色的京剧票友，在耄耋之年，一口清亮的好嗓音，依然能够张口就来。谭派老生戏、李派老旦戏，样样在行。他说："就是玩票，也要玩出个名堂。"20 世纪 60 年代，在上海的《解放日报》《文汇报》《新民晚报》上几乎天天有他鲜活生动的舞台速写作品。他爱戏懂戏，寥寥几笔，就能够准确地抓住演员表现的特征，形神毕肖，令观者看后久久难忘。他创作的周信芳《跑城》、盖叫天《武松》等京剧人物画，堪称近现代戏曲绘画史上的名作。

京剧人物画已成为颜梅华绘画艺术的重要组成部分之一，京剧也是他吸取艺术营养的宝藏。颜老认为，中国优秀的传统文化是一个"系统工程"，彼此相通、你中有我、我中有你。京剧表演讲究虚实，这于中国的画理颇有相似之处。

至晚年，说到京剧票友，朋友们说他唱得好，但到后来颜老却不大肯唱了，他说了一段富有哲理的话："我自己知道京剧的高深，既然不可能唱得到位便不唱也罢。这辈子把画画这件事做好已经不容易了。一个人学到老，学不了。"这正是"终一生，择一事"，生有涯而学涯、艺无尽，由此看到，画好画是颜老的终身追求。

颜老性格淡泊宁静、不激不厉、与世无争，立身如此，为艺也这样。不熟悉人家他几乎没有话，但遇到知己颜老说起来滔滔不绝，从绘画到京剧，从品茶到摄影，论古说今，神采飞扬。他身上有一种清逸淡定之气，难能可贵之处在于这般气息同样在其绘画作品中表现得淋漓尽致，达到人与艺的紧密融合，可谓"人成就艺，艺彰显人"。画坛风起云涌、纷繁呈现，他却我行我素、甘于淡泊，长年深居简出，食不求精、居不求华，不喝酒、不吸烟、不社交，江湖官场更是一窍不通。他坦然地说："绘画之道，寂寞之道。板凳甘坐十年冷。"

不过在绘画艺术上，颜梅华是个特别顶真的老人。据说有不少人与这位老画家在一起时有点发怵，唯恐说了外行话让老人"抓住不放"。有一次，颜梅华在饭桌上不留情面地打断一位正高谈阔论的同行，指出他在谈论艺术时的谬误，直白地说："自己搞不懂的事情不好随便讲。"其实对了解他的人来说，颜梅华并非跟谁过不去，他不知道会得罪人，还觉得是和别人实事求是地探讨学术问题呢。他对自己更"苛刻"，他画画用的是做学问的态度。譬如过去他画春秋战国题材的连环画，为查对画中人物的衣着、用具等是否符合当时的真实情况，到图书馆、博物馆找资料，看实物，请教专家，直到把专家问得山穷水尽，专家不得不坦言："别再问了，有的问题我们的考古研究还没解决呢。"古人诗意图是许多国画家"擅长"的题材，而对颜梅华画来就特别"吃力"。如画苏东坡游赤壁，一般画家只要表现好悬崖峭壁、惊涛骇浪、一叶扁舟，一位古装文人，另有童子和船夫即可。而颜梅华却要考证苏东坡游赤壁时是多大年纪，"弱冠"前还是"弱冠"后，以决定画中的苏东坡头戴纶巾还是束发髻。一旦画中有一点东西搞错了，他会毫不犹豫撕掉。遭遇这样命运的画已无法计数。由此人们可知以往颜梅华创作《历代名家名将画谱》《颜梅华历史人物画册》等以及大量连环画之不易。

元代大画家、书法家赵孟頫曾说："画人物以得其性情为妙。"东坡先生曰："传神之难在目。"最初拜读颜老的作品就是其造型严谨、注重结构与传神的人物画。他在西洋画、素描、解剖与速写上，下了很大功夫，特别是以默写见长。颜老主张，作人物画，要从生活中发掘，提炼生动之形象，最不爱画中千人一面。时代已新，不能以今人之画作仿旧画中抄袭之弊。为此，颜梅华中西兼能，在文学与历史方面有较高的修养，所以作品涉猎极广，特别善于画以古典文学、诗词为主题的大型历史创作画及历史人物画，塑造了许多性格鲜明且具有很强感染力的艺术形象。不管是圣贤先哲、帝王将相、贩夫走卒，还是文人雅士、仕女、京剧、芭蕾，在他笔下无不栩栩如生，优美传神。

颜梅华以深厚的素描功底用笔墨来刻画表现眉眼五官，而衣褶、须发，线条随型而绘，革除旧画中钉头鼠尾之公式化，精确写实和疏放写意的艺术特点极具时代精神。观其画章法千变万化，随心所欲，任何题材都能信手拈来，行于笔端。他所创作的巨幅历史人物画《苏东坡密州出猎图》《钟馗嫁妹》《舌战群儒》《万弩诛庞涓》《竹林七贤》《洲桥》《十八罗汉长卷》等，场面壮阔，气势宏大。画面人物，表情各异；喜怒哀乐，形神兼备；苍鹰、奔马、走狗、灵猴，天然生动；服饰、盔甲、刀剑，款款俱精。站在这种大开大合、气吞山河的恢宏巨作前，不由令人拍案称绝。

颜老说："判断一个画家艺术造诣之深浅，无论是中国与外国，油画家和国画家，主要体现在大幅创作上。画面的构图，众多人物的形象、远山近水、飞禽走兽、花卉、书法、题款，项项俱显功力之高低。"颜老常自谦道："自己的长处不在于聪明，而在于勤勉和刻苦。"白天工作、画画，夜晚挑灯看书、练字。"画可以三日不画，书法却不能一日不课。"（吴湖帆语）寒往暑来，用功之勤、用功之苦，非常人能及。同道都叹服其画艺了得，而熟悉其为人行事者，均无不皆知其此等造诣盖成就于他的执着与勤奋。颜老不仅在人物、山水画上独领风骚，其大写意花卉、走兽、翎毛、书法、篆刻、诗词无所不能，饮誉画坛，实为一奇。

至晚年，对绘画技巧，颜老更有自己独到见解，他举例："要画好马，很重要的是多画写生、多临摹。画虎同样要注意画骨，只注意外表是不行的。我习惯于运势起笔，大体骨骼几笔到位，然后再补体态，刻画细部……与画人物一样，要掌握猴子的正确解剖结构、造型动作，不掌握形体结构，传神更何从谈起？只有反反复复地理解形体之每一部分，把结构背画出来，才能运用自如，刻画它的精神状态，使之生动，跃然纸上。"

对用笔用墨，颜老说："我采取写意点垛法，点出大体骨骼和动势，再勾勒面部和四肢，用笔要简练，落笔要肯定。画是寥寥几笔概括出来的，不是描、磨、死啃出来的。要做到这一点，只有积累相当的基本功，多画速写……背景是陪衬的，不要太多，多则易乱，这是我的创作风格。文人笔下之画，不能什么背景、颜色都用上，这容易趋俗。点缀背景亦要简练，颜色尽量少用。表现石头、山坡，一般以淡淡的水墨几笔构成为佳。画树不宜加叶，不然则背景纷乱，猴不易突出。"

颜老说画画的主要学习方法是多看多临。山水方面基础教育法主要是两个科目：一科是树，一科是石。在山水中，树与石是主要的，树傍石，石傍树，树分隔叶和点墨，隔叶与点墨的关系做好了，树就不容易被叠住，树后的石头用各种皴法，层次就靠这样的方法解决的，皴法是用笔墨的疏密来解决立体感和生命感的问题。其水墨山水深得云林真髓，用笔疏秀、意境清旷。山峦重叠、淡远有势，令人莫窥真际。"胸贮五岳，目无全牛"，非笔底书卷不能出也。其发挥人物画特长，因此画中总是穿插了少许人物，与高山峻岭形成强烈的对比。小人物刻画得生动精细，须发俱显，使画面增加了情趣，丰富多彩，形成了颜派山水画的特色。颜梅华回忆，吴湖帆老师对其影响最大的，第一是学画山水，学画墨竹、荷花，第二是在书法。他头一次拿了画给吴老师看时，吴老师说"画得好，书法得练"。颜梅华跟吴湖帆请教过题款的问题，吴湖帆告诉他，款题不好有两个问题，一个是自己文采不够，章法也不懂，还有一个是书法没练好。吴湖帆让他多读古文，勤练书法。在画画方面，吴湖帆让他临摹四张古画，王蒙的《青卞隐居图》、巨然的《万壑松风图》、李唐的《万壑松风图》以及倪云林"折带皴"的技法。前三张古画都是很繁的，倪云林的画很简。颜梅华说："画画的人刚开始学都要经历繁的过程，这样才能把前人的墨迹、笔法、技法上的要点学会，繁了之后才能简，先繁后简。"这也是吴湖帆让其临摹这四张古画的用意所在。颜老说道，中国画，画石不像西洋画讲块面，中国画讲笔墨皴法。吴老师说你也不用临摹太多，有些是触类旁通的，你可以集中临摹几样，山水中有南北宗之分，南宗分披麻皴、折带皴，披麻皴以黄大痴为代表，折带皴以倪云林为代表，还有叫解索皴等。北宗是斧劈皴，以李唐为主，明朝唐伯虎是专门画李唐斧劈皴的。

颜老具有高洁的品行和高超的画艺，他的人生观与人不同、别出心裁，在他看来，画家真正好的作品多出在五六十岁之后，而他的同行里不少人为了挣快钱，将大量时间和精力花在应酬上，颜老对此感到惋惜。他认为艺术家挣快钱，对画界而言是一种损失。颜老认为，第一个人生，前六十年等于是一壶冷水慢慢烧开，从一点不懂而开始学。第二个人生，从六十岁成熟后再学习，是在奠定一定基础后再提高，这是最宝贵的。尤其是临死前的几年，是人生最成熟的时候，这个人生阶段的时间最宝贵。就像制造原子弹的铀（金属元素），提炼起来非常困难，而铀的存在，"放在一起可以直接爆炸成为原子弹"，一生那么多的积累，浓缩、提炼成那么一星半点，非常珍贵而不易。

生命是有限的，艺术是无限的，历史规律永远是逆水行舟，不进则退。这些不仅是颜老的经验之谈，也是他的人生真谛，他不仅给我们留下许多艺术珍品，更成为我们做人的楷模。随着颜梅华去世，海上连坛"四大名旦"赵宏本、陈光镒、钱笑呆、沈曼云，"四小名旦"赵三岛、笔如花（盛焕文）、颜梅华、徐宏达，都消失在历史的长河里，海派连坛昔日的辉煌渐渐远去。江山代有才人出。可以说，颜梅华是一代宗师，大家风范，他倾其一生，孜孜不倦地探索艺术的勇气与生命力，将在中国画坛上闪耀其独有的光彩。这位在追求诗、书、画融合的道路上奋斗了一生的老画家远行了，但他的精神和理想长留人间，也为孕育一批在中国画坛上熠熠生辉的艺术大师铺下浓郁的底色。

2022.12.24

注：本文与柳国兴合作。

"我的根在祖国"
——徐纯中的从艺之路

    2021 年暮春，在迎接中国共产党建党 100 周年之际，宁波镇海区组织文艺名家开展以"乡情回归、作品回归、项目回归"为主题的"三回归"活动，"情系桑梓　心系家乡——徐纯中画展"在宁波美术馆开幕，沪上著名油画家徐纯中为故乡镇海的"三回归"活动添上了精彩的一笔。来自京、沪、浙、苏等地 200 余名嘉宾出席开幕式，参观画展并举行徐纯中作品研讨会。

    从艺近 70 年的徐纯中极具家乡情怀，在画展开幕式上，他异常激动，抒发心声："我是一名画家，更是一名中国画家，根在镇海，情系故里。"这是他每次见到家乡人总说的一句话，把作品带回到家乡展览正是徐纯中多年的心愿。为此，徐纯中把不同时期的创作精品收录汇编，并把作品集命名为《情系桑梓》。观其作品，题材涵盖人物肖像、静物、风景等，其中，以油画《浙江的先驱》、国画《周恩来到大寨》等为代表的历史人物画，着眼于波澜壮阔的中国共产党史和共和国革命、发展史，视野宽博、笔触细腻、色彩充满张力，展现出高超的艺术水准和宏大丰富的视觉冲击力。

    艺无止境，天道酬勤。是具象还是抽象，是纯美激情还是哲理蕴喻，是从祖国文化深层吸收养分来嫁接西方现代，还是选择自身某些积累与气质去揳入他国的艺术主流……如何自我定位，怎样扬长避短，创造新的艺术语言和理念，正是当今我国艺术家所必须面临沉思的课题与实践的目标，也是徐纯中从艺近 70 年确立与瞄定的方向，由此作出卓有成效、硕果累累的业绩。

徐纯中幼年即从父学画。他 5 岁时参加上海市少年宫美术组学画，并举办了个人画展，当时宋庆龄女士热情鼓励他并亲笔题写展名"小画家徐纯中画展"。他 3 岁时参加上海水彩画展，受到颜文樑和俞云阶等名师指点。22 岁时与陈逸飞共同创作水粉画《金训华》，先后在《解放日报》和《红旗》杂志发表，名闻全国。后奉调北京学习国画，师从关山月、方增先、杨之光、周思聪和卢沉等名家，国画《爱之海》入选全国美展。

徐纯中写实功底扎实，融会中外绘画技法，兼擅欧洲油画和俄罗斯油画之长，细腻生动，色彩丰富，视野也相当广阔。这源于他经受过一流的艺术教育而富有学养。他 1979 年考入中央美术学院，1981 年获硕士学位。1985 年又考入日本东京艺术大学，1989 年获博士学位。他是一位学者型的画家，又是一位画家型的学者，1989 年从日本回国后任复旦大学教授，1995 年任美国洛杉矶加州大学博士生导师和终身教授。

徐纯中的人生经历丰富。他留学日本 4 年，定居美国 20 年，游历过 40 多个国家和地区，参观访问包括法国卢浮宫、英国大英博物馆、俄罗斯博物馆和美国大都会博物馆等国际顶级艺术馆，观摩过大量绘画大师和名家的名作，特别是大量历史题材的绘画名作，经受了人文精神和艺术素养的熏陶。期间，徐纯中得到启迪，灵感突发，"我想做一个开路者，走走历史画这条路"；徐纯中希望手中的画笔能够做更多的事情；他说："我的父亲给我取名'纯中'，就是想要我做一个纯粹的中国人。我要通过画笔让华人了解自己的根，并且将东方文明的伟大历史以艺术的形式介绍给西方人。"自此，徐纯中开创了他的中国历史画创作之旅。他以《二十四史》为序，不为功利、不事张扬地年复一年，潜心创作了近百幅中国历史题材画、大尺幅作品。这不仅是对当时绘画技法的展示，更是他对历史直指人心的震撼呈现。倘若站在"历史题材+人物油画"的作品前，徐纯中就是一位"导演"，把千百年前的历史场景"凝固"在画布上，渐进演绎成一幕"静态电影"。他说："画历史油画确实是文学艺术的意念表达，既要有东方文化的积淀，又要有西方画的手法，既要有深厚的历史知识，又要有扎实的写实功力。"

令人称道的是，徐纯中花十多年时间创作的中国历史题材油画系列，成就斐然，在国内外广受注目和好评。他用画笔艺术地忠实地记录中华民族自身的历史，十多年画了近百幅长宽2米和3米的大尺度油画。他画中国历史题材，是发自内心的强烈追求，不接受任何方委托或资金资助，全是按照他自己十多年前的计划，自己买材料，只凭自己的情感和体验，一张张一笔笔地作画。面对当代艺术经济化大潮中的烦躁涌动，他默默地沉潜在画室中，其精神实在难能可贵。

徐纯中的历史油画，是不同凡响的视觉交响曲。当你面对画面，不仅会感受到扑面而来的时代气息，还能倾听出如临现场的轰鸣。他的作品如此感人，是来自对现实主义原创的执意和宏大的主题，血肉之躯，构成了徐纯中历史油画的核心创意。看他笔下的历史群像，从无晦涩乏味，观众在看到现实场景的同时，还深受精神和思想的激励。

徐纯中的历史油画通过特殊的定位，阐述自己的艺术主张。从农民、劳工、兵士，到使臣、总统、皇帝，凡与重大历史事件有关的人物，都可以成为他描绘的课题。他善于在选择题材的基础上，去关注历史事件的含义，并在充满动感的巨幅画面中，刻画局部静态的细腻。在他的《马可·波罗见忽必烈》作品中，50 余位人物神态姿势栩栩如生，佩饰、服装、兵器，甚至酒具的细节，都经考证再现。忽必烈的疑惑，马可·波罗的自信，渲染了事件过程中的画外之音，使观众犹如体验了一次历史的穿越。同样是历史题材，徐纯中的《霸王别姬》充满了音乐感，尽管情节简单，但楚霸王"英雄气短"的哀叹呼之欲出。充满了戏剧冲突的《李白醉酒》，眼神中透着一股洒脱的豪情，李白与杯中酒相依相伴，沉浸在醉酒般的诗意中，让人如沐春风。《唐乐图》中的弦乐、管乐、打击乐，包括古代乐器的箜篌、羯鼓，风土人情，让观者仿佛聆听到音乐的起伏跌宕，或音色温婉，或声调铿锵，令作品充满生命力与感染力。在《文天祥与正气歌》中，他以其纯熟的绘画技巧，将文天祥坚毅顽强的神情刻画得淋漓尽致，"人生自古谁无死，留取丹心照汗青"的英雄气概跃然纸上。徐纯中在绘画中，人物结构精准，构图疏密有致，具有形象栩栩如生的独特的历史人物画风格，且人物众多甚至数十百人的群像，就像是一部中国"史诗"，令人亲历其间，历史脚步犹闻。

肖像画在绘画艺术中是一种相对较难的表现题材，尤其是画好单一人物，要比创作群像困难得多，就好比在舞台上，一群人的表演要比一个人表演来得容易。有人说过："人的形象就是人的全部。"肖像画是通过面部形象、神态和动作来解读和认知人物的内在，要表现出人物的精神气质、身份地位、民族属性、时代特质以及性格特点等等，这也就是人们理解的"生动"——让画中人物说话。正是基于深入地对不同造型观念的理解和人物内在特征的把握，才能进入肖像画艺术的更高层次，也才能展现出肖像画艺术的无穷魅力。这方面，徐纯中通过以形写神、遐想妙得等创作方法，着重刻画人物本身特定的外形特征和内在神韵，获得形神兼备的效果。他还善于利用情节性的艺术处理，准确表达人物内心，如作品《凝视》《小提琴手》《儿子》《我的朋友威廉》《黑衣少女》《戏剧演员》《苏格兰风笛》《斗牛士》等，除形态逼真外，更妙在瞬间的"神似"，仿佛画像被赋予了生命，自然、灵动、丰富的心理刻画，让作者与画中人物、观者之间宛若能够进行心灵对话。徐纯中先后为施瓦辛格、史泰龙、威尔·史密斯、布鲁斯·威利斯、汤姆·汉克斯、迈克尔·道格拉斯等明星画过肖像画。此外，他还受中国政府委托为英女王登基 50 周年绘制了女王夫妇的肖像画；前美联储主席格林斯潘的办公室里，也挂着徐纯中为他创作的肖像画。

徐纯中用他所擅长的"鸿篇巨制"，选取中国历史极具意义的时间节点，采用写实与写意并举手法，将欧洲和俄罗斯画派特长演绎到极致。他强化写实性诉求，充实历史主义主题的艺术内涵。有人称，徐纯中油画风格接近美国画家萨金特（1856—1925）、惠斯勒（1834—1903），善于用印象派丰富的外光色彩，温和的生活场景，描绘恬静之美。作品大都直接写生，刻画得细腻又生动，极具艺术作品的绘画性，使之气息生动，充满美感。

对现代题材，徐纯中笔法娴熟、驾驭自如，像《陈纳德与飞虎队援华》，陈香梅女士看后赞不绝口；知青画《告别小芳》，脉脉深情，勾起无数人深沉的记忆；《晚归》，则是徐纯中在西藏那曲的写实之作，画面中回望小马上两个孩子的母亲，眼神中充满了爱意。值得一提的是，为纪念抗美援朝七十周年，应中央电视台邀请，徐纯中赴东北牡丹江创作系列历史油画《志愿军》。进入审美视野和体验生活，让徐纯中动容的是，当年志愿军身处异常艰苦的生活环境——冷、湿、雨、雪、荒。其时，正好电影《跨过鸭绿江》也在此开机，原来沉寂的荒郊野岭顿时变得嘈杂、热腾，这惊鸿一瞥的"触电"，让徐纯中深怀感动和敬意，他说这片荒原有一座高高的丰碑叫"上甘岭"，埋葬着许许多多不知名的先烈，这是一片祭奠的土地，无论是昨天，还是今天，还是将来，志愿军都是最可爱的人，徐纯中不及细想，他用目光，用线条，用色彩，画出一张接一张的人像写生和历史场景。徐纯中克服寒严带来的手指僵硬，以养眼的清疏，以养耳的寂静，以养神的专注，在这片土地上摘取一片青葱的叶子，永远珍藏，可谓英雄情怀至老不灭，赤子之心永生不死！

在世界艺术史、文物史、比较文化学等研究上很有造诣的徐纯中，无论是写实派还是印象派，对于徐纯中来说，他既不采取色彩分割，也不过分强调色彩效果，而是使用平稳、沉着的笔触，对景象作细腻的表现。他善于捕捉大自然的光影、空气和不同气候中色彩的变化，表现自然之美，因此他的油画，极易引起观众的情感共鸣，引人感悟生命之力所在。像风景油画《海浪》《大峡谷》《灰色的海滩》等，均在细微、深入观察自然的基础上，将隽永的诗意和绚烂的色彩赋予平常的风景中，引人遐思。如果说，历史与考古成就他的史地学识积累，那么，历史与人物更成就了他的人文学养。

除油画外，国画对徐纯中来说也是情有独钟，而且有着扎实的功底。尽管几十年他一直从事油画、历史画的创作，但是他没放弃用国画画人物。早年在崇明农场创作的第一部作品《青春的火花》之后，他又陆续创作了《第一口油井》《延安种子》。他在中央美术学院深造期间，师从连环画家贺友直教授，在大师的指导下，他的创作水平得到了进一步的提升，他的毕业作品《子夜》被中国美术馆收藏，他还参与《中国诗歌故事》《世界通史》等大型连环画套书的创作。他常常到甘肃敦煌、山西、陕西等地临摹大量的壁画，研究古代文物历史，用中国传统文化营养充实艺术思考，从中可以看出徐纯中的激情与艺术才华、造型能力、笔墨情怀。多才多艺的他，在中国画上也悟性十足、不乏天赋，笔墨中同样流淌着中华民族的血液，同样有着英雄闪光的亮点，同样富有感人的艺术力量。

2005年徐纯中从海外归国，又执教于上海视觉艺术学院和东华大学。他多次在国内外举办个人画展，并多次参加国际绘画大赛，先后荣获包括日本首相艺术奖及知事艺术奖，美国国会"阿特密斯"艺术奖及美国州长艺术奖等国际大奖。2008年汶川地震后，他创作巨幅《抗震救灾众志成城》等多幅佳作，并进行义卖，荣获国家和四川省政府颁发的文学艺术作品奖。他出版的中英文油画集、论文集和专著甚丰，仅《美学概论》《古希腊美学》和《佛教艺术史》等专著就有十多种。

徐纯中的从艺与画作得到学界、画界的好评。复旦大学哲学学院博导李天纲教授认为，从自己作为从事历史教学和研究的学者来看，徐纯中作品选取的历史场景都具有强烈的视觉冲击力，很多都是上海乃至中国历史上的重要人物与重大事件，这需要非凡的艺术和深厚的学养才能驾驭。上海中外文化艺术交流协会艺术总监陈燮君指出，作为一名优秀画家，徐纯中描绘对象精确，融会了欧洲和俄罗斯画派的特长。他身居海外，努力在绘制一个从小萦怀的"中国历史画"的梦。他孜孜以求地把自己积累的知识长处，表现到绘画中，做到艺术与学术结合。文化研究学者王超鹰评价，因东方艺术家缘由，徐纯中的历史画加入了中国画的阴阳对比，虚实相生，留白疏密；有选择，有勾稽，尤其是对人物的性格、神态，力求入木三分是其优势；他坚持认为中西技法的混合，不仅是艺术手段的进步，更是中国艺术家不可或缺的特技。细读徐纯中的画，既有肃穆与静谧，又有浑厚和苍寂。紧扣史画的情节，勾画史诗般的魅力，让观者可以获得文学作品一样的阅读韵味。

从艺近 70 年，徐纯中始终不忘初心，"我的根在中国"，这是他经常提到的。他定居海外多年，时今回归祖国，永葆爱国爱乡的赤子情怀，坚持以画笔为载体，向全世界介绍东方文明、中华文明的伟大历史，并把故乡宁波镇海的点点滴滴融于笔尖画心。镇海素有"商帮故里""院士之乡""书香之城"称呼，拥有诸如陈逸飞、顾生岳、徐纯中、郑力、乐震文等 120余位海内外镇海籍文艺名家。近年来，镇海大力推进文艺名家"三回归"工作，推动镇海籍文艺名家"乡情回归、作品回归、项目回归"，许多文艺名家通过各种形式"回归"故里，迄今将有贺友直等名家作品回归，徐纯中美术馆签约开建，出版了《镇海籍书画家作品集》，集中展出来自镇海本土部分书画家骨干和一批在沪镇海籍书画名家精心创作的作品，这一切，让徐纯中尤感欣慰，表示愿为家乡的发展尽一分责、出一分力。

这次画展，是徐纯中从艺近 70 年的一个缩影。从这个画展中，大家可以感受到徐纯中艺术追求的痴心，感受到他付出的一腔心血和巨大精力。他的绘画作品闪耀着古典学院派的新写实主义的夺目光芒，与那些内涵贫乏、外表浮华的绘画作品形成很大的反差，更不用提那种急功近利、粗制滥造的绘画作品了!

　　是的，人们期待着更多写实功力扎实、人文素养深厚、人生历练丰富的画家"沉"下去，殚思竭虑，努力创作绘画精品，为中华民族文化的大发展和大繁荣作出新的卓越贡献。

2021.4

"三头先生"柳国兴的传奇

　　仲冬，笔者驱车昆山花桥，探访和观赏置放在"柳记雅兴楼"内的红木家具系列，室内各种古色古香的家具琳琅满目，四层楼面陈列着近百件家具精品，一榫一卯之间，一转一折之际，凝聚着明清家具的精髓，巧妙地融合了时代特性，致广博而精微，大雅艺术的风采翩然而至。主人翁便是中国工艺美术协会工艺设计分会常务理事、上海观赏石协会副会长、知名赏石家、书画收藏家、"柳记雅兴楼"品牌创始人、被誉称"三头先生"（纸头、石头、木头）的柳国兴。

　　在这方天地空间，笔者强烈感受到家具艺术富有浓郁的民族风格与东方特征，按"几榻有度，器具有式，位置有定，贵其精而便、简而裁、巧而自然"的古训，仔细打量"柳记雅兴楼"红木家具，呈现出端庄典雅的风姿，尤其凸显柔和的自然光泽和华贵的花纹，让人感觉在穿越时光岁月，正发出一股精致、清新的时代气息。

"跑码头"成了"集邮迷"

　　一俟坐定，柳国兴边沏茶边讲述。他祖籍浙江绍兴，1956年生于上海，父亲是工厂技术高手，母亲在针织厂上班，上有两位哥哥、一个姐姐，下有一个弟弟。父母每月收入要高于一般工人，家庭虽非大富大贵，但生活比较宽裕。柳国兴幼年虽懵懵懂懂，但对红木家具印象很深。他说："作为传统文化的红木家具，正以其独有的魅力吸引着越来越多人的视线，引发了更多人的品鉴与欣赏，其内涵博大精深。""记得小时候家里买了一只五斗橱花费了几十元，在当时这是一笔很大生活开销，但父亲说红木家具可以传代。""在工匠的眼中，红木有着百年灵性，历沧桑而隐默，衔天地而浩荡，乃天地精华凝聚而成。其一刀一刻、一棱一角，追求的是缜密有度、精美细腻，尽显工艺师的匠心与精准，不差分毫地演绎着古典家具的精美与细腻。"所有这些，在他幼小的心灵中印象很深。他父母待人以诚，与人为善，与邻里关系融洽，遇到街坊邻居有时会邀请一起吃饭。父母实诚、热忱的待人之道，成了柳国兴成长、生活的做人准则。

柳国兴的父亲写得一手好字，每逢过年，街坊邻居都有贴春联的习俗，这些邻居都会登门求字。才五六岁的柳国兴，忙里忙外，争着帮父亲铺纸研墨。大年初一，父亲领着他去街坊邻里家一边拜年，一边欣赏各户门上的对联，在父亲潜移默化的熏陶下，使他对写字有着特别的感情和悟性。

童年时代，柳国兴在潘家库民办小学、上海第一纺织工业子弟学校读书。10岁那年，"文革"开始，学校停课，他没有像其他小孩那样只顾耍玩，每天与街坊小孩玩过后，柳国兴喜欢待在家里看小人书，还喜欢练字。那时他还不知道这就叫着书法，他对临摹钢笔书法帖有着浓厚兴趣，写出来的字像模像样。

"文革"时期，柳国兴的哥哥、姐姐和千百万知识青年一样，投入到那场壮怀激烈、凄风苦雨的上山下乡运动，分别赴黑龙江逊克县和江西南城插队落户，只有大哥技校毕业后分配到安徽山区一家军工企业。紧接着母亲为支援国家三线建设，全厂内迁至福建三明山区，家里只剩下父亲与他和弟弟。那时，柳国兴才 15 岁，就挑起了家庭担子做"小当家"。

谈起"小当家"，柳国兴回想那段往事，感慨地说："别看我年龄小，但生活安排得有条不紊。父亲每月给我 90 元生活费，他喜好烟酒，所以我和邻居、同学采取有价调换，保证父亲的烟酒供应。那时，不管寒冬酷暑，我每天清晨 5 点去菜市场排队买菜，荤素搭配、三菜一汤，让父亲下班回家能吃好喝好。""哥哥和姐姐插队的地方都很艰苦，每隔一段时间，我还要购买些食品以及凑零钱汇寄他们。"

福建三明位于武夷山脉与戴云山脉之间，地处闽中和闽西北结合部，20 世纪 70 年代，中国与苏联交恶，为了备战，加强了"大三线"建设，柳国兴的母亲也随上海国棉二十六厂迁至三明。年仅 16 岁的柳国兴第一次出远门去探望母亲，他背着沉重的大旅行包，踏上开往福州的火车。那时铁路交通闭塞，火车到了来舟再要换车到厦门的火车，乘鹰厦铁路途径来舟小站到达三明，那年代物资短缺，所以去福州时，有位姓陈的叔叔叫他捎上化肥、啤酒，这么来回就能赚上三四十元，这可是当时一个职工的月工资。之后，他还"跑码头"到嘉善"倒卖"折伞、双仕日历手表，每次赚个四五十元。对"跑码头"以物换钱，柳国兴至今问心无愧，因为合法、合情、合理。

回到上海，柳国兴将带回的土特产、物品卖给了左邻右舍，从中赚到不少"差价"，亦练就他一个活络敏捷的经济头脑。

1975 年 3 月，柳国兴中学毕业，就近分配到离家最近的上海延安油脂化工厂。该厂创建于 1939 年，主营硬脂酸及有机化工材料，其产品的"蜜蜂牌"注册商标在国内外具有很高的声誉，主要产品硬脂酸及轻质盐类、甘油的生产已有几十年，质量稳定可靠，在师傅的指导下，柳国兴很快掌握了整个生产流程和工艺技术。

1978 年，22 岁的柳国兴在车间里的工作是早、中、夜"三班倒"，他利用休息的时间开始玩起邮票的收藏与交换。说起邮票、柳国兴认为，邮票承载着一个国家、一个民族的历史与文化，展现一个国家的政治、经济、科技、文化进步和发展成就。邮票虽小，但在方寸之间体现出文化价值的理念，是一个国家、一个民族文化印记的特殊载体。他充分利用上早班的机会，手脚麻利地干完活下班，到下午三四点钟到长宁电影院观看一群人欣赏各人手中的邮票并相互交流、交换着。

邮票，在中国人的心中都有着不可磨灭的记忆，特别是对于老一辈的中国人来说，邮票上承载着的不仅是时代的印迹，更多的是集邮爱好者年轻时候的美好回想。有一天，柳国兴看到年近花甲的几位老人在鉴赏一本 20 世纪 20 年代的贴票本，他忍不住凑上去说："我家里有。"几位老人不屑一顾地看着他，叫他明天带来。让老人们没想到的是，柳国兴第二天果然带来了一本发行于 1925 年的苏州五洲邮票社出的贴票本。这本珍藏本是当年柳国兴父亲从邮商手中买来的，这位姓桂的邮商是当时柳家的一个租客。就这样，柳国兴也加入了这个集邮爱好者的圈子里，成为"集邮迷"。

中国邮票诞生于 1878 年，当时清政府在上海、烟台、牛庄等五个地方设立邮政机构，当年上海海关造册处印制以龙为图案的一套三枚邮票。近百年来，中国邮票的图案、选题发生比较大的变化，它显现出具有鲜明民族特色、历史沿革，以及博大精深的内涵。改革开放后，曾掀起一股集邮热潮。柳国兴对笔者说："纪念邮票、特种邮票在上海发行，连夜排队也不一定买到，而在三四线城镇会有余量。"从 1980 年到 1984 年的四年里，只要有新版邮票发行，柳国兴就会利用轮到上中班和晚班机会"跑码头"，坐火车到嘉兴邮票公司，仅留下买一只粽子当午饭的钱和返程车票钱，其他全都购买邮票，放在饼干箱里带回上海，下车后，一路小跑直奔厂里再上班。他每次倒腾一下，可以赚取百分之二十至三十的差价。他们这些集邮爱好者在长宁区自发组织了集邮小组，没多久，由柳国兴发起成立了全国第一家注册登记的集体性质（三产）的集邮经营部——上海延峰集邮经营部。因为当时中国人民邮政由国家统管，别无其他成分组织。

中国邮票的历史分为：清代邮票、民国邮票、解放区邮票、新中国邮票。而解放区邮票市面上少之又少，十分珍贵。一次偶然机会，柳国兴从市场上"捡漏"，买到两枚盐阜区的邮票，从而改变了他的人生命运。这两枚邮票，他花了25元人民币，差不多占他月工资的三分之二。为了验证邮票的真伪，他又花28元买了一本极具权威的台湾《杨乃强集邮目录》，在此目录上得到了证实。他还不放心，当得知市工人文化宫有老法师鉴定邮票时，便立即赶到那里。那位老法师一见这两张邮票，顿时两眼放光，询问柳国兴从何收来，此时柳国兴一阵窃喜，进一步证实买对了货，柳国兴用了一句"家里上代留下的"作了搪塞，转身就走。后来，一位邮商出巨资买入，这两枚邮票外加11张飞天小型张，为柳国兴换来了8 000元人民币，这笔"大款"足够他在国际饭店大摆婚宴，外加装修房子和蜜月旅行，"1984年5月23日，小'纸头'帮我风光完婚。"柳国兴如是说。

"玩石头"转向"老红木"

讲述柳国兴从"集邮迷"到爱好收藏石头、书画、红木，不能不讲及他在上海延安油脂化工厂的工作经历。作为收藏、玩家，他投入精力、财力，但对本职工作还是尽心尽责的。在单位，他人缘好，很仗义，做事中规中矩，在工友、领导中很有威望。不妨举两例：作为分房小组成员，他为一位老实巴交的师傅呼吁交涉未能成功，经实地勘察，柳国兴想出一个主意，将原房再起一堵墙，原面积由此缩小，解决这位勤恳、老实师傅的分房问题。柳国兴住房是自建公助，他提出自己不分房，由自己建造，领导同意，但一切手续均由个人办理。没多久，他把办好建造的各类正式文本交付领导，然后拆掉老房自建房子，工友们开来翻斗车、卷扬机等相助，足见他性格刚直、待人友善。20 世纪 90 年代初，领导请他办三产、开饭店，他答应了，结果生意做得红红火火。柳国兴是一个丁是丁卯是卯的人，因参加长宁区商会组织的香港行，手续齐备，但新换的厂长不同意，柳国兴干脆在 1993 年提出辞职"下海"。

　　说到"玩石头"，柳国兴说是因闲逛奇石市场而结下石缘。如果说他在集邮上成果丰硕，那么他胆大心细，有所作为，敢于涉入书画收藏、奇石赏玩领域，而让他最痴迷、钟情的还是红木家具的收藏、制作。柳国兴说，对红木家具一直是他童年的梦，总想有一天能够拥有一套红木家具。20 多年来"下海"经商，他赚到了一些钱，爱好收藏，但最喜欢的还是老红木家具。柳国兴说他自己买到一套红木家具并不困难，但他想拥有一大批红木家具，因为这是一种文化传承，是国粹精华，自己喜欢观摩欣赏，动手做自己心仪的红木家具。

　　于是，这位成功的企业家在以藏石家风采斐声业界不久，又以一位红木家具的使者形象登上了古典家具的文化舞台，创建了"柳记雅兴楼"老红木家具工坊。说起红木古典家具的收藏和经营，其实正是柳国兴童年时代的梦想和情结。一直以来，无论做什么，柳国兴心里始终没有停止在这一领域的追求，他早年就曾得到恩师、上海著名明清家具收藏及鉴赏家余梦如的亲自指点，他每星期总有三次到他家拜访，谈到深更半夜，虽然夜色沉沉、饥肠辘辘，但经恩师点拨由此登入大雅之堂，汲取红木家具精华之奥秘。柳国兴着眼于文化，注重于工艺，由他率领的"柳记雅兴楼"红木家具工坊团队打造出来的精品，自有一派卓越、优雅之风度。最具精彩的是，"柳记雅兴楼"打造的红木家具百分之百用"泰料"。

说到"泰料"，柳国兴讲述他的经历。红木是我国明清家具和木雕工艺品的主要材料，实际上"红木"或"老红木"曾经是酸枝木的称谓，主要产于东南亚各国，其结构致密，质地温润，纹理细腻，可沉于水。因为木料剖开后会散发出一种略酸的香气，故得名酸枝木。明清时期的家具材质"紫檀""黄花梨"及老红木（即交趾黄檀），俗称黑黄红。因泰国产的交趾黄檀材质最为优异，故人们褒称其为"泰料"。只是交趾黄檀生长期特别漫长，出于对本国资源的保护，泰国政府早就明令禁止对其砍伐和出口。"泰料"成了红木爱好者心目中可遇不可求的珍品。

柳国兴运气好，也有缘，早年柳国兴听朋友说，位于东南亚的泰国、缅甸、老挝三国边境地区的"金三角"有红木老料，于是他先到我国广西，再进入越南，最后打听到在泰国附近一个村庄有87幢古民居的拆房料，通过中介人与该村长谈判，最终一口气买下1 000多根、约重70余吨的古民居"泰料"，通过运输、进关，再运至浙江红木家具作坊，一环接一环，环环相扣，花费400万元左右办成此事，一时成为红木家具爱好者和收藏圈的热门话题。当数位红木鉴定老法师面对连榫带卯的旧梁柱时，都首肯并确认这些老红木已有200多年的历史。这个"收旧"没有让柳国兴陶醉，相反，急急抢购买来，柳国兴又不急了。他去书店买了一堆有关红木家具的书籍，到红木家具店实地观摩，甚至当天来回去京看明清家具实物。恩师余梦如对他"点石成金"：先不急于"剖料"，应先买"红木板"，因为"材料好寻板难买"；如此这般，柳国兴又买了200万元红木板，潜心研究了整整三年，弄明白红木家具的奥秘。"泰料"搁置捂了三年，他脑中亦悟了三年，最后柳国兴聘请名匠对这批老料做了精加工，依故宫所藏家具原样精心制造了一批老红木家具。这些名匠充分贯彻了柳国兴一直津津乐道的"好料、好样、好工"的原则。原本是泰国古民居拆下的旧料，却因为柳国兴的运作成为精致典雅、高贵华丽的精品家具，可谓"旧貌换新颜"，轰动红木业界。

"雅兴楼"守正"创新牌"

柳国兴现场讲解，他指着一套中堂家具说，这套传统的厅堂家具共12件，由翘头几、八仙桌及六椅、两几、两只花架所组成。它的制式，从一般人所说的九九灵芝改成而来；因为一般的九九灵芝没有99个，为讨口彩而称九九，即九九至尊。柳国兴将99个灵芝具象化：圆盘周围共36个，下方13个，加起来49个，两边扶手各25个，一共加起来99个灵芝，这个制式目前市面上独一无二。柳国兴说，在制作时，灵芝需要保持完整性，一般做法冲天灵芝比较小，柳国兴在做的时候椅背后加一块板，但加一块板显得比较臃肿，柳国兴于是重新处理，去掉圆形背板，这个造型看起来比较讨巧，不再减少冲天灵芝的宽度。

柳国兴信手指向一张写字台，道出其中奥秘：写字台主要为书房使用，它的面子是以三相云石所组成。这块三相云石是从整块云石中切割而来，分别为主副三块云石构成是一幅完整的图案，整体框架采用洼线加灭角线，给人一种简洁、明了之感。他又指着一把扇形南官帽椅讲述故事：这把椅子是在著名文物家王世襄收藏家具基础上仿制而成，不同的是，正是靠背上的这朵牡丹。王世襄椅子的牡丹，尚处未完全开放状态，为了让它更生动、形象，柳国兴有次正好在花开时天下雨了，他便在雨中观察，发现这朵花蕾因受力，不是往左便是向右摆动，柳国兴脑中顿时悟出图案，花开时一定是成双作对的，花朵盛开季节应呈作对形象，这就是雅兴楼与王世襄家具有别之处。让柳国兴自豪的是，这里所制的每件家具，背后都有由雕刻匠用手工刻制了自己的商标："柳记雅兴楼"。商誉乃信誉也。

随后，柳国兴对各色家具如数家珍：这是一张三板几，何为三板几？就是用三块独板原料组成，一张兼具写字台式样的四个插角用如意图，看上去比较明了、大方；与它配套的是一把靠背椅，上下开光当中嵌以瘿木，给人一种富贵气；这是一套乾隆年代"年年有渔回纹书橱"，高度1米96，在细部进行了修整，这套书橱放置了七八年，它的制式以及老红木多年反应出来的包浆，证实是件不可多得的书房用具；这是一款用老红木制作的经典产品，名叫双龙博古架，下面两条立体的龙，支撑着上面的三段隔断，这里的比翼回纹，雕工细腻，制作精良，体现了工匠精神，这里所有的回纹，每一小段都需要五个人工，作为收藏珍品，雅兴楼不惜花费大于一倍的人工把它一段段制作出来，所以这一对博古架目前少见；这是用老红木制作的清代七屏风塔床，前三块屏风使用平安博古图，外面围着瘿木，再围着螭龙透雕，床的两边围着凤首，前面是螭龙透雕，中间点缀永安五铢，双腿镶嵌上下两组瘿木……

　　走到红木靠背椅，柳国兴坐下演示：当人坐下去，靠背上沿会有不舒服感，人站立起来还会夹住衬衫，所以就在靠背椅上沿的反面手工做成弧形，这样整把椅子呈流线型，坐着舒适，又具美感。又如藤面太师椅，它要比木头贵，但坐在上面，藤下有根木料支撑，不仅舒服，而且牢靠，柳国兴坦言，"我做家具有我特色，融入我的思想"。此刻，柳国兴指着吃饭的一张八仙桌问道："你们有什么感觉？"他用卷尺丈量桌子高度，高度在83公分，柳国兴说，这叫着"不出头"；宽度按古制不能大于100公分；若要出头，约定俗成"1、3、6、9"数字。写字台高度是86公分，86公分左右这样配四尺头椅、圈椅，高低适中；台子面板拼不能斜拼，因为木头势头有直势、斜势……这里的门道无穷。古典红木家具按明清皇家制作，分成几大类：案、桌、几类，椅、凳类，床、榻类，柜架类，屏类，还有盖、架、座、匣类及其他，融实用性与美观性于一体。柳国兴说，除材料外，做家具要有独特想法，有艺术创新，在这方面，雅兴楼既传承守正，又创新品牌。雅兴楼家具重料繁工，主料全部采用百年老红木，每一件作品都精工细琢，力求线条精致流畅，漆工全部采用生漆，"三批三磨两漆"之工序必不可少，如此匠心技艺，才能保证作品平滑完整，甚至连衔接处也做到天衣无缝。

收藏制作家具其实又与营造园林相互辉映。在这里，笔者插叙一下柳国兴赏石、玩石的故事。灵璧石，又称磬石，产于安徽省灵璧县磬石山北麓平畴间。灵璧石位居中国四大观赏石（灵璧、太湖、英石和昆石）首位。"灵璧一石天下奇，声如青铜色如玉"，这是宋代诗人方岩对灵璧石发出的由衷赞叹。柳国兴看准了目标、大胆斥巨资，2005 年在安徽灵璧县渔沟镇，与李富贵共建了一座占地 44.8 亩的灵璧石公园，取名"天一园"。

"天一园"，园内绿草芳菲，曲径通幽，亭台楼榭，雕梁画栋，是国家 AAA 级旅游景区。该园的建立在当地被赞为一件盛事，被誉为"皖北第一园"。研究灵璧石的专家孙准滨专门为柳国兴题字"通灵宝璧"，以表赞许。柳国兴也成了上海第一个在安徽投资建设灵璧石主题公园的人。

"共饮一江水，奔腾入海流。"上海虽不是奇石资源地，但以其国际都市的审美品位，紧紧把握着全国奇石赏玩的风向。让石头说话、让石头亮相、让石头站台，正是柳国兴独特的风格。2019 年 3 月，国务院明确"将长三角区域一体化发展上升为国家战略"，并通过了《长江三角洲区域一体化发展规划纲要》，长三角一体化区域发展迎来战略机遇期。2020年，他携美石登上了中国最高建筑"上海中心"举办奇石展，完成了国内首个跨地域展览，让国际友人也领略了美石的风貌。2021年3月18日，由柳国兴担任副会长的上海市观赏石协会策划筹备、四地积极响应，成功举办了长三角赏石艺术联盟雅集活动。因昆山毗邻上海，又念曾有昆山交往经历、人脉深厚，柳国兴乘长三角赏石联盟东风，于2020年4月将"柳记雅兴楼"迁址到江苏昆山。

柳国兴收藏的栖霞石"群峰"，时今就立在上海市观赏石协会"石友之家"的门厅，成为展示海派赏石一扇窗口，充分蕴含海派藏石"海纳百川，包容天下"的博大胸怀。

不妨把镜头向前推移。除了赏石，柳国兴亦爱好书画。2010年5月，他在上海奉贤海湾国家森林公园建立了"雅兴楼书画艺术馆"和"雅兴楼茶艺馆"，柳国兴对著名国画家颜梅华作品情有独钟，投入近300万元、收了颜画100张，柳国兴将其收藏的书画、奇石、古典家具精品在书画馆展示，各呈其美，尽收眼底，吸引了四方宾客。后受地理环境、气候条件影响，书画馆撤馆，回收300万元投资而损失100万元，但柳国兴并不后悔，为耄耋之年的老画家颜梅华在此展示部分藏品，正是他的心愿。

上海市收藏协会会长吴少华及业内诸多收藏家对雅兴楼守正创新、对柳国兴传承与保护中国传统文化给予高度评价。因对明清家具及其相关文化有着独特见解，由柳国兴提出关于修建"海派绘画"领军人物任伯年纪念馆一事，与政府部门合作，走访在古建筑领域很有名的浙江省旅游科学研究院，与院方专家花一个多月时间走访、考察任伯年在沪居住建筑、生活环境等，并被聘为任伯年文化旅游区修建规划项目专家顾问，经任伯年家乡专家科学考证，已作为2012年杭州市萧山区重点文化项目加以立项，项目在2012年底开工，现已建成，融会了柳国兴长年来积淀的大量宝贵文化思想和见识。作为绍兴人，柳国兴至今有一个构想与夙愿：想为当代著名文学家、思想家鲁迅搭建一个红木家具书房。与此同时，柳国兴还热衷社会公益事业，参与"蓝天下的至爱"慈善拍卖，多次捐助社会慈善事业，可以说，柳国兴有思想、有个性，对收藏事业有追求，但他不求闻达，不事张扬，其人品，其爱心，令人肃然起敬。

2022.12

纪实文学与友人通信
——致文友晓申

（一）

晓申台鉴：

因昨与原报社同事聚会见聊（由于疫情我不太出门，主要我工作最早一家报社的六七位同事，有十五六年没见面，故相约在延安饭店吃饭叙聊），今才认真拜读您的三篇纪实自传体文章，应该说，写得很真实、很平实，三位都有不同的人物性格：一是青梅竹马的"初恋"的人生，二是发小"巧妹"的身世，三是同学"阿萍"的遭遇，好像都属悲剧式人物，由此不仅想起宋代词家辛弃疾的"少年不识愁滋味，爱上层楼。爱上层楼，为赋新词强说愁。　而今识尽愁滋味，欲说还休。欲说还休，却道天凉好个秋"这首名词，历经人间沧桑，感悟人世变化无穷。

对您的"初恋"，写得很真实，可能年幼，也不懂，时到如今才真正懂得这份真实的感情，这是世界上最宝贵的，失去的永远回不来。而后面二位，我读后沉思许久，特别是"巧妹"的拒绝见面，以致后来打电话没人接，知道她"走"了；而阿萍的去世，以及她丈夫大殓时的悲伤，浮现眼前，唏嘘不已。

写传记，贵在真情、真实。如果材料剪裁得好，会让人读得感动。读后，我建议：除在写人物故事、细节外，对大时代背景要略有叙述。从文中读到，我要比您年长，自然熟悉您所写的时代，但现在年轻一代，不一定知道当时背景，像"面向农村、边疆、工矿、基层"（即"四个面向"），包括"拉练"等等，文中要有所交代；还有"巧妹"的贫困、阿萍的"忧郁"，有些情况能详叙，可能使自传更有分量，对后代读者能读得更明晰。这是我不成熟建议，供参考。其外，书中的配图，最好能用真实照片，像老外的图片（您可能是暂时替代）似不宜采用，这样使自传体具有真实性、可读性。至于是否侵犯肖像隐私，可否再想想办法（如征求家属意见等），或加以说明，或用风景照、风物照替代。

此三篇文章所写的单位地方，我比较熟悉，像位于澳门路的中华印刷厂、宜昌路的上海啤酒厂、中山北路正门的华东师范大学等，我都很熟悉，真是很巧。如果写传记，不妨还可用点闲笔，以景托情，这就需要点文学笔调。期待能读到后篇，特别您说过的您的个人情感故事，当然，这是写个人，更在写时代。祝写作成功，希望能读完全篇大作。

此颂

笔祺！

2021.8.29

（二）

晓申惠鉴：

　　三篇纪实大作拜读，很感动，觉得写出自己的真情实感。对这三篇各提自己的观感、意见：《大哥，我们来世相见》，这篇主要写同父异母的大哥，对大哥的经历有真实的描写。这位大哥是上海海运学院（军工路）毕业，这是"文革"前一所很有名的大学（现为海事大学，搬到浦东新区临港去了），其写兄妹之情，很贴实，有许多生活小细节，甚好。但"文革"这段，可能您那时还小，所以我觉得您只是写了个大概，对其中的"文革"细节，还比较粗线条，有些地方描写还不太对，比如红卫兵替代共青团员，这个说法不对，不过那时共青团组织瘫痪了，那时共青团中央胡耀邦他们这批领导都"靠边"了。至于"串联"，有些细节亦有误，像这类可以读点或参考经历过那年代人们所写的回忆录，再结合您的所见所闻，似可写得更细腻。后来您大哥"下海"（改革开放后，很正常的），这段历史可以再写得细点，至于结尾，我有点不明白：您大哥为何拒绝与他联系，难道一直"死"下去？按我猜想：您大哥现在应该已到耄耋之年了吧，难道这段苦难史还要"保密"？有什么其他原因么，能否写得透明点？

　　《藤儿蔓儿总关情》主要写您舅舅的，很亲切，有许多回想、念想，文章感情写得很真挚。在西安空军学校的这段生活写得也比较活，可能都是自己的亲身经历，所以，场景描述、内心表达都很真实，特别是写您舅舅对您母亲治疗、而后自己在西安得病去世，尤其在秦岭半路上断气，这个情节读来很生动，令人唏嘘，真可惜，您舅舅去世才70来岁，多么悲愤！顺问：兰州军区能管到西安军校么？从地图上看，兰州到西安距离挺远，兰州、西安我均去过，但与您所处的那个时代太远，实在想不起来。其实您在军校三年，可以再写点，这段生活对您很有意义、很有价值。

《再见时，他已在坟茔》，这篇写司马哥，亦很有情感，相对讲，要比前两篇展开得宽、写得深，我对这篇印象深刻。如果还有什么故事，特别是牺牲的情节，能有交代，则更好。

三篇三个人物，二个是自己的亲人，司马哥不是亲人却胜似亲人，我是这样感觉的，读后有趣有味；若有空，我觉得可以再加工、补充，像大哥，对二哥二嫂也要有叙述；又如舅舅，对您母亲与舅舅的关系，应该有铺垫，这样读起来不突兀。至于司马哥，他的家庭背景也无交代，使读者不明晰，我读后甚有遗憾。这些意见仅供参考，对不对，由您决定如何补充、修改。另：第一篇，我勾出红色部分，我以为有点不确切。把"文革"好好展露、真实记录，也是我们这代应尽的责任！ 此颂

文安！ 2021.8.31

（三）

晓申大鉴：

昨晚（您这儿也许应该是上午）感觉比较累便早睡，今上

午拜读"林老师""奶奶小哥"此两篇，分别写下自己的读后感。

"林老师"这篇，凡经历"文革"的，对这样的老人，都会有印象，其实这些都是品行高洁的知识分子，在那个"知识越多越反动"的年代，这些老人的命运是悲惨的。只要有人性，或者是不想"爬上去"、不要求"进步"者，都会同情、怜悯。中华印刷厂其实是著名的文化单位，即便是小小工人，其实是文化工人，如同在报社，排字房里的工人，一般编辑记者都很尊重他们，排字水平高的，他们识字水平不同于其他老百姓，特别是繁体字（这家中华印刷厂印书，以前都是排字排繁体字，即古籍书多），所以"林老师"，不同于一般排字房师傅，他的文化知识水准则更高；对您讲述的此篇人物，比较宽容地说，确实写出自己的真实感情；但若从文学角度，似还有遗憾，似还可以写得更好些。按我不成熟意见：对"林老师"的人物刻画，最好通过具体事例，把一件事叙述完整。像"林老师"送您一个橘子，为什么要送、具体场景，描写得一般，也许年代遥远，记忆不甚清楚，那么可以挑选对您影响最深的写，特别是他帮您学法语，在那时代是"大逆不道"的，教您学法语要冒很大风险的，所以，这里面把当时的心境刻画、环境介绍可以再展开。给年轻人上法语课，在时下很正常，在"知识无用论"时代，那时知识人的命运如何，通过您的写作，为当今年轻人起到"告诫""勿忘"作用，让年轻人不要忘掉那个荒唐、荒谬的年代。再有，就是所谓"国际间谍"，对"林老师"的生活经历交代得不够，若说他是"国际间谍"（当然是帽子，子虚乌有，真是的话，不会放到中华印刷厂监督劳动了），这里面的故事可以进一步阐述、描绘。总之，我觉得您重点要写"林老师"，那时的您，不谙世事，很单纯的，所以"林老师"能够看准您，说明"林老师"历尽沧桑、富有人生经验。所以重点刻画"林老师"，最好有具体事例，能叙述"林老师"以前的生活经历、不动声色地讲他的故事，而不是简单地用"哲学家"语言概括。至于旁枝末节的"团支书"（"文革"中这类"左派"实在太多，这是历史悲哀，时代造就了她〔他〕们），可以略写，她对"林老师"有否"交集"，若有，可以做陪衬人物来写。

"奶妈小哥"读了，觉得感情真挚，也许幼时，越是幼时情感越是最单纯、最纯洁，对"奶妈小哥"的写作，也许是汇集自己长大后逐步听说以及自己记忆而写，在初读时我脑海里想到：会不会提到鲁迅回家乡写少年闰土这样的情节？固然，看到您同样写了。"文革"期间，说实话，我喜欢读书，可是"书荒"没书可读（特别是数、理、化，没有导师指导，便只能转读文科类书），内心很苦闷；就我个人，不像有些青工喜欢吃、喝、玩、乐，今朝有酒今朝醉，或者无所事事，整天混日子、混病假去玩、去"荡马路、数电线杆"，所以"偷读'毒草'"，但读鲁迅的书并不犯法，所以对《鲁迅全集》（10 册，1957 版本）我读了三遍，对鲁迅写少年闰土的这篇印象十分深刻，当然，鲁迅是大文豪，像鲁迅这样写，恐以后难以有人达到这样的水平，而您写"奶妈小哥"有些地方写得可以，但读后我个人觉得写得还比较平，就事论事，没有把"奶妈小哥"真正的性格写出来。鲁迅写少年闰土，小时候两人非常融洽，小孩时的场景描写得惟妙惟肖，但鲁迅成为文人后看到成年闰土，闰土沉默寡言，变了一个人似的，这样的"隔阂"，实际是阶层、家庭造成的。当然，您和"奶妈小哥"不可同日而语，但通过几件小事，若能把"奶妈小哥"的性格栩栩如生地复原，能打动人们的心灵，那类纪实文章就进入一个比较高的境界。想顺问下，为什么到自己大了，反而不想去江湾了呢？现在的江湾镇，建设得非常美，古镇我没有去过，但江湾镇这里街区今非昔比，特别是有复旦大学、同济大学，那里的人文气息十分浓厚——不仅仅光是商业味道！

啰啰嗦嗦地说上这些，未必正确。我是"眼高手低"之人，评论别人作品也许可以说得头头是道，若自己写起来，连您的一半水平都达不到。这些均作参考吧。暂写这些。此颂

笔安！

2021.9.2

（四）

晓申台鉴：

写大学同学大郭一文拜读，为这样的真挚友谊感动，并深受感染，美好的生活虽然过去，但难忘的回忆留在心中，永远不会抹去。

最感人的是攀登华山的这一小段，有人说：旅游是观察人

性最好的机缘。一个人大度、小气，一个人利他、自私，都会在旅游中暴露。大郭在登山途中帮这帮那，可见他的心地善良，性格活跃，以及对您有特殊的友好感情。说实话，攀登华山我也攀登过，但爬到半山腰，我再也爬不动了。我是与一位历史学家一起去的，这样的过程我很熟悉，现在想来，爬山有爬山的乐趣，其实在于赏景，与这位历史学家一起攀登，他给我讲述许多人文、历史故事，所以印象特深。

21世纪后，我出去旅游，不太爬山了，主要休闲。要说爬山，其实黄山的美景更不错，我曾五登黄山（主要开会、访问），对黄山特有感情。当然，此文您主要写人，通过事情来反映人的性格。其中有些小节，值得叙述。但若从写作角度，对材料的剪裁、挑选，我觉得不够。看得出，您的写作凭感觉，写到哪里就哪里，这样读起来，读者的感觉就比较平淡，日子一久，就会忘却。

另，读到去苏州西山的天池山，苏州西山我多次去过，听说有天平山，也许我孤陋寡闻了。苏州是一座美丽的城市，"上有天堂，下有苏杭"，曾多次采访，也住农家，特别访问镇湖镇的绣娘，真是巧夺天工、心灵手巧，迄今印象深刻。总之，此篇我感觉写得平了些。还有：绰号"猪猡"，我以为不是"绅士"，文章不雅，我觉得似应修改。至于描写英语老师的讲课，其文辞也不甚好，他的神态似可写得更传神些。坐落于中山北路的华东师大的老师，其实都是非常优秀的，中文系、历史系、地理系、教育系、心理系，包括理科的一些系，都是名系（后来的艺术系，我就不太知道了，也许是认识到艺术教育的重要而设置），特别是施蛰存、徐中玉、钱谷融诸先生，都是"国宝级"人物，可能你们没有听过他们的课，这些老先生都是我国一流学者，我有机缘曾上门请教于他们，他们对学生是真正的好，迄今我深深地怀念他们！最早的，即"文革"前的校长刘佛年教授，是我国顶尖的教育学家，可惜"文革"破坏了这所著名大学的声誉，教育质量下降许多。"文革"前（1959 年 3 月），这所著名大学被中央确定为全国 16 所重点大学之一，特别是古典文学方面，远远胜过复旦、上海师院（现上海师范大学），名气在全国如雷贯耳，现在排位却落后许多，不胜唏嘘。

我觉得对大郭此人的回忆，还可更深刻一些，尤其对他的外表性格和内心世界的刻画，若有机会，可以再做补充。读文章，了解到王晓玉老师原来是你们的导师，倒很有缘分，王晓玉是著名作家，当年 77 级、78 级，华东师范大学中文系出了一批作家，他（她）们的作品影响一代人。王晓玉老师原来我们很熟的，因为她们经常与我们打交道，没有架子，有共同语言；后来这批女作家渐渐淡出文坛，转到教育界、影视界，也许转得对，按时下，继续当作家，恐怕自己的饭碗都难保了。打住。

此颂

祺安！

2021.9.7

（五）

晓申惠鉴：

　　拜读《潘先生，请受我一拜》，觉得这个潘先生值得一写，主要能写他的性格、风骨与高洁品性，以及他的学问。像潘先生这样的知识分子，其实很多，但没有人去写，以致认为中国的知识分子软弱可欺，是没有人格、风骨的，其实是一种偏见，可惜当今中国文坛没有反映，特别在文学创作上（主要文学期刊现在很难发，这些主编们也许为自己一顶"乌纱"，宁可得罪作者，也不愿得罪上司）。虽如此，但有良知的知识分子不会消失，他们永存、永在。

　　从文章看，确实是纪实的，也许真正对潘先生的经历、人生以及做事方式有深入了解或者是仔细询问、访问，但没有把潘先生内在、内心的东西写出来。读后，觉得发议论的东西（成分）多了些，对潘先生的性格细节没有展开。很多东西，其实根本不要自己去说，用自己写的人物的事情与事实展开来说，而不是自己去写自己的想法（这方面可以略写）。按新闻报道方法写作，其实是需要客观、公正包括背景介绍、新闻分析，但作者有自己的观点、情感，所以聪明的作者、访者常不多说什么，而是选用公正、客观的事实理性地写，其描述的东西完全不掺和个人色彩，但其中却蕴含自己的观点、情感，让读者如临其境、感同身受。有位友人说：写人的文章，主要写事；而叙事的文章，关键是写人。所以，这条原则，似适用您的纪实写作。本文中写了几件事：合唱排练、去京火车上、到宜兴、到家作客等，最好能写得细致点，成功地刻画潘先生的性格。

对潘先生的婚姻一事，可能涉及个人生活隐私，其实放到整个社会大背景下看，潘先生的"初恋"是悲剧，但"悲"在哪，年轻人不知道，通过叙述，让当今年轻人了解：哦，原来前辈们、那代人的个人生活是这样走过来的。潘先生是无锡宜兴人，对故乡故土他是有自己的真挚感情的，你们到过潘先生家乡，这段经历可以写详尽点。其外，潘先生是教书的，他的学生、他的教学、他的学问，写得似不够。

可能受纪实限制，不能展开，所以能用文学手法，则避免这个局限。近来，我有闲读司马迁的《史记》，不禁为司马迁的史实写作的高明而由衷钦佩，他只写史实，但写史实时，对人物性格、语言、神态作了惟妙惟肖的叙述，而且他对人物、事件的撰述，常常在其他各篇中均有重述与补述，详略分明，恰到好处。说上这些，也许看人挑担不吃力，叫自己干，未必能像您这样大胆出手。

写作，其实不必先谋篇布局，把自己感受最深的先记录下来，然后再精心修改、补充，好文章、好文笔是"磨"出来，而不是"写"出来。感谢您的坦言："我发给您的回忆录，没有一点点是虚构的，所以有点平铺直叙。"这个没有什么不好，但后面如何打磨，就得钻进去，进入角色，慢慢地，您会尝到甜头，尝到乐趣。写作是痛苦的，写作又是快乐的，是灵魂的解剖、内心的洗涤、人性的忏悔，这也符合基督的内涵。总之，先记录下来，然后再从这些素材加工成小说。祝愿您成功，也会成功！

潘先生这篇，可以再细想、补充，这也是对潘先生最好的悼念。又及。顺颂

礼安！

2021.9.9

（六）

晓申大鉴：

近两天正好有事，您的两篇《往事越千年——忆旅美艺术家陈琰》《协和之才，大德是钦——忆姑父王贤樵》均读完（作者注：这里借用黄涛文章名《大德是钦：记忆深处的福建协和大学》），主要也是写人物，且带回忆类性质的随笔，总体说，文笔流畅，记叙清晰，一个是艺术家，一个是医学家，是同一地区——福州，因为是自己先生的缘故而认识、交往，相对说，材料来自第二手，写艺术家陈琰这篇写得稍好些，毕竟是同时代人，这位艺术家陈琰相对于您言年长，写起来顺手；而姑父王贤樵作为医学家，实际上年长一辈，他的经历是听来（艺术家陈琰的经历也是听来的，但有感性，而医学家姑父王贤樵见面只有三次，有些是自己观察，有些是交谈所听，尽管医学家姑父王贤樵有更多东西可写，但缺乏深入采访或者说刨根问底，所以此篇比艺术家陈琰这篇写得平些。应该说，医学家姑父王贤樵可以写得更精彩些，他是民国时代教育出来的，谦谦君

子、富有风度，而且知识渊博，受儒家文化教育影响更深。此篇好好加工，特别细节上，可能会比艺术家陈琰这篇写得更有可读性、更富有情感色彩。而艺术家陈琰这篇，倘能再讲述点具体故事、具体细节，比发一些议论兴许会更有益些。

写到这里，不禁想起邓拓（1912 年 2 月 26 日—1966 年 5 月 18 日），这个人物您可能会更熟悉，著名报人、政论家，曾任人民日报社社长兼总编辑。"文化大革命"期间，邓拓被迫害致死。1979 年，获得正式平反。邓拓有位胞兄邓叔群（1902 年 12 月 12 日—1970 年 5 月 10 日），是一位科学家，早期从事林业、植物病理学研究工作；1955 年当选为中国科学院学部委员（院士）。很巧，在 2012 年至 2013 年间，正好帮助在沪的一位老新闻工作者、我的新闻前辈老师审读一本书稿（《岁月是条河——60 年中国见闻录》，黄俭著，上海人民出版社，2013 年 5 月第 1 版），其中有篇写邓叔群的长篇人物通讯，不禁被其精彩的写作所吸引。该书稿作者在写邓叔群时，花了大量的采访时间，与其进行深入交谈，里面的故事很打动人。所以，纪实性的人物通讯、人物故事，只要有丰富的材料、巧妙的剪裁、深刻的刻画，同样可以吸引读者、感动读者，激发一种奋发向上的精神。匆匆说上这些，未必都对，仅供参考。

另，写艺术家陈琰这篇里，闽侯误写成"闽候"，请予改正。又及。
顺颂

笔安！

2021.9.12

从武术中发现哲学

　　仲秋，闲暇之余，拜读旅美作家、资深记者钱承飞由上海文汇出版社出版的近作《武缘》，饶有兴趣。我虽非武林之人，但从"外行看热闹"中体悟到中华传统文化的博大精深，单就武学一行，足够你去钻研一辈子，而且你还会津津乐道、身体力行，想与武术之缘永不分离。

　　也许是同行缘故，初始有点狐疑：钱承飞怎么会写这样一本书？尽管知道他会打点拳、比画几下，却真不知他的道行深浅、功夫如何。翻开目录，看到本书分《中外武林人物风采》《中外武林新秀实录》等五大章节，才知他没有放弃本行，而是用新闻实录体，在近一两年中深入采访中外武林人物，真实记录他访问过的故事与相关的人物。他不是用惊心动魄甚至颇为夸张的武侠小说写法，也不是释古道今且烦琐冗长的学究文章考据，而是用鲜活的人、鲜活的事，真实讲述具有中国特色、中华传统的一种文化、一门技艺、一分情缘。诚如国家体育总局武术研究院专家委员会专家、中国武术九段、上海体育学院教授王培锟序中所言："写武林高手、武术名家、新秀和武术爱好者的感人故事、武学思想、教学经验和练武心得，让人们更深地认识中华武术和传统文化的无限魅力！""在他的笔端，武术泰斗蔡龙云的渊博武学、孜孜不倦、作风严谨；武术名宿蔡鸿祥武艺超群、独具风格；原上海武术馆馆长纪光宇带领老体协武术委员会教练，培养了一批又一批武术骨干力量，如滚雪球般，在体育场地和上海各社区遍地开花；'精武世家'、太极少师傅清泉乐当'空中飞人'，长年累月，奔波于国内外教授太极……一个个鲜活的武术名家精彩纷呈在读者面前。"

这些名师、大家都有各自绝招，但他们在武学传承、武术教学上大有相通之处，无论教学还是裁判，他们总是兢兢业业、全力以赴，一招一式，一剑一棍，常常是"大处着眼、小处着手"，经他们精心培育，武术幼苗"术因师而显"，武学功力"师因术而名"，我谓之"三家合一"，即儒家的处世态度，道家的审美趣味，佛家的慈悲情怀，这也是中国功夫——中华武术特有的吧！书中有个故事耐人寻味：武术名家张福云在担任各项武术大赛裁判长时，评判精确、给分得当，赢得一致好评，使人口服心服。

综观全书，我读《武缘》，除了性灵、雅趣、新奇外，它最大的特点，就是写出中国武术如何走向世界，中国武术赢得世界瞩目，关键里面深藏着中国文化，表现出中国哲学。不说其他，像太极拳，是修心、修身、修养的体育运动，形态飘若游云、矫若惊龙，其实蕴含强大的内功，且千变万化、因时因人而异，但万变不离其宗，核心极致简约。如同西方的拳击，犹如力的强化，而中华武术，尤其是太极拳，是力的柔化，是深藏不露、化干戈为玉帛；但也不是随意被欺、任人宰割，一旦出手爆发，势不可当。武术的哲学，表明习武之人可以强身健体，也可以防御敌人进攻。习武之人以"制止侵袭"（以戈止武）为技术导向，引领修习者进入认识人与自然、社会客观规律的传统教化方式，也是人类物质文明的导向和保障，是当代传统武学艺术的一种展示。

作者钱承飞近一两年游走海外，他引用海外华人陈思坦、林元闿之说："太极拳在海外已有很高的声誉，所表达的不仅仅是外在的一套拳，而是中国古老的哲学，是一种和谐的社会价值观，习练太极拳可改善人的心性，看问题秉持中庸之道，不会走极端，凡事淡定豁达乐观，这才是太极拳独特的魅力所在。""太极拳贵柔（松柔）、贵和（融和）、贵化（转化）。练了太极拳，身心松柔，懂得与人和融相处，遇有不顺时能转化念头，发挥正能量、正思维去解决工作、生活中的各类问题。"我与承飞交往几十年，了解较深，他在《武缘》一书里之所以把武术名家写得如此生动出色，不仅仅证实了他的采访能力和文字功底，更主要的，是他怀有一颗赤诚之心，有对中华武术和传统文化的深情厚谊！我想，书名《武缘》正是他一贯追求武林梦的结果，也是他几十年与武术结缘的凝练写照！

夕阳西下，独坐窗边，掩卷遐思，浮想联翩。我虽不懂武术，但《武缘》让我与武术连上缘分，其中的思想心得，非纸笔所能道尽。

注：本文刊《解放日报》，2020.12.26，第6版。

韩宝三：医者仁心化春泥

2022 年早春二月，我们一行探访新华医院乳腺学科带头人韩宝三主任，进入他的病区，病房里极其安静、楼道明亮洁净。初见韩宝三主任略显疲惫，但依然热情相迎，在病区外的会议室里，他开始接受采访。

护卫女性生命健康

韩宝三谈及自己的医学生涯，细数已逾 30 个年头，做过的手术数千，诊断的患者上万。他的博士、博士后是在浙大医学院、上海交通大学瑞金医院分别顺利完成，在瑞金医院开始他的行医生涯，后调入新华医院创建乳腺外科，为女性的生命健康"保驾护航"。

说到女性大众对乳腺类疾病，韩宝三说："这是一个说不尽的话题。目前乳腺的发病率在女性恶性肿瘤发病率中排名第一，肿瘤治疗得越早，效果越好。但是，我国的乳腺肿瘤治疗情况有明显的地域差别。5%—8%的患者初诊时，已经出现局部破溃、水肿，失去了手术最佳机会，超过一半的患者就诊时已经发生淋巴结转移。""目前从摸到肿块到临床诊断为乳腺癌的平均时间为 6 个月，如果能尽早发现、及时治疗，就能大大提高乳腺癌的治愈率。"

韩宝三强调，就专业领域而言，不仅要提升大众对乳腺、甲状腺疾病相关知识的普及，而且还要做到及时就诊，重在防护。尽管乳腺癌已成为威胁妇女健康的主要病因，但并非"死亡绝症"，也可以这样说，发现越早，就诊就要越优先，治愈的几率就越大。

　　随着现代医学以及现代科技的发展，诊治乳腺肿瘤的手段、方法更先进、更有效。在这方面，韩宝三主任谈及自己的医学理念、治疗思想，其中包括微创手术、保乳手术和再造重建手术等现代医学理念，所有这些，并非在医学院课本上所学，而是医学与科学、科技方面与时俱进地不断钻研、学习。临床医学是强调实践性、实用性，要靠自己不断总结、探索，充分体现"实践出真知，磨炼长才干"。

　　女性的乳房是女性的第二生命，更是女人美好的象征，同时乳房也成了"多事之秋"。传统的手术方法是诊断乳腺癌就切除整个乳房，给女性带来巨大的创伤和畸形，对女性的心理健康的影响无法弥补。

　　近十余年大量的研究表明，对于绝大多数早期可手术乳腺癌，都可以在根治肿瘤的同时即刻修复乳房的美学形态。作为中国乳房重建外科联盟主席，韩宝三主任说，"让每一个姐妹快乐地活在未来，是我最大的职业心愿。""那您针对不同病情是怎样实施手术呢？"出于好奇，我忍不住向韩宝三发问。韩主任略有所思，提及在做每个手术前，对患者的病史先要做"侦查"工作，手术前的预案必须是精心构思、设计、优中选优。在韩主任的介绍中，让我了解到，作为一个真正的优秀的外科医生，其实就像一个妙手丹青、精雕细琢的艺术家。韩主任的医治对象主要是女性患者，他完成的每台手术都像是在进行一项完美雕琢的艺术作品，就是体现在手术的完备、精美、预后，减少或减轻病患痛苦，包括对病患的心理治疗，即给女性患者重燃生活火焰、重振生活信心，精湛的技术就是功德之心、大爱之心，我从内心很敬佩韩主任具有一种特别精神，即门诊、手术及时掌握"敌情"，用兵指挥"如神"。

言谈中，韩主任提及 2 月 22 日所做的 8 小时一例手术，至凌晨 0 点 01 分才结束。在手术台上，他们团队紧密配合、同心协力、心无怨言，他们早就习惯举手投足间的默契了。在一连串数据背后，韩宝三主任近乎没日没夜、不眠不休地完成超额工作。尽管如此，韩主任的回答令人敬佩不已："这也是一个美好的生活方式，护卫女性生命健康正是我的职责！""您健康，您美丽，我快乐"，这正是他的口头禅。自 2018 年始，韩宝三连续三年登列中国乳房重建外科联盟琅琊榜的榜首。

医术融入人文关怀

韩宝三高尚医德、妙手回春的医案使人称道，但与韩主任交流中，他对自己的成长十分感恩带教老师、领路医生，像他这样的年资、年龄，似乎熬过最艰难的时段，如今成为学科佼佼者、带头人，然而脑海中总难抹去初拿手术刀的情景。确实，历经磨练，韩宝三每天都在超越自我，从开刀、切皮，慢慢地能做简单的手术，后来可以做复杂的手术，接触到挑战的病例也很兴奋。在空余时间，他经常会与同事、前辈探讨与学习一些新的专业技术。他觉得，做临床大夫就应该把临床技术发挥得淋漓尽致，尽善尽美。

随着资望升高、资历见深，韩宝三的技术日臻成熟，他对自己的职业操守更为看重，他认为，作为一名医生，应该具有一颗仁爱、正义、慈悲之心，始终怀以悲天悯人、宅心仁厚、精益求精、治病救人之心。在这个过程中，韩宝三逐步懂得"真正当了医生开始学会怎么和病人相处"，也就是说，光做看病的好医生还不行，还必须读懂患者，善于与患者交流，疏通她们心理与精神压力。中国的医学教育有长处，但也有缺陷，只重视专业知识，轻视和忽略人文教育。现在很多医生在从业过程中只能向患者提供技术帮助，却缺失人文关怀。对此，韩宝三认为批评得有理，值得当今医生亟待弥补。"和病人交流，不是靠别人教你才能学会，而是得亲身体验、换位思考，提升个人素养。"医生的心理压力确实大，现场就诊成天一大堆病人和家属围着，看门诊往往几分钟看一个病人，"每次忙不过来，时间长了就麻木了，不耐心服务了。""如何与病人有感情地交流，静听病患诉说，这里就有人文关怀的大课题。"比如，有病患者开刀后需要化疗、放疗，女性爱美，而掉了头发引起她们的心理恐慌，导致她们不愿见人。了解这样的想法，韩主任及时疏导她们，引导配合完成治疗方案，"过"了这关，预后病情稳定，女性的头发会长出，而且还略带天然卷发。

在病区，韩主任关心病患者，特别是加强人文关怀、心理疏通，他说："我的全力付出，因为我知道医生要有责任感，更要有人文关怀。"

近年来，韩宝三连续获得瑞金医院"优秀青年教师"、"优青"外科组组长、规范住院医师"优秀指导教师"等荣誉；他担任新华医院乳腺疾病科学学科带头人，赢得"感动新华""匠心医者"的称号，他用自己的实际行动，引领新华医院成为国内著名的乳腺外科手术学培训中心……对此，韩宝三说：开心就是这样简单——每每助人，也是助己，由此放怀，自然开心。

科普精神家国情怀

让人感受最深的，是韩宝三义无反顾、不遗余力地做医学公益科普活动，强烈体现出他一种从小根植的执念和理想的人生价值。韩宝三出生于新疆，青少年时代在边疆读书。出于对家乡的关怀，他把公益科普的"阳关道""独木桥"合二为一，越走越宽广。韩宝三如今被誉称"网红医生"，其实在此前，韩宝三是非常低调的，默默地一个人坚持每年去新疆义诊、做手术、开讲座，设立了金兰奖学金鼓励西部的孩子们健康成长。在他亲力亲为的影响下，带动了一批全国各地医生义诊志愿者们跟从相随，直至今日，随时召唤，一呼百应；只要公布一个义诊项目，在一天之内就能招募满员，可见影响力之大。

10 年前，韩宝三成为公益系列活动"与美丽同行·志愿者西部行"的总召集人，也是国内科普连续号最多的公益科普"与美丽同行·乳腺健康科普全国巡讲"总发起人，好大夫在线个人网站访问量超过7 000万，在乳腺专业排名第一。韩宝三在50多个学术委员会兼任职务，他倡导的"精准·精心·精美"手术学模式，受邀在国内200余个会议主题演讲并被广泛借鉴，在22个省92家医院做手术演示，乳腺癌的保乳手术比例和欧美国家同步。

必须提及的是，韩宝三的"招募令"条例写得清清楚楚：没有手术费，没有讲课费，全部往返路费AA制自理，"招募令"提醒：要有足够的心理和体力准备，将有满负荷无停歇的工作等待着你。尽管如此，报名的志愿者心领神会，他们的答复言简意赅："明白，没问题。"于是，韩宝三主任发令："准备好时间和钞票，带上爱心出发！"

如今在新疆，韩宝三设立的金兰奖学金已连续7年按期颁发，新疆生产建设兵团第10师的北屯当地姐妹早已习惯每年看到韩宝三医生的身影；在甘肃，韩宝三医生带头自掏腰包捐款给孩子们，自制荣誉证书正是为了能给志愿者们一点小小的鼓励；在西藏，韩宝三与其他医生克服了高原反应做了一个通宵手术，也刷新了青藏高原志愿者的新纪录，尽可能地帮助更多的西部老百姓；当了解到当地的多发疾病是沙眼、肝包虫之后，韩宝三还专门上网请教上海相关专家，远程治疗；得知患病的僧尼对乳腺疾病一无所知，韩宝三当即申请在寺庙中开设科普讲堂，惠及众人……这样的事例数不胜数，如此"闲事"，韩宝三一直管了10余年，因为他心系边疆、贫困地区的父老乡亲。

2021 年 7 月，在韩宝三的促进下，由中华全国总工会牵头、上海市医务工会组织，上海援疆、义诊医生们一路翻山越岭送医到最基层，累计义诊 1 000 多人次，边疆居民说，上海医生们"送来了最实实在在的礼物"。对此，韩宝三自豪地说，这就是我们所追求的家国情怀。

采访即将完毕，韩宝三说道："作为一名人民医生，我愿化作春泥，让更多姐妹开出幸福美丽的花朵，我最大的幸福，就是活在我热爱的工作中！"这句话，让我思绪万千，敬佩不已。

2022.7

大医精诚　卓越为民
——访脉管病名中医曹烨民

2024 年，早春。

笔者采访位于虹口区保定路的上海中西医结合医院脉管病科名中医曹烨民。这家医院规模不大，历史却悠久，创建于1932 年 10 月；20 世纪 60 年代更名为上海市虹口区中心医院；1994 年又更名为上海市中西医结合医院；2013 年被国家中医药管理局批准为三级甲等中西医结合医院；2014 年医院正式获批为上海中医药大学附属医院。

百年时代风云，卅年沧桑巨变，让这座医院具有丰厚底蕴。尤其闻名全国的脉管病科，在学科带头人曹烨民引领下，传承精华，守正创新，蓬勃发展，茁壮成长，创造了一个又一个医疗奇迹。

与曹烨民交谈，他温润儒雅，语调平稳，态度谦和，思维清晰，似乎在回味，又像是追忆，他以精深、实诚和富有感染力的话语，陈说历史，叙述往昔。这就是一代人想表达的东西，正是这样一段散发光芒的日子，给予医学者更饱满充盈的表达，它属于那个特殊的年代。

奚氏学术理论创建者

在中医界，在上海乃至全国有"四老"著称的名中医，即张老（张镜人）、裘老（裘沛然）、颜老（颜德馨）、奚老（奚九一），他们医术高明、医道精湛，在中医领域术有专攻，各有建树。曹烨民说道，这些老先生是择一业、终一生，按政策规定，他们似乎没有退休，即便年龄八九十岁，依然到医院出诊，像奚老，直至2003年，80岁，才卸任科室主任，我是在他80岁时接任脉管病科主任的，奚老95岁去世，他的人事关系、编制一直在医院，体现了爱老敬老、传帮带教的中医师承的优良传统。

曹烨民如今亦过花甲之年，但依然很忙，工作节奏快，除了每周在医院开特需门诊外，还需到病房查房，看患者病情，与患者面谈。采访曹烨民，都是在该院内的名中医工作室进行，工作室面积不大，显得简朴、静谧。但见工作室内有几个大书柜，曹烨民介绍说，因工作关系，奚九一先生的藏书都整理好搬到了这里，还珍藏着奚老的物品，比如书法作品、学术思想和学术成果介绍等，其中有一张奚老满头白发、神态儒雅、面带微笑的彩色大照片，装了镜框。古人说得好，大医景行，菩萨慈行，高道善行，曹烨民说，奚老是一位伟大的医者、和蔼的师者、慈祥的长者，见到这张照片，就仿佛奚老仍与我们在一起，他的教诲、精神时时鼓励着我们。

如今，我们在探索中创新，在创新中提升，曹烨民继续介绍，在传承与发扬奚老医道、医术、医德中，奚老的思想、精神是我们团队的灵魂。令人难忘的是，跨入古稀之年后，奚老每隔10年的题词，都有"勤奋创新　走向世界"，每一次末尾署名前，都以"未老人"作前缀。一位耄耋老人的饱满精神、昂扬神态，赫然眼前。看到照片上穿着白大褂的奚老温和地微笑着，似乎嘱托年轻一代，他依然和年轻一代在一起。

话题从奚老开始，自然要涉及具体问题。曹烨民似乎猜透笔者心愿，他没有说及个人，而是介绍他的团队，边说边随手拿起《上海市血管外科年鉴（2023）》，讲解脉管科一些专业统计数据，于是，我们开始了问答。

问：原来脉管科仅一个科室，现在分脉管一科、二科、血管外科，门诊包括特需门诊有 8 间，人员从 8 — 9 人发展到 110 人，床位原 40 多张，现达到 224 张，这个时间跨度是多少？

答：从 2003 年我担任科室主任起到 2023 年底。

问：原来年门诊量 1 万大约在什么时候，后来到 2019 年门诊量达 11 万，三年疫情期间门诊量减少（主要老人、外地病人减少），那么 2023 年一年门诊量是多少？

答：2003 年门诊量 1 万左右，2023 年门诊量 7.6 万左右。

问：医院年收入原来 1 030 万元，现在达到 2 亿元，这个时间跨度是多少？

答：从 2003 年我担任科室主任到 2023 年底。

问：原来病床 40 多张，病人治疗周转约 50 — 60 天，现在病床 224 张，病人治疗周期约 12 天出院，全年大约有 3 000 多病人出院，能否告知准确的数据？全年收治病人约 5 000 人次，能否解释一下收治病人和出院病人之间的关系吗？

答：目前床位 224 张，平均住院时长 12.25 天，2023 年出院

4 955 人，出院人次即可看作每年收治的病人数量，病人经过 12 天左右的治疗好转后，办理出院手续出院。

问：随着脉管专科事业发展，中西医结合医院团队茁壮成长、蓬勃发展，能否作具体介绍？

答：2024 年 3 月 22 日，《2023 年度中医医院学科（专科）学术影响力评价研究报告》在北京发布，我院脉管病诊疗中心入围"2023 年度中医医院学科（专科）学术影响力榜单"，荣获中医周围血管病排行榜第二名，中医外科排行榜第八名。从全国范围讲，取得这样的成绩非常不简单。

问：现在老百姓看病难、看病贵，像脉管病住院治疗，西医同行每人所需费用约 7 万至 11 万元，中西医结合医院治疗、手术费用则在 2 万多元，这对减轻患者的经济负担、对医保支出都是非常有益的，医疗主管部门提出：同病、同效、同价（目前还做不到，不过正逐步对中西医结合政策倾斜），这方面能否作详细介绍。

答：西医费用高，主要体现在耗材、成本，而我们中西医结合治疗费用相对低，说明中医是有疗效的、对患者有益的，更重要的是，把医保省下的钱可用于更多患者身上，这对医保政策调整有积极意义。

问：关于团队荣誉方面，能否说说四个工作室的具体名称、具体成立的时间？包括您本人获得的荣誉、称号是什么？

答：四个工作室：2022 年全国基层名老中医药专家曹烨民传承工作室、2023 年全国名老中医药专家曹烨民传承工作室、

2023 年上海市名中医曹烨民学术经验研究工作室、2022 年虹口区曹烨民劳模创新工作室。

个人获得荣誉：获得国家中医药管理局"全国第六批名老中医传承工作室指导老师"、"全国优秀中医临床人才"、"上海市区域名医"、"上海中医领军人才"、2007 年发展上海中医药事业突出贡献奖状、2008 年北京奥运会火炬手、2009 年全国医药卫生系统先进个人、2010 年上海市劳模（先进工作者）、2016 年全国五一劳动奖章、2019 年上海市仁心医师、2022 年上海市名中医等荣誉称号。

......

金针度人，把手教绣；薪火相传，生生不息。取得骄人业绩，离不开导师的指点，所谓"师父领进门，修行在个人"，但曹烨民特别强调导师的作用，他认为奚老作为学科奠基人，功不可没。

不妨追寻奚九一先生（1923.4 — 2018.4）的生平，中共党员，江苏无锡人，1953 年毕业于上海同德医学院，1956 年参加上海市首届西医学中医学习班，师从著名老中医张近三先生，就此走上中西医结合的医疗、教学、科研之路。

奚老曾任上海市中西医结合脉管病研究所所长、主任医师，全国中医脉管病医疗中心主任，上海市中西医结合医院脉管病专科暨中医外科主任，上海中医药大学教授、博士生导师等。先后荣获上海市及全国劳动模范、全国卫生先进工作者等荣誉称号。

奚老在中医的医、教、研事业中奋斗了半个多世纪，在长期临床研究中，创立了"因虚感邪、因邪致瘀、分病辨邪、分期辨证、扶阳为主、祛邪为先"的学术经验，且经多年研制，筛选内服及外用制剂数十种，用于治疗血栓闭塞性脉管炎、肢体动脉硬化性闭塞症、糖尿病足坏疽、深静脉血栓形成、游走性浅静脉炎、下肢静脉曲张炎变综合征、自身免疫性血管炎、丹毒、慢性淋巴肿、多发性大动脉炎、痛风病等。这些制剂和治疗方法，提高临床总有效率，缓解脉管病坏疽二级以上的疑难、重症，降低截肢率等，在国内领先。"奚氏糖尿病足"等课题已达国际领先水平。

学无止境。奚老热爱中医事业，对中医辨彰学术，考镜源流；析之以理，信而有征。他从最基层的横浜桥地段医院开始，从一间小小的脉管科门诊间起步，孜孜不倦地向临床实践学，向书本学，向病人学，勤于思考和创新，崇尚亲力亲为。他认真地一丝不苟地书写病历，温和、耐心地对待病人。

为了感受病足的温度，奚老常不避脏臭，不戴手套触摸病足。年轻时他常去江、浙出诊，被治好的病人非常感谢，奚老便说，带我去见见你们这里的大夫好吗？他就和那些"土大夫"聊如何治病，用什么土药有效？许多民间土方就是这样在实践中慢慢积累起来的。奚老好读书，在书中的字里行间写批注，有些看了不止一遍，批注就用不同颜色的笔，留下各种思考和探究。一些他认为特别有参考作用的书，他会买了分发给学生们。

所有这些，加上奚老丰富的临床经验，读书时有西医的学问基础，使奚老带领他的团队，在相关疑难病例中攻克一个又一个难题，取得突破性进展。

人生的化境无处不在，解决各种矛盾，最好的方法是化解；受高人指点而顿悟，称之为点化；为患者疾病牵心，这就是感化；化腐朽为神奇，出神入化，是人们对奚老仁医妙术的最高评价。说起奚老，曹烨民总结两点：一是人聪明；二是好学。也许人生命中注定，曹烨民从小读书成绩不错，人品又好，也爱好读书，奚老爱才惜才，于是收曹烨民于麾下，自此，奚老、曹烨民师徒勤奋努力，深耕医苑，成为脉管科病学科带头人，亦使该科成为领先全国医疗的前沿学科。

要说奚老的故事很多，笔者问曹烨民，你与恩师一起，有没有印象深刻的事情？曹烨民回忆道，"有，太多了。我最喜欢跟随恩师抄方，一看方子，那真是豁然开朗的感觉。刚开始随恩师学习，每次给我派任务，我就手写，然后交给助理打印，再给老师审阅，他的严谨、认真态度，深深地影响了我。可以这样说，既严格要求，又无微不至地关怀，培养学生更多地表现出一种春风化雨。他仪态娴静，朗润儒雅，自有一股超凡脱俗的气质，他的嘉言懿行，让我体悟到不少医道，学到严谨的医风、高尚的医德。遇到奚老这样的导师，是我一生的幸运。"

曹烨民说道，中国的中医药源远流长，几千年的发展流变，一面是民间百姓不断求医问药的病痛疾苦，一面是社会政治经济文化的嬗变，漫长的历史进程，中医药载浮载沉，有时顺畅有时艰难。早在 20 世纪 50 年代，毛泽东指出，"中国医药学是一个伟大的宝库，应当努力发掘，加以提高。"他指示："中西医要团结，互相看不起是不好的，一定要打破宗派主义。"中医诊断讲究"四法"：切脉，望色，听声，观形；"闻病之阳，论得其阴"；从科学角度言，西医解析为主，中医综合为要，奚老对"中西医结合"的思想进行深入思考：通过西医学习中医，中医学习现代科学技术，中西医学密切合作，应用现代科学技术继承和发扬祖国医学遗产，逐步走出一条具有中国特色的新医药学发展之路。

1982 年，中国的改革开放方兴未艾，4 月，坐落在湘江中游的衡阳，用漫山遍野的杜鹃花，迎来了几百名全国中医医院和高等中医药院校的工作者。国家卫生部在此召开新中国成立以来规模最大的中医工作会议，与会者多数是"文革"后重新出来工作的中医界的领导干部和名老中医。这次会议，确立了振兴中医，要在中医事业上有所作为的宗旨，之后陆续定下建立中医医院、发挥名老中医的特长和积极性、逐渐恢复中医传统的师带徒制度等，国家拨出一定经费给予支持。

正当盛年的奚九一先生躬逢盛世。从 1980 年代以来，奚老培养硕士、博士多名，带教培养专业医师数十名，同时积极推动脉管病中医治疗的学术交流，90 年代曾多次应香港保健学会、香港中文大学的邀请，去香港地区做学术交流。1991 年应邀赴中东阿曼苏丹王国为王太后及王室成员医治，疗效得到多国专家的肯定。回国后，国家卫生部部长陈敏章接见他，亲切地问奚老：还有什么需要办吗？奚老说出自己的心愿，他想办一个脉管病研究所，以此推进医院脉管病学科成为全国临床、科研、教学的专科医学前沿，从而造福患者、造福人民。时任上海市卫生局一位姓王的局长赴京接奚老，卫生部长向该局长特地交代了此项任务，但囿于当时医院等级、办院条件及其他因素，只能先获批成立一个脉管病工作室。

话又说回来，当年卫生部一位副部长来院视察时指出："山不在高，有仙则灵，希望你们成为中西医结合医院的名山。"说到这里，曹烨民露出淡淡的笑容，自谦道："我们医院是'庙小'。"其实庙不在大小，而在于有否"菩萨心肠"的大医，对医生而言，贵在仁心仁术、妙手回春。1995 年奚先生应邀赴美国麻省血管中心作学术报告，获得美国同行权威高度评价："中医对脉管病后期坏死的治疗，填补了西医的空白。"

实践出真知造福万众

曹烨民继承奚老的事业，是脉管病治疗的第二代传人。现任上海中西医结合医院脉管病研究所所长的他，每周都看门诊，像是永远有人在等他，或是员工，或是病人。等在门外候诊的，有躺在医院推床上的，有带着大包行李刚下火车或飞机就赶来的。

他的工作虽十分繁忙，但对笔者的采访总会安排好时间，一到约定采访结束，后面的事务正等待他。所以，他是忙中偷闲，合理安排，面对采访，他总是推介自己的团队，自己手下那批"蛮拼"的年轻人。对自己的经历、身世、事迹说得很少。有位哲人说过,你的天赋、才能在与世间需求交会之处,就是使命所在。人的行为总是一再重复,因此"卓越"不是单一的举动,而是习惯。也许是使命感或者是习惯性,让曹烨民富有情怀、勇于担当,从而卓越地为患者治病、为社会服务。

笔者一直想问问他经典的医案,或者让人感兴趣的医疗故事,尤其"一生最难忘记的人和事"?曹烨民似乎陷入沉思,像在思忖,像在追忆。那就从家庭开始,不妨说说他的父亲。

曹烨民父亲1921年出生在山东,兵荒马乱,跟着曹烨民爷爷到上海要饭。后来爷爷没了,他父亲就进了在上海的教会办的美国人的孤儿院,就在现在的第九人民医院那一带,他在孤儿院读书,能说很流利的英语。抗战爆发,他父亲加入了孙立人的远征军,在印缅战区、滇西滇北跟日军打仗。抗战结束,回到上海,再从上海去了东北。他父亲会开车、修车,去了共产党的军械修理库。后来支援大西北,家就从东北转到西北。曹烨民从小在兰州读书。他父亲有两件事很自豪:一是没当过亡国奴,跟日本人打仗;二是没跟共产党打过仗。他父亲那时认为国民党太腐败,拒绝去台湾。他父亲搞技术,人很正直。对孩子的教育就是,要好好学习,做一个正直、诚实的人。家里5个子女,曹烨民最小,从小读书成绩不错。曹烨民说,如果父母那时对我有要求,应该学得更好些。曹烨民1984年本科读的是甘肃中医药大学,1987年考上湖南中医药大学读硕士,在那里加入了中国共产党。离开兰州时,和父亲告别。父亲转身离去时，他久久注视着那背影。几个月后，他父亲因心梗离世，那一次分别成了永诀。

1990年曹烨民回到兰州，在甘肃中医药大学教了6年书，31岁在中医系做副主任，分管学生工作。曹烨民说，当时，整个学校的外科教学工作是我一个人担任，那时还有自学考试，所以一个星期要上50个学时的课。"我对整个教科书倒背如流，这也是奠定很好的理论基础。那时备课，中医的一些经典，我也好好地在备课中用进去。只是要做大量的行政工作，我想再做10年，我的业务就荒废了。还是考博士吧。"曹烨民选择了上海的陆德铭教授（1935—2023），当时陆教授是大学教材的主编。到上海后，才知道是做奚九一先生的博士生。奚老是1995年开始带博士的，曹烨民笑说，考到上海是"知识改变命运"。

曹烨民1996年5月来上海参加博士生考试。奚老在他不大的办公室接待他，问了他的工作和学习情况，也考核似地询问了他下肢静脉性溃疡他们的处理方式。清瘦的身躯，明亮的眼神，优雅的谈吐，他跟着奚老上6楼，73岁的老人，轻盈的身体如风，进了办公室仍安稳如山，而33岁的他已经有些喘了。不知道老先生如何练就如此的仙风道骨？于是心里就有了向往。那一年，全国就招了一名统考的中医外科学博士，曹烨民考上了，导师是奚九一。投身于奚老门下，也许是一种缘分吧。

说到奚老，曹烨民的眼眶会湿润，他想起了跟随恩师的许多往事。开始跟奚老抄方。奚老的无锡上海话他大部分听不懂，奚老就一边看病，一边讲解、示范。奚老把病历写得整齐、认真，先把病人的病情写在小纸片上，搞清楚了主症再誊写到病历中，一丝不苟。再脏的脚，奚老不戴手套去触摸，他跟学生说，脉管科医生，每天面对的都是烂脚的劳动人民，不戴手套，可以感受患者病足的温度，更好地触摸其脉搏，这对疾病的诊断和治疗很重要。

奚老对学生的文章，逐字逐句修改，他交代曹烨民撰写糖尿病足的临床分型和治疗的文章，他改一遍曹烨民抄一遍，前后修改了9次。"人生就是缘，我归入奚九一先生门下，先生一派宗师风度，外圆内方的性格，悲悯度人的胸怀，是我辈之楷模。每次跟他抄方，都是如饮醇酒，快哉快哉。老先生平素温润如玉，但在学术上，从来是一身傲骨，他说，信我就跟我走，我的这一套，千金不改，这是数十年经验。"曹烨民如是说。

曹烨民体验到，坐堂诊断，在病人眼里你就是神灵，就是患者的依托。此刻，医生与病家心与心的距离最近也最远，所以如何贴近病家、服务病家，拉近心距，宽慰病人，这是一个好医生必有的品行。一药一性，百病百方，医术高明的人从不马马虎虎，也不咋咋呼呼，他甘居沉寂、独立思考，真正做到坚定如山、渊博如海、智慧如云，从摸索中找到方向，从思索中找到安心，而后奋力猛进。

过去曹烨民学的是学院派，理论架构是一个完整的体系，四平八稳。后来跟着奚老，发觉奚老的理论跟别人完全不同。曹烨民发现那些药方的临床疗效这么好，没有多年的积累，不会知道他的学术特点是什么，也不会发现他的优势在哪里。一个外科，有很多病种，动脉、静脉、皮肤血管，各种炎症不同，但又都是相通的。这样就决定了跟着奚老收益非常大，一点一点走到现在。

曹烨民觉得，奚老是野战军，是特点特别突出、能力非常强的一支野战军，直接能把敌人消灭掉的这么一支部队。奚老从他的一代一代老师那里学来，加上自己在实践中摸索的积淀。起先曹烨民也怀疑，活血化瘀天经地义，老先生不主张用活血化瘀药或者用得不多，他叫作因邪治淤、祛邪为先。他用的药都是清热解毒祛湿类的，和活血药不一样，但是疗效很好。

奚老说西医称这个病为血瘀，是怎么产生的呢？各种不同的原因都可以造成血瘀的结果，我要找出造成这个结果的原因，原因解决了，后面结果就会没有了。奚老行医不迷信古书，亦不轻信名家，所谓愚者暗于成事，智者见于未萌，他有自己的独立思考，有自己的摸索探寻。比如动脉硬化，就认为是血栓，是血小板聚在那地方出问题。为什么血小板会聚在那里，是因为当血管运转脂肪的时候运不出去，就停留在血管壁，被细胞吞噬形成泡沫细胞，伴随脂肪堆积太多，泡沫细胞很容易破损，血小板会聚集到破损处导致血栓。因此大家关注点都是除去血栓。

奚老认为动脉硬化的斑块，中医看来是痰湿之邪阻止脉络，把它化开疏通就好了；现在研究说内膜破溃，破溃以后血小板聚集引起血栓。为什么破溃？奚老认为是因为有炎症，血管炎症是血瘀的主要原因。除了动脉硬化，也可能有各种各样的原因造成血管炎症，导致内膜破损。因此防栓的关键在于解决炎症。用软坚的方法解决动脉粥样硬化，用清脉的方法控制血管的炎症，就能解决很多动脉硬化导致的病变。

奚老在就诊中发现，医学很多道理没完善，很多问题没解决，包括我们研究治疗的动脉病、静脉病、皮肤血管病等脉管疾病，而中西医结合还是最好的方法。曹烨民跟随奚老，20 多年耳濡目染，眼见脉管病研究治疗渐渐发展，为无数病患解难。特别可贵的是，奚老有一种勇于探索的精神，他说，甘为后人栽树，功成不必在我，曹烨民动情地说，奚老为开拓中西医结合治疗脉管病的事业，坚韧不拔，勇于奉献，倾注了他一生的心血。

在奚老的指导下，曹烨民撰写《奚氏糖尿病足筋疽的提出对糖尿病足诊治的意义》，在 1996 年《甘肃中医药大学学报》第 6 期上发表，论文从新病种的发现、发病机理上的创新、治疗思想和方法上的创新三方面加以阐述。在第三部分，论文写道：鉴于目前人们普遍认为糖尿病足是由缺血、神经病变和感染三大因素所引起，因此现在主要用：① 改善血液循环的方法：如使用调整血液凝固性药物；改善微循环；实施动脉重建手术等；② 给予神经营养剂、补充微量元素、高压氧疗法等；③ 外科处理：包括清创及截肢手术等。奚九一教授认为：上述疗法对血管闭塞缺血型或神经变性麻痹型糖尿病足有疗效，但是对占大多数的糖尿病足筋疽来说疗效不佳。这也是造成糖尿病足有效率低、截肢率高的原因所在。因此他指出：① 非缺血性糖尿病足坏疽坏死毒素吸收虽严重全身症状亦较重，但局部血供仍较丰富。客观症状表明，主要病变不在于中、小血管栓塞，故无需把活血、抗凝及血管外科手术作为主要治疗手段；② 可允许早期切开，宜早不宜迟，及时清除变性腐腱，大多数情况病情可迅速好转。反之若为缺血性或脉管病所致坏疽，则宜迟不宜早，若早期切开，多会因缺血而恶化。在具体治疗上则根据筋疽的特点，在急性期急则治标，以祛邪为先，清解湿毒，局部及早清创，清除腐腱；在好转缓解期则治其本，予以益气养阴、除消养筋的方法。恢复期常在缓解期基础上补益气血，以益疮口之愈合。整个过程不主张使用活血的方法。这种新的思维方式和治疗方法无疑给糖尿病足的诊治带来重大突破有着深远的意义。总之，糖尿病足肌腱变性坏死症（筋疽）这一新病证和理论的提出，对糖尿病足的诊断和防治提供了新的思想和方法，在理论和临床实践两方面，都有着突破性的成就，值得深入研究。

说到"宜早不宜迟""宜迟不宜早"的治疗方法，曹烨民强调，看病用药首先在于认证，对病情时机的掌握需要丰富的临床经验和准确判断，"宜早""宜迟"比较好掌握，难的是处于"早""迟"之间的模糊阶段，作为好医生必须及时准确判断。比如有位 70 多岁的男性患者，20 多年前来过，病足好了，20 多年后，另一腿足复发，曹烨民让他住院治疗。期间，病人要求对他病足先动手术，因为他要到国外女儿那里探亲三个月，曹烨民看了他的病情，先做初步处理，建议他先探亲，按曹烨民的所开药方及医嘱处理伤口，几个月他回来后到曹烨民这里就诊，曹烨民此后进行手术，治疗效果患者很满意。

曹烨民形象比喻，全身血脉像江河，哪里不到哪里伤，唯有血脉疏通，百病不生。说到糖尿病足，世界卫生组织（WHO）对糖尿病足的定义是：糖尿病患者由于合并神经病变及各种不同程度末梢血管病变，而导致下肢感染、溃疡形成和（或）深部组织的破坏。"糖尿病足对患者的足部健康构成非常严重的威胁，严重者最后都被截肢，甚至失去生命。"曹烨民说，"我的目标是从中医角度采取中西医结合疗法，尽可能为患者保留患肢，提高生活质量，延长生命"。

曹烨民介绍，奚老在长期临床实践和研究中发现，糖尿病足除神经变性、缺血、感染这三大因素外，非缺血性肌腱变性坏死亦是重要的发病因素，可导致坏疽，故奚老于1987年首次提出"糖尿病足肌腱变性坏死症（筋疽）"这一新概念。根据这一新理论确立了"清法"治疗原则，临床疗效显著，有效率达96%，截肢率降低为2%。

值得一提的是，"糖尿病发病率越来越高，中国糖尿病患者近1.5亿人，其中10%患有糖尿病足，有一半必须截肢，否则危及生命。据统计学分析，糖尿病足患者的五年生存率小于恶性肿瘤，患者大都由于照顾不周、用药不谨慎、卫生状况差等原因，造成肢端坏疽，状况堪忧，治疗棘手"。曹烨民说道，"尽管如此，但是我们有自己的科学理论体系，有自己的治疗方法。当西医还在考虑血管手术，建立通路，或是靠截肢维持患者生命时，我们早已利用自身经验，保住一条又一条病足"。曹烨民充满信心地说，他希望通过自己的努力，扭转大众观念，不要一提糖尿病足就联想到"截肢"两字。准确地说，恩师的学术经验是经得起验证的，其对患者既是福音又是保障。

"奚老是伟大的医生"，曹烨民讲述恩师全身心热爱医者职业的故事，满含深情。奚老毫无保留地向学生传授所有经验和心得，生命不息，创新不止。85 岁时奚老患了肺癌，他说我不相信中医不能治癌症，于是没有接受西医的手术，自己给自己开方，不断钻研，凭着达观的生命态度和对中医的感情，奚老边治病边工作，直到 95 岁。奚老去世后捐赠了遗体——"奚老还在，在我们学校（上海市中医药大学）。"曹烨民说。大医精诚，奚老活在他未竟的事业中。

父亲和恩师，是他一生追念的楷模：做正直的人，做诚实的人，以自己不断提高的能力，服务于社会，服务于病人。

医学人文精神是灵魂

当良医阅人无数，病案数万，最终是要怀有一颗仁心，对患者体贴入微、关怀备至。当病人把所有痛苦告诉你，把生命都交给你，在他们心中你是仅次于神的人，不是一般人。

曹烨民认为，当个好医生不仅仅在于医术，更在于是否有一颗爱心。医学有高端科研、顶层学术，而医学人文是支撑其发展的基础。医者的修养、风度、风格都是从医学人文中培养的，人需要同情心、怜悯心、慈悲心，除洁身自好外，更在于有干净的灵魂。曹烨民深深体会到，因为有爱心才有了医疗和医院，如果把这个精神泯灭了就不再叫医疗，那叫交易，它不可能有尊严——无论病人还是医生。做医生当然也需要赚钱，但把赚钱当作医生的唯一，这便是价值观出了问题。

兴许有医生会说，自己当医生就是为了赚钱。这本身没错，但需要纠正的是：只想赚钱，就千万别当医生。在这个社会上，比当医生赚钱的工作还有很多，比如，卖房子、开矿、做金融、做 IT……但是，有两个行业又有钱又有尊严：一个是医生，一个是教师。曹烨民是学日语的，他说在日本，只有两个职业能被称为"先生"，即医生和教师。

医生应该有神圣观念，都是最优秀的一群人，不管在哪个层面，即使村医也是当地最优秀的人。医生在当地不仅是医生，也有感召力，一个好医生不仅有技术，而且他的人品也要得到大家的认可。什么叫医疗？医疗起源是一个同情心，人贵在有同情心。最初人们因为看到受苦受难，有人难受就去帮他，这才叫做医疗。医疗除了病痛治疗，更需要心灵安慰。医学人文就是这样，是塑造医生的价值观。在治疗病人前，应该扪心自问：我们有抚慰能力吗？这恰恰是医生需要弥补医学人文精神。

医院不是衙门。作为一个优秀的医生，需要热情、良心、正义感，并且要有吃苦耐劳、为社会为病家服务的精神。在这方面，曹烨民身体力行，在治疗患者的伤痛同时，更注重对患者心灵创伤的治愈。

举一病案：某岛上渔民，糖尿病肢端坏疽，就诊时脚部坏死厉害，不可下地行走，打开其伤口，诊室瞬间充满恶臭味。此类病例原则上必须手术，不凑巧的是病房床位紧张，故联系急诊，初步清创，留院观察。患者来前已辗转多家医院，都建议其手术，患者拒绝，最终找到曹烨民，曹烨民团队想尽办法给予治疗，三月后，患者可独自步行，最终顺利出院。曹烨民说，如果没有人文关怀，用一截了之治疗，那会对他本人和家庭带来多大痛苦。

再举一例，有个老病人到曹烨民这里就诊，第一次来的时候是 78 岁，右脚的前半个脚掌都坏了，黑了，像木乃伊一样。老人家有两个不肯：不肯截肢，不肯做支架手术。当看到他的脚的时候，根据奚老的分类方法，曹烨民心里就有一个预判，这个脚可以不截肢的，但它的处理要花上不少时间。慢慢地处理，是能让它好起来的。首先要做的是，稳定住症状，先把局部感染处理好。这样的处理，可以让之前疼痛的症状变得能够忍受，至少要让病人能吃好饭、睡好觉。之后就是等待，让它侧肢的血管慢慢建立起来。人体是很奇妙的，它能自动做一些修复，脉管医生要给予时间等待它的自动修复，或是用一些中药加快这种修复。笔者问："后来这位 78 岁的病人的处理应该有不错的疗效吧，在你有预判的时候，你真的心里完全有底，你就不担心吗？"曹烨民坦诚地说："当然会有担心，我说不用截肢，但可能病人最终却死亡了，这样的事情也确实发生过，病情的发展有时完全出乎我们的意料。但做医生的就要担当一点，这也需要医患之间的相互理解，因为我们的目标是一样的，都是想保全生命，保住肢体，提高患者的生活质量。这位患者最终保住了大半个脚，老先生今年86岁了，还可以行走，正常生活。"

还有一例，前几年曹烨民碰到一位女病人，糖尿病并发症的问题非常严重，糖尿病足、心梗……"有时我们不担心脚的问题，我们非常担心的是：心梗、急性心衰、消化道出血，这些都是分分秒秒要人命的病。"曹烨民说做医生很揪心的是，有的时候来了一位糖尿病足病人，脚肿大，里面溃烂得一塌糊涂，切开伤口进行清创的时候，整个楼道都能闻到那股腐烂的臭味。这样的病人如果能马上住院治疗那是最好的，但是医院床位紧张，没有办法把他马上收治入院，只能在门诊给他做一些清创处理，然后请他回去等床位消息。过了几天，有床位空出来了，负责此事的住院医生打电话过去，得到的消息却是："病人去世了。""听到这样的消息的时候，我们总是很难过，也很沮丧。如果能及时就诊，或许病人的性命会保住，但有时心梗、急性心衰的疾病就是来得这么快。"曹烨民说。

那个女病人还算幸运，住进了病房，但她的疾病非常严重，曹烨民在白板上列出了会造成她死亡的多个原因，发现很多处理都由于她身体的原因而陷入一个矛盾、无法操作的僵局。当时来看，能保住她性命的唯一办法就是截肢了。曹烨民把情况告诉了病人和家属，请他们做出选择。这是一个残酷的选择，不是曹烨民想看到的，但在截肢和死亡之间，他选择截肢作为治疗方案。没想到，病人坚决不同意，她说："我死也不肯截肢。"曹烨民继续说道："病人做出这样的选择，我是能理解的，那我们就一起面对，一起来和死神拼搏。当时真的是在一个非常危急的关头上，有很多矛盾之环，对于这个器官的疾病我想采用这个处理方案，但另一个器官的情况不允许，有死亡的危险。我们充分调动了一切力量，把全院的科室调动起来，一边对她的腿进行大范围清创，一边请心内科医生严格监控她的心脏问题，这样折腾了两个月，居然真的有奇迹发生，她慢慢地好了起来。"笔者听了这个神奇故事，庆幸这位病人对生命的一搏，她搏对了，她坚决不肯截肢，最后总算是保住了腿也保住了命。

曹烨民由此感叹：在疾病面前，我们医生的治疗顺序或许是这样的，保命保腿再提高患者生活质量。我们所考虑的是要让患者恢复到好的状态，但是患者要考虑的是自己的生活。从大处说，就是对病人负责，是一种心灵安慰，更是一种医学人文。

触目惊心的病例太多了，比比皆是。再说一位小朋友的病案，来自复旦大学儿科医院，这位小朋友是曹烨民遇上的第四例。从病因来看与前三例差不多，都是先天性心脏病，术后血栓形成，血栓落入手部血管，堵塞，出现急性坏死。按照一般说法，患儿活不了多久，但曹烨民他们中医、中药在这方面确有优势，上药后，患处迅速收干，慢慢脱离正常组织，最后坏死部分脱落，这样就可以充分保住患肢。曹烨民感叹地说，患儿这么小，截肢没了手掌，多可怜！

曹烨民以及团队的病人来自全国各地以及海外，一位患者在写给院领导的信中说："我因患糖尿病足来贵院就诊。当时的右脚已惨不忍睹：脓水渗出并散发恶臭，小腿肿胀并伴有热度，神志也不是很清醒，情况特别严重。可以说我的这条腿无论到哪家医院恐怕都难以保全。但是贵院脉管科曹烨民主任却不顾风险大胆地收留了我，并制定了行之有效的治疗方案。在第一时间内为我清创排脓水。在问诊过程中，曹主任用手直接触摸我的病腿，不皱眉、不怕脏，耐心细致问明情况，表现了优秀的医德风范。"

整整几十年在中医外科临床与科研一线摸爬滚打，曹烨民形容自己是一部高速运转的机器，没有停歇的时刻。他有看不完的病人，更有数不清的病友。一些老病人康复出院了，还会隔一阵子来看看曹主任。"没有曹主任，我这腿早就保不住了！"一位老病人逢人就这样说。

芬兰人马丁患有下肢溃烂，近两个手掌大的创面非常粗糙，并有液体渗出，瘙痒疼痛，难以行走。他跑遍了欧洲发达国家的现代化医院，四处求治，奔波了整整 17 个年头。后来，在曹烨民及其医疗小组两个多月的精心治疗下，马丁的疾病痊愈了。"中西医结合真神奇！"康复后的马丁特意携夫人和儿子，坐飞机前来感谢治愈了他多年顽疾的曹烨民。"中国医生医术神奇"的故事也在芬兰不胫而走。芬兰政府代表团后来访沪时，特意去参观了上海市中西医结合医院，与中国的专家医生进行座谈。

美籍华人卢先生七旬高龄，由糖尿病引起的糖尿病足坏疽让他无法正常行走。通过友人介绍，找到曹主任就诊。刚进医院时，卢先生是"被儿子背进来的"，足坏疽非常严重，下肢水肿、流脓、破溃发黑，令人揪心。曹烨民凭借丰富的经验对症下药，通过中医药方进行治疗和调理，卢先生的病肢保住了，原本被认定坏死的伤口渐渐好转、愈合。卢先生曾经由美国最好的糖尿病医生开刀做过手术，但是他却说："还是中国的曹博士医得最好！"

如果说医生只是按部就班地看诊，缺少思考，那么医学的真理也就会与其失之交臂。如今行医几十载的曹烨民，始终在救治患者的道路上秉持一颗仁心，稳步前行。现在脉管病床规模横跨三个楼面，科室有此规模，与曹烨民的努力息息相关。但他仍是谦虚、低调。他调侃说，自己只是个中医外科大夫，每天的工作就是看病，能救下一条腿，自己便心满意足。

从医以来，曹烨民坚持患者利益高于一切，努力将科室办成"社会说好、同行说好、患者说好"的"三好科室"，鼓励科室医生做"社会说好、同行说好、患者说好"的"三好医生"。曹烨民查体有个特点：不戴手套。不戴手套检查，一直是曹烨民的习惯。有人好奇问：曹主任，你不戴手套不怕感染吗？每当听到这一问题，曹烨民只是笑笑，然后平静回答：这有什么好怕的。

"这样的好医生太少了"，患者们由衷称赞。曹烨民说，这完全归功于自己的恩师，若不是恩师的身体力行，潜移默化，也就没有现在的自己。"恩师对患者真是尽心尽力，他肯为患者花时间，从恩师身上我学到太多的身为一名医生该有的作风及风格。"

曹烨民说道，血管外科医生必须为患者查体。只凭影像片就拟定治疗方案的医生最需要摒弃的。"什么是查体？就是用医生的手获悉患者患肢的状况，了解症情。查体判断患肢肤温，是高还是低，两侧温度是否一样；足背动脉、胫后动脉、腘动脉有无脉搏；辨皮肤颜色，苍白还是紫绀，此外还有血管检查、踝肱指数的监测，这些都是临床常用的检测方法。那不戴手套是何原因？因为隔着一层橡胶，会误了自己的判断。医生是看病，不是看人，唯有认真查体，才能准确判断，诊断才清晰，治疗方案才会有效，医生，必须对患者负责。"

说起对待病人，他特别反感有些医生，不查体，只拿一张片子装个模样，说一句，开刀。"糖尿病足患者多生活底层，平头百姓、贩夫走卒都是人，他们没了腿，怎么过日子、熬生活呢？""糖尿病足的发病机制，治疗方法都存在颇多误区，就连教科书上都语焉不详，编书人对这个领域不熟，那么，我就有责任给病人宣教，给同行宣教，有一天，我们会有自己的标准和指南，前提是，疗效是金。"采访中，曹烨民一直强调脉管病科研的重要性，需要总结写出论文，写进教科书，能够作为中西医治疗的指南。

其实，在日常看病中，人文关怀体现在细枝末节中。在门诊时，曹烨民的就诊病人特别多，但曹烨民看病特别仔细，就诊时间对医生非常宝贵，倘若每个病人耽误一分钟，30个病人就是30分钟，怎样让患者满意，又让患者不耽误时间（如伸脚、穿袜、穿鞋），曹烨民想了巧办法，在就诊椅边上再放一只凳子，前面一位病人看完后，曹烨民和蔼地让患者移坐在另一凳子上，既让病人得到尊重，又让下一位病人及时就医。曹烨民说，办法总会有的，就看你是不是以病人为第一。笔者追问：那么，就你个人言，做医生这一行有没有委屈的地方，医患矛盾会不会出现？曹烨民说，就我个人而言，我脾气比较好，花在每位患者身上的时间较多，估计这是主因，所以我的医患矛盾很少。也会有，但很少，偶有无理取闹的患者，或是不知感恩还反咬你一口的。其实我们真的不求回报，医生求回报那是成就不了自己的。比如一位腿部坏疽患者，就因为一处伤口未完全长好，整天给你找麻烦。但其实我们是好不容易将其从死亡线拉回的，我们拼尽全力救治他，最终还不被理解。不过又能怎么办，他终究是位患者，我们履行好医生的职责就行，问心无愧。

对曹烨民行医就诊，病人对其评价很高，"微医网"上有许多对曹烨民好评的留言。说实话，曹烨民没有时间浏览这些赞语，有时倒注意对他工作的批评意见。很偶然，看到一位病人对他无端"攻击"：那是疫情期间，有位病人住进病房，但他的病情需要血透，而本院没有血透，且出院后又不能再进院，曹烨民为病人着想，电话联系了他在岳阳医院担任主任医师的师兄、同学，关照此病人转到岳阳医院，但此病人转到岳阳医院没有找到曹烨民联系的主任医师，悻悻然离开，便在网上散布中西医结合医院曹烨民把病人推到他院的"不实之言"。曹烨民厚道地说，如今医院新盖大楼，各项医疗设备齐全，血透仪器也到位，即便这样，总有病人会有不满，好心没好报，对此，曹烨民觉得做医生要有仁心，也要有大度量，待人以宽，人需要铸就自己，不应背离道德和初心，这就是医道、人道。

曹烨民的门诊号一号难求，求加号者络绎不绝，上午的门诊通常至下午才结束，下午的则持续至晚饭时分。他说看到患者这么多，内心总是不忍，能坚持一会就再坚持一会吧，所以每天都是疲劳而归，但他说，身累心不累，患者满意便是最好。

曹烨民在注重学术、临床的同时，也不忘积极参加公益活动和宣教活动，参加上海市有关方面以及东方电台等的医学科普知识讲座，撰写科普文章，参加上海市、虹口区卫健委组织的义诊。深入基层社区会诊，为社区医生和广大患者开展讲座。他曾到青海、甘肃、云南等西部边远和少数民族地区开展临床查房，开展讲座，开设名中医工作室等，深受当地人民好评。

向伟大愿景勇敢迈进

曹烨民深耕中医外科几十年，继承恩师、名中医奚九一"因虚感邪、因邪致瘀、扶阳为本、祛邪为先"治疗脉管病的学术思想体系，创新发展奚氏脉管病学术流派的理论，在他的带领下，科室成为全国知名的脉管病专科和糖尿病足临床基地，成为国家临床重点专科（中医专业）、国家中医药管理局重点专科等。

笔者有幸参观了脉管科病房，在八楼看到醒目的曹烨民团队所获得的荣誉奖牌，3个楼面收治的病人，病情各有侧重。曹烨民带领大家制定了临床和科研的近期和远期规划，每个楼面各有主任、主治医生和住院医生。3个病区中哪些是新来的，哪些刚动了手术，哪些是要准备手术的，管理有序，区分清楚。曹烨民重点查疑难危重病人，他后面跟着带教的有近10位年轻医生。

病房宽敞整洁，走廊上不时有白衣医护走动。楼面、病房崭新，清洁，每一张病床一侧，都有一个小小的可以移动的电视屏幕，有病人安静地躺着，侧过头去看电视剧，一只绑着雪白纱布的腿，搁在病床的一边，几点暗红褐色从纱布里渗出。楼层外面不时有病人或坐着休息，或零散闲步，但病房里多数病人并不安宁，有的在带着吸氧机沉重艰难地呼吸，有的在呻吟，还有的拿一整包纸巾塞到嘴里咬住，抵御着伤口被触碰时锥心的疼痛。

走进这样的病房，几乎无时不被那些血肉模糊甚至裸露出骨茬的创口惊吓着。曹烨民从容不迫，挨个查房，询问着病况，提出问题，一边根据临床情况，把教学科研内容杂糅进去，不断根据病情解说。他的带教非常有实战性，一病一例，特病特例，所开的药方深得病家信任，他向带教学生精心授课，同时也给病人带来温暖。曹烨民的脚步停在一个病人前："这个恢复得非常好，里面渗出已经完全没有了，肉芽长出来，顶起来，慢慢就长好了。中药继续用。"曹烨民轻声细语，讲话不急不缓，但在说到一些判断步骤和用药时，会强调："记住了噢。"他走到另一个病人的床边，示意把患者伤腿上的创口完全露出，仔细看了，又叮嘱换药时一定要注意操作程序，防止感染。一群穿着白大褂的年轻男女医生跟随着，非常认真地听着、看着，低头在本子上记着，敬佩曹烨民主任医师精湛的医术和显现奇效的药方。

能看病、会看病，是做医生的硬道理。但在曹烨民眼里，光做好这点还远远不够，还必须在教学、科研上有自己的东西，不仅领先全国，而且还要走出亚洲，走向世界。对曹烨民而言，他有一个美好的梦想，准确地说是一个宏大的愿景，一个伟大的目标：作为奚老脉管专科二代传承人，他还要带领年轻人向更高的目标进发、冲刺。

曹烨民对事业发展愿景与目标的描述是富有诗意的：奚老是鼻祖，奚老的知识体系是精髓，我是承前启后的，能不能交好这一棒很关键，交不好就会按照西医的方向走，就会失去特色和疗效。上海并不缺一个二流的血管外科，上海乃至于中国，需要的是一个超一流的中西医结合的脉管病科。我们努力做很多临床试验，拓展平台，做到了国内领先。两代人的理想，要代代相传，要做成医疗、教学、科研、制药产业能够一体化的血管病中心。我们是有很多有价值的东西的，我的责任就是保证这个研究所，沿着既定的发展路径，开发宝藏。

曹烨民感叹地说，也许这个过程会很漫长，但如果不做不努力就没有了，会被淹没了。这个过程像雕琢珠宝，我想雕琢出非常精美的钻石。我相信在我们的手中，一定会有像青蒿素一样的中药，再次被开发出来，造福病人，造福世界。实际上，我们有这个能力、有这个实力，我们的脉管专科领先于全国，下一个目标就是冲出亚洲，走向世界。说到这里，曹烨民的眼睛闪烁光亮。

采访中，曹烨民提到美国历史悠久的"梅奥诊所"，他亲自到过此参观、访问。梅奥于1864年在美国明尼苏达州罗切斯特市创建。美国梅奥虽被称为"诊所"，但实际上是世界著名的私立非营利性医疗机构，一所拥有悠久历史的综合医疗集团公司。整个城市12万多人口，而梅奥医疗中心的人口占总人口的一半，梅奥诊所拥有2 000张床，不仅提供医疗服务，还承担教学和研究任务。此外，梅奥诊所在美国有三个主要院区及超过70家医院和诊所，拥有超过7 300名医生和科学家，这是北京协和医院的将近两倍，行政和护理人员总数超过6万人，是北京协和医院的15倍，尽管如此，梅奥诊所的年接诊量仅为北京协和医院的大约一半。在亚洲，中国的郑州大学第一附属医院是面积最大的医院，年收入达到210亿元人民币，这个数字已经令人震惊。但梅奥诊所在2021年的收入高达157亿美元，这还不包括它每年收到的巨额捐款。从梅奥诊所想到中西医结合医院的脉管科，曹烨民有着这样一个梦想，哪一天，奚老创下的脉管科医疗、学术能走向世界，只要一代代人努力奋斗，这个不是梦，而是脉管科发展的一个目标。

曹烨民说道，中医靠传承，但更需创新，我们脉管临床是领先全国，而我们的教学、科研大有发展余地。我们现在做的是"高大上"，我们还要延伸、扎根基层乃至底层，我们脉管科普依然大有作为。曹烨民领衔脉管病团队牵头成立上海市脉管病专科联盟、长三角脉管病联盟、全国糖尿病足学术网络。针对长三角区域糖尿病足患者就医难、基层专科人才匮乏等实际困难，曹烨民发挥和整合长三角区域脉管病（周围血管病）的医疗水平，建立"糖尿病足一站式服务网络"，成立了 7 个脉管病工作室及远程网络医疗中心，每年举办专业研讨、质控及学术交流 20 次左右，培养专业人才 500 余人，累计服务患者近 200 万人次，降低了糖尿病足截肢率、死亡率及医疗费用，缩短治疗周期。

如果患者能多关爱自己，对自己疾病的认识深入一些，当地医院的医生能够多了解一些疾病，那么患者的病足也不会发展得这么严重。因此，对于医生还是患者，科普教育必不可少。曹烨民这样认为，原来我们只想着做好本职工作，把分内的事情做好就可以了，但现在来看，我们必须扩大影响力，让患者了解自身疾病、让医生了解疾病发生发展的规律，医患间共同努力，这样就可以造福万方，而不是一方。所以目前我们利用学会力量，在全国已经开展宣传教育活动，江苏、浙江、甘肃、河北等地都建立了分中心，培养边远地区的医生，让他们了解这一疾病。

在这一系列的工作中，曹烨民认为最重要的是主持制定标准及指南，推动行业标准不断发展完善。近年，曹烨民参与所在学会相关标准化工作的开展，主持整理糖尿病足诊疗方案在全国重点专科推广；主持制定《中医治未病实践指南　糖尿病足高危人群》等中华中医药学会的标准项目，参与制定《中国创面诊疗指南（2015 版）》《中西医结合防治糖尿病足中国专家共识（2019 版）》《中国糖尿病足防治指南（2019 版）》《中国糖尿病足诊治指南（2020 版）》等，促进行业标准不断进步。

曹烨民寄希望于年轻一代，特别强调在学术论文上要高质量、高水平，要有国际影响力。"我希望能建立脉管病治疗标准，传承奚老，造福万方。"那么，怎样才能成为标准？曹烨民如是说，就是当大家公认的并且肯花时间学的才是标准，而我们正在努力，努力拿出一例又一例案例来说服大家，我相信我们会得到更多同仁的认可，因为我们有疗效、有实力。

笔者向曹烨民询问：在人才培养和科研方面，你和你团队有何作为？曹烨民思路清晰，回答道，主要围绕奚氏脉管病学术思想，积极开展科研工作，目前作为负责人承担国家重大专项子任务、国家自然科学基金、国家中医药现代化重大专项、上海市科委等省部级及国家级课题 10 余项，发表学术论文 200余篇，其中 SCI 收录 30 余篇，获得国家发明专利授权 3 项，转化 1 项，研究成果先后获得上海市科技进步二等奖、中华中医药学会科技进步二等奖、中国中西医结合学会科技奖三等奖、上海中医药科技奖一等奖等 10 余项，等等。说起打造全国最大的脉管病专科和糖尿病足临床基地，创建上海市中医脉管病医联体、长三角脉管病联盟、全国糖尿病足学术网络……曹烨民说这是愿景，也是动力，他和他的团队任重道远，行进在路上。

采访行将结束，笔者联想到，国民是国家的基础，国家的稳定取决于国民的福祉。有这么坚定的信念，曹烨民才能够把他和他的团队的才能发挥到极致，才能让曹烨民的人生价值得到最大的体现，让他的贡献配得上"卓越"二字。

今日之上海，随着北外滩开发，中西结合医院作为地处北外滩历史风貌和现代商业街区之中的医疗中心，为适应世纪精品北外滩社会经济发展、满足周边及本市居民包括外地民众对卫生服务和医疗保健的需求，坚持立足本市、面向全国和海内外，坚持"业贯中西、博采众长、特色创新、精诚奉献"的办院宗旨，他们将面临一个新的转型，即现代医学之进步，需要从以医院和诊所为基础的"个体化医学"转型，发展成为"以人群为基础的医学"。这样的医学不是以个人为中心，而是服务于整个人群，促进治疗和预防相结合，从而实现"更多的健康收益"。

尤为重要的是，过去的医学教育专注于培养"专才"，而非培养关注整个人群健康福祉的临床医生。曹烨民强调，必须重视的是，医学家们"不能只专注于技术""尤其不能只局限于实验室研究"，而是必须着眼于现实。医学生们应更多参与现场工作，使他们将兴趣点"重新定位到人群的真正需要上"，而非把主要精力仅仅用于在学术上的某个细分领域申专利、发文章、做课题。业有所攻，但培养公共医务、社区医务工作者与培养临床专家、研究科学家和医学教授同等重要。

曹烨民的从医生涯，正是极好的证明。自立志成为一名现代医生时起，他致力于将"尊科学，济人道"的理念付诸实践，无私地将毕生所学奉献给病患者，始终怀有一颗医者的初心，为中国医学事业的进步奔走呼号，步履不停，从未放弃，只因他坚信：在一个公平的社会中，高质量的医疗保健应使所有的人都受益。

2024.2

"灵芝迷"史贤如

初夏季节，万物争荣。素有"长江门户、东海瀛洲"之称的上海崇明岛，以她的明媚风光、宜人景色迎来一个特别节日：2021年5月21日至7月2日，第十届中国花卉博览会在此举行。

花博会东门有一处农家乐，当地居民称之为"顾伯伯乡村民宿"。某日，来了一位四十来岁的"特别客人"，向主人不断问询这里的气候、土质、水源，主人是庄稼汉，对他的问题对答如流，对庄稼种植说的完全是内行话。于是"特别客人"转移话题，扯起中医药"灵芝"，如数家珍地介绍"灵芝"，并探讨商榷在此开发种植灵芝的设想，他展露心迹、自称是"灵芝迷"……

灵芝是千年妙药

这位"灵芝迷"就是我们的主人公史贤如，"70后"男性，老家安徽金寨县，19岁到上海打工，在上海创业已有20年，现任安徽利民生物科技股份有限公司（上市公司，股票代码836910）营销总监、金寨上品中药材科技开发有限公司（上海服务中心）创始人、董事长。2021年12月4日在位于江宁路、长寿路一幢写字楼接受采访时，史贤如说起自己的"灵芝迷"之路，饱含深情，娓娓道来。他认为，灵芝是中国"千古之宝"，在古代中医药文献中有不少记载，如周朝《列子》一书中就有"朽壤之上有菌芝者"和"煮百沸其味清芳，饮之目明、脑清、心静、肾坚，真宝物也"等记录。再如我国现存最早的药物学专著《神农本草经》中，称：灵芝有"益心气""安惊魂""补肝益气""坚筋骨""好颜色"等功效，久服可"不老延年"。又如著名的《本草纲目》中也记载：灵芝性味苦、平，无毒，具有益心气，助心充脉，安神，益肺气，补中，增智慧，好颜色，利关节，坚筋骨，祛痰，健胃，活血等功效。这些，都成为后世研究灵芝的极为重要的资料。随着近现代科技的发展，特别是社会环境、自然生态的变化，灵芝作为中药材使用包括食用存在许多误区，而当代人生活水平提高，重视自身的身体健康，对灵芝的社会需求大量增强，也许这层因素，又导致灵芝市场销售混乱、价格虚高，特别是不法商人、无良人士以假乱真、以次充好、假冒伪劣，这种行为、这般风气不遏制住，就会败坏灵芝的名声、导致医药市场的跌落。说到这方面，史贤如说起自己家乡作为灵芝产地之一，除了维护声誉，更要宣传灵芝，特别是自己抱以"大爱"之心，看到那些病患者，总是想方设法让自己的灵芝真货让他们吃，不少患者由此稳定病情、延续生命。史贤如动情地举了不少事例，讲述他捐助不少病人，"说心里话，看到那些病人特别是老人，通过医疗以及长期吃灵芝孢子粉或者口服液，免疫力增强，脸色红润，身体康健起来，内心有说不出的高兴，感到人生有价值感！"

史贤如对家乡的灵芝原料地十分重视，从源头把关。他讲起一个故事：那年他在家乡为找一块不污染、水质好、环境优的灵芝种植基地，跑遍地处大别山腹地金寨县的各处，后选中梅山水库中间的一个小岛；说实话，那时他一没有本钱，二没有人脉，上那个小岛要乘500元一张票的汽艇上去，要创业自然舍不得花500元，于是他借了一只船自己划船上岛，这几番自我折腾，终于相中这块岛上灵芝种植基地，经过努力，这个种植基地不仅种养灵芝，而且成为游客游览梅山水库的一个景点，成为种植灵芝的科普基地。

前文所叙这位"灵芝迷"到崇明岛观览花博会，其实醉翁之意不在酒，他看中崇明岛是上海这座超级大都市的最后一块净土，有着良好的水源和清新的空气，若能选上一地与当地合作，很想给灵芝草做个培植基地，不仅造福农民，而且给更多的市民吃上优质的灵芝产品，这是他的迷恋，也是他的执念，更是他的夙愿。

难忘的少年时代

说到自己的创业史，"灵芝迷"史贤如感慨万分，讲起自己的童年与少年生活。"我与灵芝结缘，始终把助人放在第一位，这与我的家庭分不开。"1972年，史贤如出生在六安市金寨县皮场村，那是百来户人口的山区小村，那时交通不方便，这个生产队的一户人家到另一家，需要翻爬山坡，父亲史兴锦是村支书，还是综合厂厂长，"说真的，那时我爸作为村支书，一心为民，工作勤勤恳恳，没有怨言。"史贤如回忆道，母亲是务农的，兄弟姐妹八个，他排行最小，家里并不富裕。不幸的是，父亲得了食道癌，史贤如6岁那年父亲去世了，他没有给家里留下物质财富，生活更加艰难。父亲去世后，母亲的健康状况越来越差，精神变得恍惚。记得在读小学的时候，史贤如放学回家吃午饭，打开锅盖没有饭菜，冰冷的灶头没有一点热气，于是就只能来到水缸前，用水瓢掏一瓢水灌饱肚子，勒一勒腰带，又走在了返校的路上。这样的日子常常陪伴史贤如一起成长。哥哥姐姐分别在外读书、出国打工，家里就留他这么个"伢儿"，母亲的精神虽然有些恍惚，但并不傻，人间的善良与悲悯在她的心底里非常明亮。家里养的狗不幸被车子撞死，伤心过后母亲还是把狗煮了。有多长时间没有吃肉了自己也记不清，随着炊烟袅袅，肉香味溢满了灶头。他闻着肉香味早已是垂涎三尺，急不可耐。然而他失望了，母亲端着这锅狗肉颤巍巍地行走山路，送给村里最困难的人家吃，因为他母亲心里明白，村里谁家比咱家更穷。饱尝了生活的苦难，才能点燃善良与悲悯的光芒。这一点，一直影响到史贤如今天，他说："母亲她没有文化却能告诫我：'出门在外多栽花，不要栽刺。'母亲善良的心对我印象太深刻了，做事就是做人，这是我创业的标杆。"子以母荣。想起母亲，史贤如说，少年时代的心被母亲投下了一束不可磨灭的慈善之光，将来走向社会，我也要用这道光、这颗心去温暖他人、照亮他人。

岁月如梭。哥哥姐姐都出门在外，史贤如生活在母亲身边。2008年四川汶川大地震，一场天灾，死了许多人。同样不幸的是，史贤如母亲在这年也过世了，让史贤如失去了唯一的依靠。国家的灾害和亲人的亡故，这种突如其来的变故，仿佛是向人间刮起的沙尘暴，而每一粒沙子落在身上都有着无法承受之重，他悲痛欲绝。慈祥的母亲去了天堂，史贤如离开家乡只身来到上海，开始他新的人生旅途。

诚信做人，勤快做事。史贤如起先做餐饮、建筑，赚了点钱。后来史贤如做有关项目时，因不懂其中"门道"被挤兑进入"骗局"。屋漏偏逢连夜雨，船迟又遇打头风，在做河北张家口建筑项目时输得更惨，工程款全部被骗走，一夜间血本无归，还倒欠400万元。

金寨县是全中国灵芝草种植基地，也是灵芝草产品集散中心。对此，史贤如心有所悟，如此遭遇，他决定回到老家创业。"身在宝山不识宝"，金寨、霍山一带，地处大别山腹地，是灵芝、天麻等中药材原产地，"直到这个时候，我才从真正意义上认识自己的家乡"，史贤如这样说。

在家乡，史贤如认识了安徽利民生物科技股份有限公司董事长，于是他从最底层的销售员做起，勤勤恳恳，兢兢业业。2016年8月5日，这天对史贤如是刻骨铭心的：那天他和两同事送货至天堂寨镇，晚上9点许在返回途中出了重大交通事故——因修路无警示标志，结果面包车拐弯时正好遇到"断头路"，急刹已晚，刹那间车辆顺着山坡翻滚下去至河里，史贤如第一个醒来，想到的是先把两个同伴推出车外，他自己被泡在车里筋疲力尽，最后被附近闻声而来的山民救出，幸运的是，他和同伴居然毫发无损，事后他对人说："在这次翻车事故中老天爷没有收留我，也许，那留着我一定是让我多做善事。"

利他行善献爱心

史贤如在公司的销售业绩越来越突出，一个月销售额达200多万元，一跃成为公司的领头羊，他从销售经理成为公司营销总监。这年，他光荣地加入了中国共产党。

不过，采访在沪的"灵芝迷"史贤如挺难。他几乎天天外勤，约好采访日之前，他与浙江清华长三角研究院研究员、现任浙江清华长三角研究院微环境控制技术研究中心主任章永泰一起去浙江衢州公干。章永泰研究员在水资源保护、污水处理、生态修复、生态景观建设、生活垃圾处理等领域具有很高的技术、学术造诣，在史贤如身边正有这样一批科技界朋友，视为"座上宾"。

三句不离本行。史贤如介绍，灵芝素有"瑞草""仙草"等美誉，是吉祥、富贵、长寿的象征，在医学方面，对调节免疫力、心脑血管、呼吸系统、肝脏系统、抗氧化、抗衰老等方面都有积极或辅助作用。目前"利民生物"灵芝产品现已销往全国二十六个省市，信誉良好，受到广大用户的赞扬。公司对安徽"癌症俱乐部总会"和"上海市癌症俱乐部总会"的无偿捐助，都由史贤如负责完成。他个人创始"金寨上品"，亦向有困难的癌症患者群体前后捐赠了 300 万元人民币。史贤如的口头禅是："让有钱人省着花，让贫困的人吃得起。"

有人问他：自己欠债还没还清，为什么还要捐助别人？"灵芝迷"史贤如想了想，说：我有信心能还上债，还债务与做善事是两回事，捐助那些看不起病、吃不起灵芝产品的患者是一种社会功德。个人还债，则是自己的品行道德。家庭是社会的细胞，每个家庭幸福了，我的劳动、捐助就有意义。这里有许多例子。比如，在上海西藏北路有一户人家因家境贫困，得了癌症后精神上更绝望。当时史贤如驾车去这个居民小区看望一位贫困户，送点猪肉前去慰问。只见大道上有一位大姐站在那里晒太阳，车刚好经过她身旁，发现大姐脸色不太正常，他把车在一边靠停后，上前试问她健康有恙，大姐说自己在医院刚刚做过化疗。史总没有犹豫，对大姐说："能不能带我去你家看看？"走近大姐家一看，史总自己差点掉下眼泪。所谓家是一个地下室，除了一张床、一张桌子外家徒四壁，什么都没有。她老公在小区里保洁扫地，3 000 元的工资收入，带着她不离不弃看病。史贤如驾车回到办公室，拿出几千块钱的灵芝产品，赶回小区递给大姐，告诉大姐灵芝产品怎么喝，按要求服用，交代完后，这时已经是晚上 8 点多了。四个月过去了，史贤如再次去回访大姐，原来一千多的化验指标回落到了四百以下，见化验指标向偏好的方面发展，史贤如很欣慰，告诉大姐安心养病，不要担心钱。史贤如说："也许自己比较感性，这种事情碰不到也就算了，遇上了不能不管。后面几次去看她，气色愈来愈好，我也替她开心。"听了这样的故事，我们明白史贤如的微信为什么用"利他"图案做标识，也许这就是答案。

2021.12

————————

注：本文与许志立合作。

忆吴锡九与张书旂的一段画缘

  惊悉吴锡九先生于 2020 年 9 月 18 日逝世，作为他表弟的徐燕武深感悲痛。次日，怀着沉重的心情，他与志群表弟等驱车去山清水秀、人杰地灵的浙江浦江前吴村故乡，商谈关于村民提议筹建中国近代纺织工业先驱吴士槐（吴锡九之父）、著名外科专家吴士绥（吴锡九之叔叔）及"两弹一星"元勋、中科院院士吴自良（吴锡九之小叔）浦江"吴氏三杰"的纪念馆事宜。

  故乡人对吴锡九先生逝世同样深表痛惜，在谈及他对祖国科技事业的卓著贡献及三度回归祖国的爱国情怀时赞不绝口。前辈的伟业薪火相传，一代又一代。村民说，吴锡九先生无愧为吴氏两代人中的杰出典范；大家达成共识，认为应在家乡建纪念馆以继承、弘扬他们老一辈的爱国主义精神，激励后人，继往开来，同时也要在馆中彰显吴锡九先生的功德与风范。

  回沪前，得知浦江县在 9 月 25 日举办"仙华双甲——吴茀之、张书旂诞辰 120 周年书画特展"，徐燕武因故未能前往，甚感遗憾。

  张书旂先生是中国著名现代花鸟画家，曾任南京中央大学教授，与徐悲鸿、柳子谷有"金陵三杰"之称。吴锡九先生在其充满爱国情怀的自传《回归》一书中，对张书旂有这样的描述："著名花鸟国画大师张书旂——我父亲的挚友。1946 年冬至

1947 年，张世叔客住在我家兆丰别墅二楼半处的房间，三楼为他的画室，就在我的寝室旁，他住了大约有大半年时间。那时，虽然我是中学生年少不管大人的事，但还是深刻地记得，每当张世叔吃到他最喜欢的咸菜烧黄鱼，并畅饮了一壶绍兴酒后，如果兴致盎然，意气风发，便会挥笔作画，一抒胸臆。故在我家期间他先后共作了三十多幅画，并题上词赠送给我的家人，我家上至祖母，中至父母，下至我们兄弟等都得到过他的佳作。他后来携其美籍新婚夫人海伦（Helen）婚后离开兆丰别墅。八十（作者注：应为六十）年代这三十多幅画，被人借去开画展展出，竟一去不复返，不知所终，令人甚为痛惜。后来发现有四幅出现在台北出版的《张书旂画集》中。"

吴锡九先生在《回归》一书中，对张书旂的崇敬与爱戴之情跃然纸上。他还回忆道："1951 年至 1953 年我在伯克利上学时，张世叔住在东湾的皮德蒙特（Picdmont），是当时我在美国的唯一长辈，所以我假期常去他家拜访，并带丽中（吴锡九夫人）同去，我们常以浦江话谈家常，叙乡情，还谈起他常发胃病，颇受困扰，夫人海伦为他的画室任业务经理。那时他的两个儿子都还很小，可时光如梭，如今张世叔的长子张少书已是斯坦福大学资深的历史系教授。我与张少书直到 2012 年 1 月底在硅谷举行的《张书旂在加州》画展的时候才再相逢。张书旂作画的水平，在此仅举一例便可知其是位大师级的高手：国民党政府曾把他画的《百鸽图》作为唯一的'国礼'送给美国总统罗斯福，祝贺其第三次连任。"

吴锡九先生文中提及张书旂在其兆丰别墅家中所作的画"被人借去开画展展出，竟一去不复返，不知所终……"这段话，不禁让徐燕武想起一段有关这些吴家人珍爱的张书旂画作神秘失踪的鲜为人知的往事。

　　2004 年，徐燕武小舅舅吴自良院士，即吴锡九的小叔，因病住在上海华东医院南楼长达数年。因徐燕武表弟康琪与丹琳定居美国，事业有成，难以屡屡回国省亲，作为外甥的徐燕武便常去医院探望并有幸受托代为照料其日常事务。一天，徐燕武推着小舅舅吴自良的轮椅去南楼底楼大堂及楼堂外面的小花园散心，迎面忽遇一同样坐轮椅的老先生主动向他打招呼，不料徐燕武的小舅舅吴自良竟扭过头去，还嘱咐外甥徐燕武推车快点离开。徐燕武很纳闷：他老人家待人一贯和蔼可亲，怎么今天一反常态？这个人究竟是谁啊？当徐燕武狐疑之时，小舅舅吴自良告诉徐燕武："他叫张纪恩，浦江同乡人，早年参加地下党，曾当过大官。""那您为何不理睬他？"在徐燕武的再三追问下，吴自良娓娓道来。1963 年，为纪念张书旂大师逝世五周年，要办《张书旂画展》。由张书旂堂弟张纪恩出面，请老同乡吴自良出马，将吴家人珍藏的数十幅张书旂画作借去展览。徐燕武的小舅舅吴自良心地善良，乐于助人，一口答应。他不仅将画作悉数收齐，连同自家珍藏的一幅尺寸硕大的张书旂画作（张馈赠给徐燕武小舅舅吴自良的母亲、即徐燕武外婆的那幅画）也亲手交给张纪恩去参展，似乎借条也没写。待展览结束，理应归还画作，然后这些画作竟一去不复返，落得个"全军覆没"。画作究竟去哪儿了？这事成为谜团：若遭盗窃可报警呀！原来是有人监守自盗。因是老同乡、老熟人，碍于情面便没有声张，这让家贼有机可乘。被画作丢失搞得焦头烂额的张纪恩一筹莫展，不得不摊底牌，原来家中那个某某利令智昏，居然将画作窃据为己有。张纪恩还不出画交不了账，老脸往哪搁，只得悄悄地与徐燕武的小舅舅吴自良商量："家中还有些画，也是有点名头的，您可随意挑，任意拿，权当弥补损失……"徐燕武的小舅舅吴自良断然拒绝，直言道："我只要拿回我借出的张书旂的画，不是我的，我一张都不要，再好也不要。"此话掷地有声。见张纪恩束手无策，徐燕武的小舅舅吴自良至此也只能徒叹奈何。两人从此亦恩断义绝，不再往来了。

谁料历经数十年，机遇巧合，两人同住一家医院、同一幢南楼、同一个楼层的干部病房。每次偶遇，徐燕武小舅舅总是刻意避开，免得大家尴尬。

2008年，徐燕武的小舅舅吴自良不幸逝世，骨灰安放在龙华烈士陵园老干部骨灰存放室。然"造化弄人"，次年清明节，徐燕武去龙华陵园祭拜他老人家时，无意中发现张纪恩也于同年过世，他的骨灰盒就陈放在对面，这真是"冤家路窄"，依然像生前那样默默无言、冷冷相对，唯空气中弥漫着丝丝伤感……目睹此场景，让人百感交集，唏嘘不已。

平心而论，张纪恩家门不幸，出此宵小之徒，实乃家教无方，令人无以言说。话还得说回来，难道这一切吴锡九真的浑然不知？作为吴家长子，又睿智过人，他自然心知肚明。在《回归》这本书里，他似乎在刻意隐瞒画作失踪真相，对此丑闻不予展开披露，或实为留人颜面，其宅心之仁厚，用心之良苦，可见一斑。

谁是借画人？谁是盗画贼？如此这般重要的情节，吴锡九先生在书中仅淡淡一笔带过，充分展现其豁达大度的人格魅力。如今，在缅怀吴锡九先生的功德，又逢纪念张书旂大师诞辰120周年之际，让世人知道吴锡九先生家中的张书旂画作神秘失踪的实情、直面真相，也许是一种最好的怀念。此刻，徐燕武心存多年的憋屈似也可悄然释怀。

吴家珍藏的一代著名花鸟画家张书旂珍贵画作，除少数几幅现身台湾，被人拍卖变现外，大都已销声匿迹，不知流落何方，但无论身处何方，它们或静静地躺着，或被静静地挂着，辉煌而悄然无声。也许有一天，这些遗珠不再蒙尘，复又"回归"，面对苍天，谁能知道？

很奇怪，徐燕武说起，那夜自己梦见锡九表哥了，他去拜访张世叔，两人交谈甚欢。大师兴致勃勃，欣然命笔，挥毫泼墨，即兴画了一对在呢喃细语的鸽子，忽闻"扑哧扑哧"作响，画中的鸽子蓦然飞走了，他俩抬头仰望，它们在蓝空白云中自由翱翔，偶尔还传来清脆的鸽哨……

他们相会天堂，续其画缘的未了情！

2020.9

注：本文与吴锡九表弟徐燕武合作，以此悼念我国著名科学家吴自良、吴锡九先生。

自守如初存丹心

　　在普通老百姓中，他寂寂无名；在隐蔽战线上，他鼎鼎大名。虽然他离开我们已有一轮生肖，长眠于上海龙华烈士陵园，但他的音容笑貌、功烈业绩，至今活在世上人间。"一生功过任凭说，自守如初存丹心。"无论是公安还是国安，不少与他并肩战斗、工作的战友、同事、朋友，对他赞誉有加，敬佩不已。那一段段惊心动魄的往事，使我们缅怀那个闪耀着理想主义光芒的年代，回望在历史深处有过一个充满家国情怀、为国家舍生忘死的身影。他，就是被人亲切地称为"侦探老板"唐连勋。

　　说起与唐连勋的交往，那是近三十年前的偶然相遇，尽管那次我们还不知彼此姓名。一个阳光灿烂的日子，我相约一位友人在新华路一幢大楼的花坛前见面，大家是文友，话题离不开文章之道，须臾间，友人看到有批人走来，说道：今天唐老板带人来检查工作。我不解其意，遂问缘由，才知这位唐老板是他的领导，但见走在最前面的唐老板西装革履、风度翩翩，一路谈笑风生。我问：怎么称"老板"？友人说：这是大家习惯称呼，他是上海国安局副局长，是侦探能手，在破疑案、反间谍斗争中，会化装成教授、工程师、商贩、老板，乃至车夫等等，可见从事这样的职业，三交九流、各色人等，都要打交道，无论一线侦察还是坐镇指挥，需要敏锐、果敢、智慧、决断。

后来与唐老板熟悉，话题也多了起来。不过，他不谈自己，倒是他的部下讲起他不少破案的真实故事。凭着我国家安全卫士对党绝对忠诚、精干内行，他与敌特斗智斗勇，采取全方位侦察与有利有节审案相结合的办法，抓住案犯的内心活动特征，详察口供的矛盾真伪，运用谍战谋略，充分发挥政策与策略的威力，迫使案犯吐露案情真相。他的战友、下属向我介绍某些案例侦破过程，侦察员们为搞清一个细节，南下北上，日夜奔波；外线侦察更是风雨无阻，全天候跟踪；为了查证一个重要数字，翻阅大量资料，向内行、专业人员学习；比如原是一起事先没有确切情报线索，亦无侦察过程，属来历不明的案件，这个案件便是在唐连勋指挥下破获的，他曾多次到广东与同行研究案例进展，有部下说："唐老板，他在广州的关系比上海还多，他正是凭这样的人际交往，唐老板办了不少漂亮的案件。"

唐连勋生性豁达、开朗、笑容可掬，既坚持党性、原则，又灵活、通达，在困难时帮了不少人的忙，但从不自我标榜。有次，我和我的领导与他和他的部下一起午餐，唐老板与我的领导本来就熟，那次唐老板兴致挺高，说了点他曾经的往事，娓娓道来，很有故事性，领导和我劝他能写下来，他听后沉默不语。噢，我们立刻意识到他的故事只能"烂在肚子里"。有一次，我作为唯一局外人参加唐局与侦察员的晚餐会，餐前唐局给侦察员们讲到一起叛逃案的来龙去脉，故事快要讲完，我迫不及待地问：出卖者结局如何？唐局脑子反应快，只答了一句："凡是叛徒没有好下场！"此时，他的面庞透出了他的职业威严。

　　伫立龙华烈士陵园，四周静谧肃穆、草木青翠，唐连勋与许多无名英雄栖息此地，由此想到，我们中华民族之所以能够光彩照人，是因为我们每天都在用英雄的热血洗涤灵魂。

2023.11

真情厚谊在文字之交
——悼念徐坚忠先生

　　"文人相轻，自古而然。"这句话出自三国时期曹丕的《典论》，其实甚有偏颇。随着时代变迁与发展，"文人相轻"逐步变成"文人相亲"，这类事例举不胜举。不说其他，以我为例，在我的文字生涯中就遇到具有人文情怀的编辑徐坚忠，虽不能说我们都是文士，但我们所做工作与文相关，属于同行，我们的情谊在于文字之交。

　　三十多年前我就认识徐坚忠了，至于如何认识至今已经忘却，大概与《文汇报》1985 年创刊《文汇读书周报》有关，是在采访活动中认识前主编褚钰泉、编辑兼记者徐坚忠等。《文汇读书周报》是我国首家由主流媒体创办的一份读书类专业报纸，自 1985 年 3 月 2 日创刊后，与《读书》《随笔》一起被誉为中国文化界最具影响力的"一报两刊"。作为上海十佳报纸之一，曾连续 12 年举办"文汇书展"。巴金说过："这些年我写的文章几乎都由《文汇读书周报》首先发表。"王元化说过："我的重要文章喜欢发表在《文汇读书周报》上。"还有其他名家亦有不少赞语。《文汇读书周报》及时传递书业动向、学术动态、出版信息，集知识性、趣味性、可读性于一体，给人以愉快的阅读和阅读的愉快，更是成为读书人的精神家园，不少读书人在此"以文会友"，如巴金、王元化、于光远、鲲西、魏明伦、吴小如、冯世则、金克木、谷苇、谢泳、舒芜、赵自、严秀、朱健、陈思和、李辉、钟叔河、宗璞、黄裳、陈四益、施蛰存、冯亦代、李文俊、李庆西、范用、张中行、钱定平、钱谷融、董桥、资中筠、章培恒、流沙河、朱正……正是群贤毕至、名家荟萃。也许受《文汇读书周报》的广泛影响，后来《解放日报》《新民晚报》等也创办"读书版"；至 20 世纪 90 年代中期《光明日报》创办了《中华读书报》；这样专业读书报刊散落全国各地，而一"南"一"北"，莫过于《文汇读书周报》与《中华读书报》，遥相呼应，璀璨夺目。

因为喜欢读书，我不时亦写点书评，于是与《文汇读书周报》交友，与徐坚忠莫逆之交、心意相通，大概就在这个时期。在我印象中，徐坚忠的性格有点"闷"，言语不多，性格执拗，但编稿、改稿、约稿完全是行家里手。让人钦佩的是，他对文字很顶真、虔诚，对作者宽容又严格，不论文友圈还是名人圈，他总会提出自己独特的看法与意见，使人觉得非常有道理。说实话，我不知道徐坚忠有个"虞非子"的笔名，我与他的通信都是直呼其名，从他的回信看，他不在乎文友礼数，而是用心交流，有时文字间不失雅趣或打趣。

2000 年后，我读到《文汇读书周报》上刊登有关翻译名家杨宪益、戴乃迭夫妇的文章，觉得这些文章都是第一手文史资料，我不知道徐坚忠竟然有如此"法道"，毫不费力地把这些名家大家的稿子都拉到手。我不知道徐坚忠的个人与家庭生活是如何，在我眼里，他生活的全部就是编稿、写稿、读稿、约稿、退稿，等等，稿子像是他的生命，也是他的能量。难以忘怀的是他的脾气，他是不向庸俗、低俗、世俗低头的人，虽还不能说是针锋相对，但他不屑一顾、不加理睬，是他一以贯之的，成为他做人做事的基本原则。

在上海报人中，褚钰泉与徐坚忠属于师徒，都有一种风骨与情怀，他们是不愿意低头周全自己、有性情且永远试图在每件事情上辨明善恶真伪的人，他们宁折不弯、倔强到底的性格，在浸润吴侬软语、善于斡旋的沪上报界，也许是个特例。仔细想来，大概与他们不是"官人"是"报人"、不要"乌纱"要"揭纱"的性格、情趣有关。

徐坚忠曾发表文章阐明自己的观点："在非子（笔名：'虞非子'）看来，办报既要用心，更要有情，而这情，是远不止于编者与作者、读者之情的。一张无情的报纸是谈不上立场的。""所谓'哀民生之多艰'，便是有立场的一份情。而情，贵在真，这也是报纸（媒体）必须有真。倘若其情也假，尤其对人文类报纸而言，也就别奢谈什么'影响力'甚或'公信力'了。"这段话，让我再次浏览 2005 年至 2007 年之间与徐坚忠往来的邮件，其中 2007 年 7 月 26 日的邮件，是徐坚忠编辑过的，题目《世道杂谈说"三老"》，不妨摘录如下：

      张中行博学多识，造诣深厚，加之阅历丰富、治学严谨，他的书与文，常以探赜索隐的知识性见长，又以揆情度理的哲理取胜，有真情、真知、真见。而《世道杂谈》，还使我想到"三老"，不是论人，是指他的文思运笔的风格。

一曰：老到。所谓世道漫漫，人心不古，《世道杂谈》说人道事，在张中行笔下有大学者，如章太炎、熊十力、胡适之、俞平伯、吕叔湘等等，有小平民，如胖子刘佛谛、佣人汪大娘、东家李太太、职员杨先生等等，张先生笔力老到，看似不经意随谈，却寥寥数语，把人物神形勾勒得一清二楚。像"其外含有硬，其内含有正"的梁漱溟，张中行写与这位前辈开会见面，说是"正襟危坐，不是寡言笑，而是无言笑，十足的宋明理学家的风度"，梁的形象顿时跃然纸上，他感佩他的"迂阔"之外的直和心口如一。再之，描述师教中善动手不善说话的职员杨先生，为捐募由朋友拟稿背诵等待通过，他先背得一点不错，赢得掌声，结果又忘乎所以中补了几句与前面意思相反的话，"我看不捐也可以，国家一定有办法"，如此露馅，让人忍俊不禁。张中行的老到，可谓胸罗宇宙，思接千古；言辞简短，意在言外。说这些"不古"的人心，有益于世道人心。

二曰：老辣。《世道杂谈》里不失幽默机锋，在举重若轻的随想中，透出一股辛辣、苦涩，但绝不学究气、古董气，我称作是诔文而不是檄文，没有激昂呼号，也无野泼恣肆，惟有镇定自若，从容得体；他冷锐但不冷酷，他在冷峻中输入自己的体温。张中行自嘲不喜旅游，专求问学的"神游"，他自谦是老北大旧人，怀念北大红楼的学术空气。先讲学人与官人，那时北大学人高于官人，对于政场，轻些说是不热心，重些说是看不起，因为治学是清高的事业，所以就要远离政场。再举风气与风度，那时北大对于阔气、虚荣之类，轻些说是不在意，重些说也是看不起，走进红楼，风气以朴素至上，风度在肚内学问而不在长相外表，因为志在治学，所以没有精力和兴趣讲究吃喝穿戴。张中行论及培根的"伟大的哲学始于怀疑，终于信仰"思想，由此感慨：为学有"疑"比有"假"好，生活有"德"比有"机"（现代通讯）更重要，而拜金主义、享乐主义、捞钱主义无所不为，抢劫、造假之类事遍天下，是"不可意的滋长、可意的消亡"，如此云云，我以为，这是真正学者的处世之学，可使我们聚精神大餐而不喝思想稀粥！

三曰：老成。《世道杂谈》有童年忆旧、琐事散记、读书杂感，所谓"庾信文章老更成"，除了思想的成熟、精练，风格的肃穆、恬淡外，我觉得老成还在于有骨有架。骨是风骨雅致、气骨硬朗，架是构架稳健、基架不乱。比如《〈史记〉妙笔三例》一文，通篇五千余字，张中行将他读《史记》体悟最深、特色最显稳稳提起，娓娓道来，间夹引文，不掉书袋，用"满者洫之，虚者实之"的兵法当叙书的文法，是高明一着。其中对"太史公曰"，做归纳：一是简短；二是变化多；三是意深。再引申：头脑中无枷锁，思路方可自由驰骋，笔法的神出鬼没由此而来。如此解析，基学深厚。老成，不是老了才成，而是长期"心之内敛，学之专一，思之沉潜"的正果。张中行说自己"不是读书、买书和写些可有可无的文章"外，别无他长，这是一大明证。

我想，张中行"三老"不在于年老，而在于安顺生活、思索生命。他不赴鸿博，不叩豪门，不为物役，知天乐命，安贫乐道，保持自己人格的厚重与处世的朴实。他不羡功名富贵而媚人俗人，不靠功名富贵而傲人骄人，闲花野草，自荣自落，自知"恶在贪酷，寿且削减"，不屑俸禄、忙碌，这是他得享高寿的原因。

时今读这样的文字，觉得与徐坚忠很匹配。至今让我唏嘘的是，在2000年第一个十年里，我曾在《文汇读书周报》"打短工"，任务之一是审读稿子。那段时日我常碰到徐坚忠，按他的业务能力，我以为是《文汇读书周报》主编，本想与他开开玩笑，后来发现他神情严肃，似不愿多话。有时我空下来想与他说话，他有意避开。由于我是"外来工"，对有些稿件不能说三道四，只能做文字"捉错"工作，然而对徐坚忠的版面稿子，审读下来，对其稿件常会击节叹赏，真是"不怕不识货，就怕货比货"！每遇此刻，想到徐坚忠桌边聊天，可我发现，此刻的他早已"人去椅空"，我想他的这种"傲慢"不是对我个人，毕竟我是"打短工"的文友、好友！

注：2020年1月20日，《文汇读书周报》副主编徐坚忠因病逝世，谨以此文怀念挚友。

后　记

当这本书稿敲完最后一个字，我轻松地长吁了一口气。渐渐地，我回过头来静静细想：缘何要写作这本书，尤其在纸质书不太景气的状况下，为何仍然要坚持这种写作？答案并不复杂，即人到晚年，总要有精神寄托，于我而言，平生无有其他嗜好，唯有喜欢读书、写作，在过去的 2021 年，因为新冠肺炎疫情，我基本不外出，不聚会，不旅游，每天把读书当作必修课。

俗话说得好："不动笔墨不读书。"读书时不免要用笔圈圈点点，或写评语，或写心得，或写感悟，这对帮助记忆、掌握要点、储存资料、积累素材，都大有裨益。在这个基础上，慢慢产生想写本书的念头。

说实话，独坐小窗读闲书，不知年华几多时，因为没有功利性，多一分自由，添一分自在，好如晴耕雨读，心灯不夜，如同陶渊明抱有一种淡雅与悠然的心境，远离世俗，沉浸在属于自己的桃花源里。在这样的况境下，寓心境于读书，寓思想于问学，寓热切于社会，寓趣味于沉思，这本书在于闲读，在于散札，确切地说，这不是一部严谨的专著，也不是洒脱的小品，而采用散文体，既无先锋的文体嬗变，也无悲悯的人格底色，更无锐利的思想发现，按当下学者的说法，其文风、文字没有梁实秋的精致俏皮、林语堂的生辣放肆、丰子恺的天真闲雅、徐志摩的浓艳奔放、冰心的纤秾委婉、叶圣陶的工整端庄、梁遇春的热忱随兴、张中行的雅淡深邃、黄裳的书卷气十足……可以说，本无名公大笔，仅有本家风味，我思我在，我想我写，颇有敝帚自珍、旷达自爱之感。

这四十六篇文章，大都是我 2021 年所作，平均算下来，每月不到四篇左右。在我看来，好书在于言之有物，文气相属，句断意连，跌宕有致，结构闲雅从容，简练精要，不枝不蔓，没有芜辞累句；好文是语到极致是平常，写出自己的感受，有一种方而不割、廉而不刿、直而不肆、光而不耀的风度或叫风格。至于做到没做到，只能让读者评判、裁断，在我眼里，读书可养生，读书可交友，一杯清茶，一本书籍，宁神展卷，恬静怡然，这是一种快乐、幸福。

不过话说回来，光读不写，只是读字，唯有眼读，进入心读，再到神读，将自己的思想与书本融合起来，达到一种读书至高境界，即人与书渐入化境，同其融为一体，这是读书人对精神境界的成熟、自由和洒脱的期盼，诚如古人所言："心之所至，手亦至焉者，文章至圣境也。心之所不至，手亦至焉者，文章至神境也。心之所不至，手亦不至焉者，文章之化境也。"这里的意思并非说读书不动笔、不动手，而是指那种引而不发、含而不露之妙笔，看似漫不经心、不着一字，却大有深意、占尽风流。我不是自我吹捧，而是想尽量达到这种"化境"程度，也是我今后努力攀登的目标。

大学者辜鸿铭先生说过："四十岁前不可著书，一个人无论他具有多么伟大渊博的知识，在四十岁之前都不可能悟出值得流传后世的思想，随着年龄的增长，往往会发现自己的著述中有许多地方令其懊悔不已。"他又说："学问有众而聪明不足，其病往往犯傲；聪明有余而学问不足，其病往往犯浮。傲则其学不化，浮则其学不固。其学不化，则色庄；其学不固，则无恒。色庄之至，则必为伪君子；无恒之至，则必为真小人。"辜先生是 19 世纪中期至 20 世纪 20 年代的学人，按他们的寿命期到六十岁算是长寿之辈，他说四十岁前不可著书，也就是说到了生命最后时刻三分之一才是做学问、写书的最好岁月，那么按现代人平均寿命在八十岁左右，若要写书，相继延续，到生命最后时刻三分之一则逾"知天命"。也很巧，因我的职业生涯是做新闻工作，常写些新闻题材类文字，我们的责任是记录每天今日之新闻，也是记载未来明日之历史，"而立之年"后从未想过要著书立说，加上平日疏懒，四处奔波，没有时间亦无机缘去写书，直到在我逾"知天命"之年，开始试写书籍，还曾立下宏愿：每年要写部书，屈指算来，如今二十年过去，若算上这本书，仅有十四本，也就是说只完成十分之七，可见我是个志大才疏之人，每当愿望实现不了时，常会宽宥自己、放自己一码。

不过，由于喜欢读书的缘故，常有动笔的习惯，加上我也有不服老的人生态度，现虽逾古稀之年，但自我感觉是自己的精神年龄尚年轻，从而对于世间的观察与热忱变得更细微、更浓烈些。尽管我曾是做新闻工作的，但对文史哲研究以及对近现代中国史、政治史、文化史，包括对中国知识分子的精神史抱有浓厚的兴趣。可能出于我的爱书、读书、评书，我最大的生活乐趣就是在品读中做点研习，从中发现能打动自我、感动人心的优秀作品，由此与我的书友、文友、好友共享。如果没有，我会叹息，我会忧愁，兴许多看了点书，感觉现在出的书不尽如人意，要么太高深，要么太浅薄，我甚至怀疑当今出版界有所为、有所不为的"无为而治"理念，以致当今时代为谋更多的经济效益而出了那么多平庸之作。兴许自己不是吃这碗饭，亦不懂吃这碗饭的艰难，但看到如今的差书、庸书泛滥，不由暗自生气，也许社会书态不怎么好，但出版编辑的无奈甚至失职也是显而易见的。要知道，好书不应该仅仅是发现，而应该由出版编辑像催产师那样去催生、护养。

于是，我尝试自己再动笔写书。我不能说我这部书会成功，可能也是一部平庸之作，一部难卖之书，但我的愿望、目标是想围绕读书而写书，让书人而书写。我想到这样一个问题：即如何为读者找好书，同时为好书找读者，在这方面我们传统的出版界应该说做得很不够，与其孤芳自赏，不如主动出击，让更多读者接触到好书，让更多好书寻觅读者。我现在的读书，常常是读旧书，有时候旧书就像故友一样，更值得我们珍惜。对比当今新潮书，我总感觉有点过于喧嚣，至少感觉有点装扮艳丽。对当今流行的网络书、电子书，我退避三舍，也许年岁增大，即使看了也难以记牢，干脆不看为好。现在实体书店越来越少，可我觉得，到了实体书店，其实是一种精神享受，徜徉其间，乐在其中，越是好的实体书店，越有股吸引力，让你流连忘返。这个好，并非指豪华，更不是指把书当摆设，而是好书琳琅满目，是精神世界的纯净、思想奶汁的吸吮，这在网络购书中恐怕难有这种感受。

拉回主题，我想写这本书不外乎三个原因：一是爱书，二是读书，三是评书。时代在不断发展，社会在不断进步，现在进入信息社会，纸质书与电子书的比分在改变，很多人不喜欢看纸质书，电子书大有替代纸质书趋向，但如何去评判纸质书、电子书，我想总还应该有标准。在我看来，无论纸质书还是电子书，必须坚持"三有"。

有内容。现在的网络媒体铺天盖地，原来纸质书"旧式婆婆"被大行其道、不断涌现的公众号、视频、抖音、快手等融媒体"新潮媳妇"替代，当然，纸质书还有它的强项、纸质出版人也在改革，但沉湎于表层，其改革并没有新内容，或者说是形式大于内容，比如，有些书刊印制非常精美，开本非常奇特，色彩非常华丽，花很多心思，有很高技巧，甚至每一页、每一图都精心设计，但到底传递了多少有效果、有价值的信息，是经不起推敲、且无人知晓的。所以，很多读者今天看了，明天就丢掉，一点都不感到可惜。现在还有一个奇怪现象，就是标题大于内容。在编辑制作中，出现了一批"标题党"，标题做得非常"道地精致""引人注目"，但细看内容空空如也，对读书人根本无用。还有一种，可称为是文字大于内容，它的文字看上去是"鸡汤式"的，非常煽情，让你看了以后热泪盈眶，看完以后想想，觉得没有讲什么东西。更有一些纯粹耍贫嘴、玩花样，按上海话讲是"摆噱头"，比如很多网络语言的运用，看似聪明，能吸引眼球，但从接受角度看，不是真正有内容，它的价值非常有限。对此，人们就可明白为什么一大批书刊、网文被读者直接扔掉、删除，毫不留情，决不可惜，正是没有内容。

有格调。纸质书、电子书要有格调，就是能保持定力，不庸俗、不低俗、不世俗，不能被金钱牵着鼻子走，被权力歪着身子走。世俗社会有很多低层次的需求、形而下的需求，如果我们办纸质、电子媒体的时候，有意识地去迎合这样的需要，那么越办下去就越往下走，所以我们倡导纸质、电子媒体永远要比读者跨前半步，不能多，跨得太远的话，读者跟不上，受众根本不睬你，但是如果跟在读者后面，对读者来说就没有任何意义，所以要跨前半步，做纸质、电子媒体一定要有这种意识，因为作为"社会良知"的媒介，是一个引导民众前进、社会进步的媒介，这就是一种标准，不能被世俗、金钱、权力所支配，这方面要有自己的定位、自己的格调，这个格调绝对不能降低标准，而且作为一种文化传统，必须要有勇气，有毅力，不怕得罪人，敢于挑战，实际上是体现了纸质、电子媒体的定位、风度、格调。

有气场。人有时候常会感到有气场，有的人到一个场合往那儿一坐，什么话都没说，但是大家感到他把全场镇住了，这就是一种气场。一个社会，一个媒介，也是有气场的，这个气场来自守正创新，坚持不懈，长年积累。文化总是会向两个方向发展，一方面是要规范，一方面存在混乱，在这种博弈当中，有的纸质、电子媒体代表着一种规范的正能量，尽管很小很弱，但久而久之，让人认可，由此扩大影响，产生气场，别看它开始弱小、微不足道，但经过大浪淘沙、时间磨砺，开始弱小的纸质、电子平台逐步壮大起来，可谓秤砣虽小压千斤，在社会上发挥出积极贡献，产生极大影响。

行文至此，不妨再花点笔墨赘述一下中国知识分子的作用。之所以写这本书，其实也想探究当今知识分子的生存状态。应该看到，中国知识分子强调"求善"，以善而求"真善美"的统一；西方知识分子强调"求真"，以真而求"真善美"的融合。这是两个不同的"法门"，也是中西文化比较的"根本因由"。求善故发展出"伦理学""秩序观"，强调"关系律吕"的和谐；求真故发展出"科学""逻辑"，强调忠于自我和客观示现。其不同点，在中则落于"伪善"，在西则陷于"自私"。当然不能说中国知识分子都"伪善"，其实他们，在历史的沉默处书写，在时代的喧嚣处沉思，而且他们，读人所未读之书，言人所未言之论，因为他们懂得，人文学科既需要火花和激情，更需要积累和沉淀。在他们看来，从事深度的思考或繁重的工作，这是知识分子该做的事。浅阅读固然能快速消化快速应用，而深度的读书、写作、思考并不应该被废弃。恰恰相反，作为"专注力"的代表，它演变成了一种"稀缺能力"。世人的专注力缺乏，而知识分子可以胜任这种脑力和思维的高强度。知识分子的写作，不应是短期有效的，而该是长期有效的。他也不是写给外行看的，或许只有一小部分人在关注他的写作，并且产生共鸣。但这一小部分中的某几个，能够读懂，甚至认证他的思想，这就达到了著名小说家马尔克思所言的境界："假如我是一个高速运转的、高智力的、高心智的这样一种大脑的、心灵的运转状态，当我遇到另外一个同样是高度运转的、活的、心智智力很高的、带着问题意识运转状态的对象的话，我能够一眼就认出他。"这正是我闲读中所思考、所期待的。

这本书取名《听那风 看那云》，实际上也是观察社会风云变幻的标识，体现一种向往、一种情怀：听风啸啸，声声有情；看云飘飘，卷舒自如。雨到风来，水流云在；其貌其神，风气流动。古诗曰："人如风后入江云，情似雨馀粘地絮。"无论疾风劲草识人心，还是云雾缭绕藏险峰，岁月的流逝永恒不变，唯有好读书、读好书，人生快乐、文坛风云尽在其中。

本书分三辑，第一辑：青灯碎语，主要是读书偶感，有些是记叙体，有些是议论体，因读书产生思想火花，随手记下，虽稍纵即逝，但大意留存；第二辑：书香知味，这是书评，在读者和作品之间搭起桥梁，真正让作品与读者做到"融通"，这方面须体察人情，有真知灼见；第三辑：人物漫笔，实际上是人物纪实，真人真事，使读书与读人结合起来，虽职业、经历各有不同，但善良与爱心都是一致的。

书是印刷出来的人类，而人类是书中智慧的宝库。这里我要特别感谢国务院原新闻办公室主任赵启正同志为本书作序，尤其要感谢我的好友、上海东湖集团原丁香花园总经理邱根发、航天部门原海外某公司总经理吴国松为本书甘当无名英雄而默默奉献，感谢上海书店出版社能接纳这本书，对副总编辑兼本书责任编辑杨柏伟先生等同仁做出大量、艰辛的文字劳动，我在此弯腰鞠躬，深情道一声：我以感恩的心情，真挚地感谢你们！

最后，我还想补充几句：书名虽是满纸风云，但毕竟是渔樵闲话，我不过是散淡之人，无有才学，由读书而写书，由写书而评书，不过随意说说，随便闲扯，干活干累便歇歇脚、喝喝茶，倘若面对一种茫无边际的深邃智慧的探索，可能寻到一片奇异的珍宝，也可能捞起一根无用的稻草，在此请读者细加分辨。再有，即使心思再缜密、行文再谨慎，总有罅漏、谬误，恳请读者不吝赐教，在此一并致谢。

定稿　2023 年农历十月三十日　新沪小区

图书在版编目(CIP)数据

听那风　看那云：闲读散札／管志华著. -- 上海：
上海书店出版社, 2024. 7. -- ISBN 978-7-5458-2387-5

Ⅰ. I267

中国国家版本馆 CIP 数据核字第 20241FA478 号

责任编辑　杨柏伟　章玲云

封面设计　汪　昊

听那风　看那云
——闲读散札
管志华　著

出　　版	上海书店出版社	
	（201101　上海市闵行区号景路 159 弄 C 座）	
发　　行	上海人民出版社发行中心	
印　　刷	上海展强印刷有限公司	
开　　本	890×1240　1/32	
印　　张	11.625	
字　　数	180,000	
版　　次	2024 年 7 月第 1 版	
印　　次	2024 年 7 月第 1 次印刷	

ISBN 978-7-5458-2387-5/I・579

定　　价　68.00 元